岩 波 文 庫

32-552-2

対 訳

ランボー詩集

—— フランス詩人選(1)——

中地義和編

岩 波 書 店

はじめに

ランボーは10代半ばで詩を書きはじめ、20歳で詩を捨てた。詩人としては極端な夭折である。彼のまとうオーラは多分にそこに由来している。しかし夭折が天才を保証するわけではない。彼が天才少年詩人とみなされるのはなぜなのか。彼の詩は大人の詩人たちの及ばないどんな光彩を放っているのか。彼の才能はどのように開花し熟したのか。また、20歳で文学への関心を失うには、どんな内心の変化があったのか。—本書は、ランボーの詩をじっくり読み、その具体的な手触りを味わい、詩人の変容の論理を探りたいと考える読者に向けて編まれたアンソロジーである。

アルチュール・ランボー(1854-91)は、ベルギーに近いフランス東北部アルデンヌ県の小さな町シャルルヴィルに、陸軍大尉フレデリック・ランボーと、近郊の自作農家の長女ヴィタリー・キュイフの次男として誕生した。赴任地を転々としてふだんは留守の父親と、几帳面で勝気な母親の夫婦仲は悪く、アルチュール6歳のころを境に父親は家庭に寄りつかなくなる。母親は女手ひとつで四人の子供を厳格に育て、とくに二人の息子の教育には熱心だった。

ランボーは、1歳違いの凡庸な兄とは対照的に、早くから学業で頭角を現す。1868年から70年にかけて、ドゥエ学区のラテン語詩のコンクールでは何度も優秀賞を獲得し、その作文が学区公報に掲載される。いわば、シャルルヴィル高等中学校の切り札だった。ランボーの創作は、こうした学校作文によって準備された面がある。

公刊されたランボーの詩のなかで最も早い日付をもつものは、1869年末に家庭向けの『みんなの雑誌』に投稿され、翌70年1月2日号に掲載された「孤児たちのお年玉」である。また、最も遅い日付をもつ詩らしきものは、友人エルネスト・ドラエー宛の1875年10月14日付の手紙に挿入された「夢」であるが、『イリュミナシオン』の散文詩はほぼ74年ごろまでに書かれていたと推測される。つまり、ランボーの創作期間は、それ自体短い37年の生涯の、10代後半から20歳にかけての約5年である。折しも時代は、普仏戦争、第2帝政の瓦解、パリ・コミューンを経て第3共和政へと、フランスが、またヨーロッパが、目まぐるしく移り変わる動乱期だった。

ランボーは、詩想においても形式のうえでも、短期間に目まぐるしく変貌する。後世による便宜的分類であるが、彼の主要作品は時系列に沿って、(1)前期韻文詩(1870-71年、主にシャルルヴィル時代に書かれた定型詩)、(2)後期韻文詩(1872年、パリ、ベルギー放浪時代の、定型を崩した韻文詩)、(3)『地獄の一季節』(1873年、散文による虚構の自伝)、(4)『イリュミナシオン』(1873-75年?、未完の散文詩集)の4部に大別される。(1)と(2)の境界は明確ではない。また、『地獄の一季節』と『イリュミナシオン』については、単純に前後関係を断定できない。『イリュミナシオン』の執筆は、『地獄の一季節』(1873年4-8月)をまたいでその前後に広がっていると推測されるからである。

ランボーのように作品の分量が比較的少ない詩人でも、紙幅のかぎられた対訳版では、選集とせざるをえなかった。そのなかで、できるだけ多様性が見てとれ、変容がたどれるような作品を選んだ。『地獄の一季節』だけは、自伝と虚構の絡み合う一貫した物語なので、全文を収録した。このほか、パリの放浪芸術家たちの寄せ書き帖『ジュティストのアルバム』への寄稿から２篇、ロンドンで出会った画家フェリックス・レガメのアルバムに寄せた１篇、それにランボー最後の詩「夢」を収録した。配列は可能なかぎり時系列に即している。

通常の訳詩集と比較して、本書のような構成をもつ対訳詩集の特色は、読者が原詩と訳詩と脚注を一望に収め、作品解説を合わせ読みながら、外国詩に立体的にアプローチすることを可能にする点にある。したがって原詩と訳詩の対応関係が容易に読み解けるような訳を心がけ、極端な意訳は行なっていない。同時に、訳詩として自立的であることにも配慮した。脚注は、辞書を引けば自ずと解決することがらには触れず、その先でもち上がる問題に解決の糸口を提供することを旨とした。「作品解説」では、多少とも踏み込んだひとつの読み方を提示し、総じて難解なランボー詩各篇の全体像を鮮明にすることをめざした。韻文詩については、「作品解説」の各篇冒頭で、フランス定型詩の二大要素である音節数と脚韻パターンを指摘し、[7]「谷間に眠る男」と[20]「永遠」を素材に、定型韻文詩のしくみの概略と、定型からの脱却の様態(ランボーにおいては後期韻文詩)を二つのコラムで説明した。韻文詩を読む際の参考にしていただきたい。

どんな作品にも著者があり、作品の生成は著者の実存と不可分である。とくにランボーのような詩人の場合にはそうである。そこで、個々の詩が作者の人生のどのようなコンテクストにおいて生まれたかを考える一助として、巻末に小伝「たえざる脱皮――詩人ランボーの軌跡――」を添えた。

20世紀詩人のなかでランボーについて最も粘り強い考察をめぐらせたのは、イヴ・ボヌフォワである。有名な1961年のランボー論はこのように始まる――「ランボーを理解するにはランボーを読もう。彼の声を、それに混じった他の多くの声から切り離すことを望もう。ランボー自身がわれわれに語ることを、遠くに探すのは、よそに求めるのはむだなことだ。」また、ヴェルレーヌは早くから、年若いランボーに「非凡な言語学者」、すなわち言語の厳格な使用者を見ていた。ランボーの何篇かの詩に詳密な注解を施したベルギー文献学の大家アルベール・アンリも、彼の詩が「精妙に構築された芸術」であることを強調する。ミシェル・ミュラの大著『ランボーの技法』も、類似の見識を示している。どれほど奔放であっても、ランボーの詩はフランス語の規範を遵守しながら表現の可能性を追求しているのである。これは読み手にとって、とくにフランス語を母語としない読み手にとって、大きな励ましだ。この詩は、それを丹念に読み解こうとする読者に、必ずや自らの秘密を開示するはずだから。

TABLE DES MATIÈRES

目　次

I

Poésies

前期韻文詩
（1870-1871年）

Sensation

Par les soirs bleus d'été, j'irai dans les sentiers,
Picoté par les blés, fouler l'herbe menue :
Rêveur, j'en sentirai la fraîcheur à mes pieds.
Je laisserai le vent baigner ma tête nue.

「感覚」の手稿(冒頭)

[1]　LES ÉTRENNES DES ORPHELINS

I

La chambre est pleine d'ombre ; on entend vaguement
De deux enfants[1] le triste et doux chuchotement.
Leur front se penche, encor[2], alourdi par le rêve,
Sous le long rideau blanc qui tremble et se soulève...
— Au dehors les oiseaux se rapprochent frileux ;　　5
Leur aile s'engourdit sous le ton gris des cieux ;
Et la nouvelle Année[3], à la suite brumeuse,
Laissant traîner les plis de sa robe neigeuse,
Sourit avec des pleurs, et chante en grelottant...

II

Or les petits enfants, sous le rideau flottant,　　10
Parlent bas comme on fait dans une nuit obscure.
Ils écoutent, pensifs, comme[4] un lointain murmure...
Ils tressaillent souvent à la claire voix d'or

---

[1]　1　**De deux enfants**　chuchotement を修飾する。脚韻のための倒置。この詩では aabbcc... という平韻が踏まれている。　2　**encor** は encore. 1句の音節数を 12 にするために、語尾の e を脱落させている。　3　**la nouvelle Année...**　年(歳月)を擬人化したアレゴリーとして、ボードレール「黙想」(*Recueillement*)に先例がある——「[…]ごらん、今は亡き〈歳月たち〉が／古めかしい衣装をまとって、

［1］ 孤児たちのお年玉

I

寝室は暗がりに包まれ、かすかに聞こえるのは
二人の子供の悲しげで優しいひそひそ話。
揺れてめくれる長く白いカーテンの下、
その額(ひたい)はまだ夢から覚めずにだらりと傾き…
―戸外では鳥たちが寒そうに身を寄せ合い、
翼(はね)は灰色の空の下でかじかむ。
そうして新しい〈年〉は、霧のお供を引き連れ、
雪白のドレスの襞(ひだ)を引きずりながら
涙目で微笑み、震えながら歌う…

II

さて幼子たちは、ゆらめくカーテンの下、
暗い夜にするように小声で話す。
もの思わしげに聴き入るのは、何やら遠いささやきか…
子供らは澄んだ黄金の響きにたびたび身震いする、

空のバルコニーに身をかがめるのを」([…]Vois se pencher les défuntes Années, / Sur les balcons du ciel, en robes surannées)。 **4 comme**=quelque chose comme.

Du timbre matinal, qui frappe et frappe encor
Son refrain métallique en son globe de verre... 15
— Puis, la chambre est glacée... on voit traîner[5] à terre,
Épars autour des lits, des vêtements de deuil :
L'âpre bise d'hiver qui se lamente au seuil
Souffle dans le logis son haleine morose !
On sent, dans tout cela, qu'il manque quelque chose... 20
— Il n'est[6] donc point de mère à ces petits enfants,
De mère au frais sourire[7], aux regards triomphants ?
Elle a donc oublié, le soir, seule et penchée,
D'exciter une flamme à la cendre arrachée[8],
D'amonceler sur eux la laine et l'édredon 25
Avant de les quitter en leur criant : pardon.
Elle n'a point prévu la froideur matinale,
Ni bien fermé le seuil à la bise hivernale ?...[9]
— Le rêve maternel[10], c'est le tiède tapis,
C'est le nid cotonneux où les enfants tapis, 30
Comme de beaux oiseaux que balancent les branches,
Dorment leur doux sommeil plein de visions blanches !...
— Et là, — c'est comme un nid sans plumes, sans chaleur,
Où les petits ont froid, ne dorment pas, ont peur ;

---

5 traîner　意味上の主語は des vêtements de deuil。Épars autour des lits は des vêtements の説明。 **6 Il n'est**　il n'y a の文語形。 **7 au frais sourire**　à は属性を表す(〜をもった)。 **8 à la cendre arrachée** は arrachée à la cendre の倒置。 **9**　第20-28句は、母親の死をそのうかつさにすり替えながら、状況の深刻さを緩和するかのような迂言的表現。 **10 Le rêve maternel**　母親をめぐる(子供の)夢、

それは朝を告げる時計の鐘、何度も何度も打ち鳴らしている、
その金属的なリフレインを、球形の硝子の蓋のなかで…
――それに、寝室は凍てついて…　床に脱ぎ捨てられた
喪服が見える、ベッドの周囲に散らかって。
冬のきびしい北風が戸口で嘆き声を立て
陰気な息を屋内に吹き込む！
この光景のいたるところに人は感じる、何かが足りないと…
――ではこの子らには母親がいないのか、
さわやかに微笑み、晴れやかに見つめる母親が？
それとも彼女は、夕べ、ひとり身を屈めて灰の中から
取り出した火を搔き立てるのを忘れたというのか、
ごめんね、と声を掛けながら立ち去る前に
子供らに毛布や羽根布団を掛けてやるのを。
朝の冷え込みを見越しもせず、
冬の北風に備えて戸口をふさぎもしなかったと？…
――母親が見る夢とは、温かい絨毯、
綿のようにふわふわした巣、そこにうずくまる子供らは
枝に揺すられる美しい鳥のように
白い幻でいっぱいの心地よい眠りを眠るもの！…
――ところがここは、――羽毛も温もりもない巣のようで、
ひなたちは寒くて、眠りもせずに怖がっている、

とも解せる。

Un nid que doit avoir glacé la bise amère...　35

III

Votre cœur l'a compris : — ces enfants sont
sans mère.
Plus de mère au logis ! — et le père est
bien loin[11] !...
— Une vieille servante, alors, en a pris soin[12] :
Les petits sont tout seuls en la maison glacée ;
Orphelins de quatre ans, voilà qu'en leur pensée　40
S'éveille, par degrés, un souvenir riant...
C'est comme un chapelet qu'on égrène en priant :
— Ah ! quel beau matin, que ce matin des étrennes !
Chacun, pendant la nuit, avait rêvé des siennes
Dans quelque songe étrange où l'on voyait joujoux,　45
Bonbons habillés d'or, étincelants bijoux,
Tourbillonner, danser une danse sonore,
Puis fuir sous les rideaux, puis reparaître encore[13] !
On s'éveillait matin, on se levait joyeux,
La lèvre affriandée, en se frottant les yeux...　50
On allait, les cheveux emmêlés sur la tête,

11　**le père est bien loin**　父親の不在に自伝的反映を見るのは自然だろう(「記憶」を参照)。　12　しかし、脱ぎ捨てられた喪服が床に散らかり(第16-17句)、暖炉の火が消えている(第23-24句)ところを見ると、この「婆や」の世話ははなはだ不十分であることがわかる。
13　第45-48句は、かつてお年玉にもらったおもちゃのおとぎ話的回想。母親の換喩である「宝石」が、「おもちゃ」や「飴玉」と踊るこ

身を切る北風にきっと凍てついてしまった巣だ…

III

あなたの心はもうおわかりだ、── この子たちには
母親がいない。
家にはもう母親はいない！── それに父親も
うんと遠くだ！…
── そこで、ひとりの婆やが彼らの世話を引き受けた。
凍てついた家のなかに子供らは二人きり、
四歳の孤児たちだ、彼らの思いのうちに
楽しい思い出が少しずつよみがえる…
まるで祈りながらつまぐる数珠のよう。
── ああ！ なんてすばらしい朝だったか、あのお年玉の朝は！
めいめいが、夜のうちに、自分のお年玉を思い描いた、
いろんなおもちゃや、金ぴか衣装を身にまとった飴玉や、
きらめく宝石が、ぐるぐる回って、響き豊かな舞曲を舞い、
カーテンの陰に逃げ込んでは、また登場するのが見える、
何やらふしぎな夢のなかでのこと！
朝、目が覚めると、うれしそうに起床して、
口元はもの欲しげで、目をこすりながら…
ぼさぼさの髪のまま、

とで、父母のイメージにつながる。joujoux, bonbons の幼児語は、子供の心を内側からなぞる効果。

Les yeux tout rayonnants, comme aux grands jours de fête[14],
Et les petits pieds nus effleurant le plancher,
Aux portes des parents[15] tout doucement toucher...
On entrait!... Puis alors les souhaits, ... en chemise[16], 55
Les baisers répétés, et la gaîté permise!

IV

Ah! c'était si charmant, ces mots dits tant de fois!
— Mais comme il est changé, le logis d'autrefois:
Un grand feu pétillait, clair, dans la cheminée,
Toute la vieille chambre était illuminée; 60
Et les reflets vermeils, sortis du grand foyer,
Sur les meubles vernis aimaient à tournoyer...
— L'armoire était sans clefs!... sans clefs,
la grande armoire!
On regardait souvent sa porte brune et noire...
Sans clefs!... c'était étrange!... on rêvait bien des fois 65
Aux mystères dormant entre ses flancs de bois,
Et l'on croyait ouïr, au fond de la serrure
Béante[17], un bruit lointain, vague et joyeux murmure...
— La chambre des parents est bien vide, aujourd'hui:

---

14 フランスでも元日は祝日ではあるが、クリスマスや復活祭ほど重要ではない。むしろ大みそかの夜(サン・シルヴェストルの夜)に家族や友人で祝宴を催すのが慣例。 **15 Aux portes des parents** toucher から続く。押韻のために前に置かれている。 **16 chemise**=chemise de nuit. **17 Béante** serrure にかかるが、次句に送られることで強調される送り語(rejet)。

大事な祝日みたいに目をきらきら輝かせ、
小さな素足で床板を忍び足で踏みながら
両親の部屋の扉をそっと叩きにいった…
なかに入る！… するとおめでとうの挨拶だ… 寝巻のまま、
キスが繰り返され、羽目を外すのも許される！

IV

ああ！ すてきだった、何度も発されたあの言葉！
—だけど、なんと変わったことか、昔の家は。
暖炉には、大きな火が明るくぱちぱちとはぜていた、
古めかしい寝室全体があかあかと照らされていた。
それに大きな炉床から出てきた真っ赤な照り返しが
ニスを塗った壁面で楽しそうにくるくる回った…
—戸棚には鍵がなかった！… 鍵がなかった、
あの大きな戸棚には！
褐色と黒のその扉をよく眺めたものだ…
鍵がないとは！… ふしぎだった！… 何度も夢見たものだ、
木の脇腹の間で眠るいろいろな神秘を、
すると、ぱっくり開いた錠前の奥で聞こえる気がした、
遠いざわめきが、不明瞭だが楽しそうなささやきが…
—両親の寝室は、今日はまるでがらんとしている。

Aucun reflet vermeil sous la porte n'a lui ; 70
Il n'est point de parents, de foyer, de clefs prises :
Partant, point de baisers, point de douces surprises !
Oh ! que le jour de l'an sera triste pour eux !
— Et, tout pensifs, tandis que de leurs grands yeux bleus
Silencieusement tombe une larme amère[18], 75
Ils murmurent : « Quand donc reviendra notre mère ? »

V

Maintenant, les petits sommeillent tristement :
Vous diriez[19], à les voir, qu'ils pleurent en dormant,
Tant leurs yeux sont gonflés et leur souffle pénible !
Les tout petits enfants ont le cœur si sensible ! 80
— Mais l'ange des berceaux vient essuyer leurs yeux,
Et dans ce lourd sommeil met un rêve joyeux,
Un rêve si joyeux, que leur lèvre mi-close,
Souriante, semblait murmurer[20] quelque chose...
— Ils rêvent que, penchés sur leur petit bras rond, 85
Doux geste du réveil, ils avancent le front,
Et leur vague regard tout autour d'eux se pose...

18　散文に書き下せば、une larme amère tombe silencieusement de leurs grands yeux bleus が通常の語順。 **19**　**Vous diriez[...]que...**　on dirait que...「…のようだ」よりも強く読者の感情移入を誘う。 **20**　**murmurer**　名詞の murmure を含めると 4 度現れる(第 12、68、76 句)。chuchotement(第 2 句)、Parlent bas(第 11 句)とともに、孤児たちのかよわさ、寄る辺なさを印象づける。

真っ赤な火の照り返しが扉の下から漏れることもない。
父母はおらず、暖炉も、持ち去られた鍵もない。
だからキスも、うれしい意外な贈り物もない！
ああ！ 子供らにはなんと悲しい元旦になることか！
—そうして、ひどくもの思わしげに、声も立てずに
大きな青い目から苦い涙が一滴流れ落ちるとき、
彼らはささやく、「ぼくらの母さんはいつ帰るの？」

V

いま、幼子たちは寂しげにまどろんでいる。
二人を見れば、眠りながら泣いていると思うだろう、
それほど瞼（まぶた）を腫らし、息をするのも苦しそうだ！
年端の行かない子供たちの心はかくも感じやすい！
—だが、揺りかごの天使が子供らの涙を拭きにきて
その重苦しい眠りのなかに楽しい夢を挿（はさ）んでくれる、
たいそう楽しい夢なので、子供らは唇を半開きにして、
微笑みながら何やらささやくふうだった…
—目覚めの優しい仕草で、小さな丸い腕に身をかがめ、
額を突き出しているところを夢に見ているのだ、
そうして定まらぬ目で周囲をきょろきょろ見る…

Ils se croient endormis dans un paradis rose...
Au foyer plein d'éclairs chante gaîment le feu...
Par la fenêtre on voit là-bas un beau ciel bleu;　　90
La nature s'éveille et de rayons s'enivre...
La terre, demi-nue, heureuse de revivre,
A des frissons de joie aux baisers du soleil...
Et dans le vieux logis tout est tiède et vermeil:
Les sombres vêtements ne jonchent plus la terre,　　95
La bise sous le seuil a fini par se taire...
On dirait qu'une fée a passé dans cela!...
— Les enfants, tout joyeux, ont jeté deux
cris... Là,
Près du lit maternel, sous un beau rayon rose,
Là, sur le grand tapis, resplendit quelque chose[21]...　　100
Ce sont des médaillons[22] argentés, noirs et blancs,
De la nacre et du jais aux reflets scintillants;
Des petits cadres noirs, des couronnes de verre[23],
Ayant trois mots gravés en or: « À NOTRE MÈRE »[24]!

21　resplendit quelque chose　母親のベッドの周囲に散らばる形見や葬儀用品のきらめきと、第45-48句で思い描かれたお年玉のきらめきとは、遺児たちにとって同質である。彼らから亡き母への贈り物として親族が用意した「ビーズの花輪」を、自分たちへのお年玉と取り違えるのはそのためである。 **22　médaillons**　家族や恋人の肖像や何らかのモチーフをあしらった極小の絵または彫刻を収めたペンダン

子供らは薔薇色の楽園で眠っていると思い込んでいる…
閃光のきらめく暖炉では、火が快活に歌っている…
窓の向こうには美しい青空が見える、
自然が目を覚まし、日差しに酔いしれる…
半裸の大地は活力を取り戻すことがうれしく、
太陽のキスを受けて喜びにうち震えている…
古い家のなかでは何もかもが温まり、赤く染まっている。
陰気な衣服はもう床に散らかっておらず、
扉の下から吹き込む北風はとうとう口をつぐんだ…
まるで妖精がこの場に忍び込んだみたいだ！…
──子供たちは、すっかり陽気になってともに
叫んだ…　あそこ、
母親のベッドの近く、薔薇色の美しい光線が差すあたり、
あそこ、大きな絨毯の上に何か光るものがあると…
銀色、黒、白の形見入れのペンダントだ、
きらきら光を反射する螺鈿(らでん)や黒玉(こくぎょく)があしらわれている。
黒い小さな額縁や、ビーズで作った花輪もあって、
金文字で「ぼくらのお母様に(ア・ノートル・メール)」の三語が刻まれている！

トで、楕円形、円形、ハート形など形はさまざま。**23 couronnes de verre**　ビーズや陶器で作った花輪を、棺や墓に供える習慣がある。**24 « À NOTRE MÈRE »**　この献辞は周囲の大人たちの配慮によるものだが、葬儀までの形式的配慮と、直後の夜に早くも遺児たちが見捨てられている現実との対照が際立つ。

[2]　SENSATION

Par les soirs bleus d'été[1], j'irai dans les sentiers,
Picoté par les blés, fouler l'herbe menue :
Rêveur, j'en sentirai la fraîcheur à mes pieds.
Je laisserai le vent baigner ma tête nue.　　4

Je ne parlerai pas, je ne penserai rien[2] :
Mais l'amour infini me montera dans l'âme,
Et j'irai loin, bien loin, comme un bohémien,
Par la Nature[3], — heureux comme avec une femme[4].　　8

---

[2]　**1　Par les soirs bleus d'été**　par は気象条件と結びついた時刻。バンヴィル宛書簡(375 頁参照)に同封された版では、「夏の晴れた夕暮れには」Par les beaux soirs d'été。beaux を bleus に置き換えるだけで、一挙にイメージが宇宙的広がりを帯びる。 **2**　言葉を発さず、頭を空っぽにして、意識を外界との感覚的接触に集中することが、愛の充溢(次句)の条件になる。 **3　la Nature**　大文字書きで擬人化さ

〔2〕 感覚

夏の青い夕暮れには、野道を行こう、
麦の穂に刺されながら、小さな草を踏みしめに。
夢見心地で、足もとに草の冷たさを感じよう。
帽子をかぶらぬ頭を、風が浸すに任せよう。

ものを言うまい、何も考えるまい。
それでも無限の愛が魂に湧いてくるだろう。
そうしてジプシーみたいに遠くに、うんと遠くに行こう、
〈自然〉のただ中を——女と行くようにしあわせな気分で。

れた〈自然〉は、話者が旅する空間であると同時に、旅の伴侶のようにも感じられている。 4　最終句は第1句と同じく Par で始まる。第1、7句における j'irai の反復、末尾2句における loin→bien loin の強調的反復、comme の反復、comme-femme のように子音のみが共通の類似音反復(allitération)など、語や音が緊密に配置されている。

[3]　OPHÉLIE

I

Sur l'onde calme et noire où dorment les étoiles
La blanche Ophélia[1] flotte comme un grand lys,
Flotte très lentement, couchée en ses longs voiles...
— On entend dans les bois lointains des hallalis[2].　　4

Voici plus de mille ans que la triste Ophélie
Passe, fantôme blanc, sur le long fleuve noir ;
Voici plus de mille ans[3] que sa douce folie
Murmure sa romance à la brise du soir[4].　　8

Le vent baise ses seins[5] et déploie en corolle
Ses grands voiles bercés mollement par les eaux ;
Les saules frissonnants pleurent sur son épaule,
Sur son grand front rêveur s'inclinent les roseaux.　　12

---

[3]　**1　Ophélia**　表題のフランス語綴りに対し、本文では第5句を除いて英語綴り。ミュッセやユゴーにおける英語綴りの慣用と、音節数・脚韻の要請とを勘案した選択。 **2**　時期的にこの版より早い二つの異本では、「―森に聞こえるのは、獲物を追いつめた狩人たちの遠い叫び」—On entend dans les bois de lointains hallalis. **3　Voici plus de mille ans**　この1句の反復により、オフィーリアは伝説的かつ象

［3］ オフィーリア

I

星たちが眠る暗く静かな水面(みなも)を
白いオフィーリアが大輪の百合のように流れていく、
長いヴェールに横たわり、とてもゆっくりと流れていく…
──遠い森に聞こえるのは、獲物を追いつめた狩人たちの叫び。

今や千年以上になる、悲しいオフィーリアが
白い亡霊さながらに、暗く長い河を渡りはじめて。
今や千年以上になる、彼女のやさしい狂気が
夕べの微風にその恋唄を口ずさみはじめて。

風が彼女の乳房に接吻して、河の水に弱々しく揺れる
大きなヴェールを花冠のように広げる。
柳はおののいてその肩に泣きくずれ、
夢見る広い額に葦が身をかがめる。

徴的な形象に変容。 **4** 『ハムレット』IV-5で、狂乱のオフィーリアが小唄を歌う場面を踏まえる。 **5** 以下末尾まで、オフィーリアと自然界の諸要素との内密な交流。

Les nénuphars froissés soupirent autour d'elle ;
Elle éveille parfois, dans un aune qui dort,
Quelque nid, d'où s'échappe un petit frisson d'aile :
— Un chant mystérieux tombe des astres d'or. 16

II

Ô pâle Ophélia[6] ! belle comme la neige !
Oui tu mourus, enfant, par un fleuve emporté[7] !
— C'est que[8] les vents tombant des grand monts de Norwège
T'avaient parlé tout bas de l'âpre liberté ; 20

C'est qu'un souffle, tordant ta grande chevelure,
À ton esprit rêveur portait d'étranges bruits ;
Que ton cœur écoutait le chant de la Nature[9]
Dans les plaintes de l'arbre et les soupirs des nuits ; 24

C'est que la voix des mers folles, immense râle[10],
Brisait ton sein d'enfant, trop humain et trop doux ;
C'est qu'un matin d'avril, un beau cavalier pâle,
Un pauvre fou, s'assit muet à tes genoux[11] ! 28

6　I が物語体(3人称語り)であったの対し、II はオフィーリアへの呼びかけ(2人称語り)になる。 **7**　**emporté**　男性形なので直前の fleuve にかかる(ここは liberté との押韻のために男性形が必要)。仮に女性形なら、押韻上の倒置を介して tu にかかるところ。 **8**　**C'est que...**　これ以下5回にわたる反復変奏が、呪文のようにオフィーリア伝説を書き換える。 **9**　オフィーリアの死は狂気のためではなく、

押しつぶされた睡蓮たちが彼女のまわりで溜息をつく。
ときおり、眠れる榛（はん）の木のなかの何かの巣が
彼女の気配に目を覚まし、小さく羽ばたいて飛び立つ。
── 金色の星々からふしぎな歌が降ってくる。

II

おお、蒼白のオフィーリア！　雪のように美しい娘！
そう、お前は、子供のまま、荒れ狂った河に呑まれて死んだ！
── それはノルウェーの高嶺から吹きおろす風が
えがらい自由をお前にそっとささやいたから。

一陣のそよぎが、お前の豊かな髪を撚りながら
夢見る精神（こころ）にふしぎな音を届けたから。
樹木の嘆きや夜の吐息のなかに
お前の心が〈自然〉の歌を聴き取ったから。

狂おしい海の声、響き渡る喘ぎが
あまりに人情深くて優しいお前の幼い胸を引き裂いたから。
四月のある朝、蒼白の美男の騎士が、
哀れな狂人が、無言でお前の膝に腰を下ろしたから！

ある種の超能力を備えた、女性版「ヴォワイヤン」であったがためだと印象づける(377-378 頁を見よ)。第 31-32 句を参照。 **10**　第 25 句は、二つの異本のいずれにおいても、C'est que la voix des mers, comme un immense râle という直喩表現。「デメニー草稿」版では、これを同格表現に変え、オフィーリアの属性を表す folles を句内送り語(rejet intérieur)により強調した。大半の句が半句切れ(6+6 音節)

Ciel ! Amour ! Liberté ! Quel rêve, ô pauvre Folle !
Tu te fondais à lui comme une neige au feu :
Tes grandes visions étranglaient ta parole
— Et l'Infini terrible effara[12] ton œil bleu ! 32

III

— Et le Poète dit[13] qu'aux rayons des étoiles
Tu viens chercher, la nuit, les fleurs que tu cueillis ;
Et qu'il a vu sur l'eau, couchée en ses longs voiles,
La blanche Ophélia flotter, comme un grand lys. 36

する古典的アレクサンドランでなる詩にあって、印象的な送り語(317-318頁を見よ)。 **11** 『ハムレット』III-2の劇中劇の場面で、ハムレットから膝枕を求められたオフィーリアが、恥じらっていったん断ったのちに許すやり取りを踏まえる。 **12** **effara** 二つの異本ではégara「惑乱させた」 **13** IIIは、ライトモチーフを反復する一種の反歌。「いつの世でもおよそ〈詩人〉は…」という超時的普遍化の

天！ 恋！ 自由！ 何たる夢か、おお、哀れな〈狂女〉よ！
火に触れた雪さながらに、お前はそいつにとろけてしまった、
お前の壮大な幻が、お前の言葉の息の根を止めたのだ。
――そうして恐ろしい〈無限〉がお前の青い目を怯えさせた！

III

――かくして〈詩人〉は語る、星明かりのもと
お前が夜な夜な、かつて摘んだ花々を探しにくると。
長いヴェールに横たわり、水の上を大輪の百合のように
白いオフィーリアが流れていくのを見たと。

口調で結ぶ。

[4] RAGES DE CÉSARS[1]

L'Homme pâle[2], le long des pelouses fleuries,
Chemine, en habit noir, et le cigare aux dents :
L'Homme pâle repense aux fleurs des Tuileries
— Et parfois son œil terne a des regards ardents... 4

Car l'Empereur est soûl de ses vingt ans d'orgie[3] !
Il s'était dit : « Je vais souffler la Liberté
Bien délicatement, ainsi qu'une bougie ! »
La Liberté revit[4] ! Il se sent éreinté ! 8

Il est pris. — Oh ! quel nom sur ses lèvres muettes
Tressaille ? Quel regret implacable le mord ?
On ne le saura pas[5]. L'Empereur a l'œil mort. 11

Il repense peut-être au Compère en lunettes[6]...
— Et regarde filer de son cigare en feu,
Comme aux soirs de Saint-Cloud[7], un fin nuage bleu. 14

---

[4]　**1**　ソネ形式の時事詩。1870年9月2日ナポレオン3世はスダンでプロイセン軍に降伏、ドイツ中部のヴィルヘルムスヘーエ城に幽閉された。**2**　**Homme pâle**　ナポレオン3世の蔑称として当時の新聞の紋切型。皇帝の病が帝政没落の隠喩となった。**3**　皇帝の遊蕩は反帝政派によって伝説化した。**4**　皇帝就任時、共和派を殲滅できなかったことへの悔い。**5**　後出「眼鏡をかけた〈協力者〉」と皇后の密

［4］ 皇帝の憤激

血の気の失せた〈男〉は、花咲く芝生伝いに、
黒服に身を包み、葉巻をくわえて、おもむろに歩を進める。
血の気の失せた〈男〉が思い出すのは、チュイルリー宮の花々だ
── そして時折、くすんだ目が熱烈な視線に変わる…

〈皇帝〉は遊蕩に明け暮れた二十年に酔いしれているのだ！
彼は昔こう独りごちた、「〈自由〉など吹き消してやるぞ、
いとも巧みに、蠟燭を吹き消すがごとく！」
〈自由〉は蘇生した！ 彼はわが身の疲労困憊を感じる！

彼は囚われの身だ。── おお！ 黙したその唇にどんな名前が
震えるのか。どんな仮借ない悔いが彼を苛むのか。
他人にはわかるまい。〈皇帝〉の目は死んでいる。

彼はあるいはかの眼鏡をかけた〈協力者〉を思い出している…
── サン・クルー宮での夕べのように、火の点いた葉巻から
青く細い煙が立ちのぼるのを見つめている。

通の噂や宣戦布告の責任を明言しない「暗示的看過法」(「谷間に眠る男」注3を見よ)。 **6 Compère en lunettes** 共和派から帝政派に鞍替えし、1869年12月首相に任じられたÉmile Ollivier。普仏戦争の最初の惨敗で辞職した。 **7** 16世紀に建造され、ルイ王朝の歴代の要人が滞在したサン・クルー宮(現存せず)。ナポレオン3世は毎年春と秋に皇后とともに滞在した。

[5]　À LA MUSIQUE[1]

Place de la gare, à Charleville

Sur la place taillée en mesquines pelouses,
Square où tout est correct, les arbres et les fleurs,
Tous les bourgeois poussifs qu'étranglent les chaleurs
Portent, les jeudis soirs, leurs bêtises jalouses. 4

— L'orchestre militaire, au milieu du jardin,
Balance ses schakos dans la *Valse des fifres*[2] :
— Autour, aux premiers rangs, parade le gandin ;
Le notaire pend à[3] ses breloques à chiffres : 8

Des rentiers à lorgnons soulignent tous les couacs :
Les gros bureaux bouffis traînent leurs grosses dames
Auprès desquelles vont, officieux cornacs,
Celles[4] dont les volants ont des airs de réclames ; 12

Sur les bancs verts, des clubs d'épiciers retraités

---

[5]　1　**À la musique** は Au kiosque à musique 「野外音楽堂で」の意。 2　1870年6月2日木曜に、ランボーの故郷シャルルヴィルの駅前広場で、「横笛のポルカ」と題する曲が軍楽隊により演奏された記録がある。fifre は軍楽隊で用いられた小さなフルート。 3　**pend** (<pendre) **à...** 「…にぶら下がる」とは、自分の時計の小さな飾り(宝石にイニシャルを施してある)をもち上げて見とれているさま。小

［5］ 音楽会で

シャルルヴィル、駅前広場

けちな芝生に仕切られた広場は
樹木も花もすべてが整いすました小公園、
暑さに喉を詰まらせ、息たえだえのブルジョワがこぞって、
木曜の夕方、その汲々とした愚劣ぶりを引っ提げてやって来る。

── 軍楽隊が公園の中央で
「横笛のワルツ」を奏でながら筒形軍帽（シャコ）を揺すれば、
── 周囲では、若い伊達者が前列を闊歩し
公証人がイニシャル入りの時計飾りにぶら下がる。

鼻眼鏡の年金受給者たちが、音が外れるたびに動作で誇張する。
でっぷり太った役人たちが、これまた肥えた奥方を引き連れ、
かいがいしい象使いといった風情の女中が、
裾飾りを広告のようにひらひらさせてそばに控えている。

緑のベンチは食料品店のご隠居たちの寄り合いで、

さなものに大きな図体が「ぶら下がる」戯画的イメージ。 4 Celles は通常、肥えたブルジョワ夫婦に付き添う女中たちと解されるが(第24句「女中たち」les bonnes)、ブルジョワ夫婦の娘たちととることも可能。いずれにしても、彼女らが「裾飾りを広告のようにひらひらさせて」いるのは、若い男たちの気を惹くため。

Qui tisonnent le sable avec leur canne à pomme,
Fort sérieusement discutent les traités[5],
Puis prisent en argent[6], et reprennent : « En somme !... »　16

Épatant sur son banc les rondeurs de ses reins,
Un bourgeois à boutons clairs, bedaine flamande,
Savoure son onnaing[7] d'où le tabac par brins
Déborde — vous savez, c'est de la contrebande[8] ; —　20

Le long des gazons verts ricanent les voyous ;
Et, rendus amoureux par le chant des trombones,
Très naïfs, et fumant des roses[9], les pioupious
Caressent les bébés pour enjôler les bonnes...　24

— Moi, je suis, débraillé comme un étudiant,
Sous les marronniers verts les alertes fillettes :
Elles le savent bien, et tournent en riant,
Vers moi, leurs yeux tout pleins de choses indiscrètes.　28

Je ne dis pas un mot : je regarde toujours
La chair de leurs cous blancs brodés de mèches folles :

---

5 les traités　ドイツ再統一の準備として、南部のバイエルン、ヴュルテンベルク、バーデンの軍隊を連携させる条約。1866年8月に結ばれ、長らく秘密にされていた。1870年プロイセンとフランスの間の緊張が高まった際に公然と議論されるにいたった。**6 argent** は tabatière en argent の省略表現(素材で製品を表す換喩)。**7 onnaing**　北仏ノール県の町オナン(Onnaing)で製造される陶製パイ

丸い握りのある杖で砂を掻き回しながら、
大真面目に条約を論じ、
銀の煙草入れを嗅いでは、また始める―「要するに！…」

丸々と肥えた腰をベンチにひしゃいで、
派手なボタンのブルジョワがフランドル風の太鼓腹を突き出し、
オネン製パイプをうまそうにくゆらせば、煙草がぼろぼろ
こぼれ落ちる―こいつぁ密輸品ですぞ。―

緑の芝生沿いで、不良どもがせせら笑う。
また、トロンボーンの歌に恋心をそそられた新兵たちが
しごく無邪気に、ばら色の箱の煙草を吹かしては、
女中たちを籠絡しようと赤ん坊をあやしている…

―ぼくはといえば、学生のように胸をはだけて、
緑のマロニエの下のすばしこい小娘たちを目で追いかける。
娘たちは百も承知で、笑いながらぼくのほうに
ぶしつけなものをいっぱい含んだ目を向ける。

ぼくは何も言わず、ほつれ毛が模様を付けた
白い首筋の肉付きをなおも見つめては、

プで、高級品として知られる。 8 —**vous savez, c'est de la contrebande** 引用符に入っていないが、ブルジョワのせりふ。 9 **roses** 煙草の品質は箱の色で区別された。緑が最も高級で、ばら色、うす紫、青の順に下がった。新兵がばら色の箱の煙草を吸うことには背伸びや気取りがある。

Je suis, sous le corsage et les frêles atours,
Le dos divin après la courbe des épaules. 32

J'ai bientôt déniché la bottine[10], le bas...
— Je reconstruis les corps, brûlé de belles fièvres.
Elles me trouvent drôle et se parlent tout bas...
— Et mes désirs brutaux s'accrochent à leurs lèvres[11]... 36

10　くるぶしの上までくる深靴である **bottines** は、ここでは単に「靴」chaussures を意味する方言。**11**　この結句があまりに露骨という理由からイザンバール(375 頁以降を参照)が提示した代案「——と、キッスの衝動が唇に次々と湧いてくるのをぼくは感じる」« — Et je sens les baisers qui me viennent aux lèvres... » を、ランボーは受け入れたとされる。しかし、いかにもランボーらしい元のヴァージ

胴着や薄手の衣装に包まれた両肩のカーブから
すばらしい背中へと視線を這わせる。

ぼくはまもなく暴き出した、靴もストッキングも…
—かっかと熱くなりながら、ぼくは娘らの肉体を想像する。
娘らはぼくを変な奴と思い、ひそひそ話をしている…
—と、ぼくの荒々しい欲望が彼女らの唇に喰らいつく…

当時のシャルルヴィル駅前広場

ョンを復元する。

[6]　MA BOHÊME[1]
(Fantaisie)

Je m'en allais, les poings dans mes poches crevées ;
Mon paletot aussi devenait idéal ;
J'allais sous le ciel, Muse ! et j'étais ton féal ;
Oh ! là là ! que d'amours splendides j'ai rêvées[2] !　　4

Mon unique culotte avait un large trou.
— Petit-Poucet[3] rêveur, j'égrenais dans ma course
Des rimes[4]. Mon auberge[5] était à la Grande-Ourse[6].
— Mes étoiles au ciel avaient un doux frou-frou[7]　　8

Et je les écoutais, assis au bord des routes,
Ces bons soirs de septembre où je sentais des gouttes
De rosée à mon front, comme un vin de vigueur ;　　11

Où, rimant au milieu des ombres fantastiques,
Comme des lyres, je tirais les élastiques[8]
De mes souliers blessés, un pied près de mon cœur !　　14

---

[6]　1　**Bohême** は元来19世紀前半のパリで、ボヘミアン(ジプシー)のように貧窮のなかで芸術的理想を追求した若い芸術家集団。所有形容詞を添えて普通名詞化し、田園の放浪詩人の自画像を描く。**Fantaisie** は想像の部分を強調する一方で、「幻想評論」*Revue fantaisiste*(1861年創刊)に拠った前-高踏派の技巧偏重を暗示し、「韻を編み出」すことに没頭する自分を重ねる。　2　**rêvées**　複数形の amours

［6］ わが放浪
（ファンタジー）

破れポッケに拳固(げんこ)を突っ込み、ぼくは出かけた。
半コートも見事なくらいに擦り切れていた。
空の下を行くぼくは、〈詩神(ミューズ)〉よ！ お前の従僕だった。
いやはや！ 華麗な恋をいくつ夢見たことか！

一本きりのズボンには、大きな穴が開(あ)いていた。
──夢見がちな親指小僧か、ぼくは道々
韻をつまぐった。わが宿屋は大熊座にありだった。
──空でわが星たちがやさしい衣擦れをささやき

ぼくは道端に腰かけてそれをじっと聴いていた、
あの心地よい九月の宵のこと、
額を伝う夜露を気付けの酒のように感じ、

奇怪な影たちに囲まれて韻を編み出しながら、
片足を胸元にもち上げては、竪琴を爪弾(つまび)くように
破れた靴のゴムを引っ張っていた！

は詩ではしばしば女性名詞扱い。 **3 Petit-Poucet** ペローの同題の童話の主人公。 **4 Des rimes** 歩行と詩作の親近性を印象づける送り語。 **5 Mon auberge était à la Grande-Ourse** 定型表現「野宿する」dormir à la belle étoile のもじり。 **6** À la Grande-Ourse「大熊座にて」は宿屋の名とも解せる。 **7 frou-frou** 星の瞬きの聴覚的表現。 **8** 靴のゴムを神話の詩人オルペウスの竪琴の弦に見立てる。

[7]　LE DORMEUR DU VAL[1]

C'est un trou de verdure où chante une rivière
Accrochant follement aux herbes des haillons
D'argent[2]; où le soleil, de la montagne fière,
Luit : c'est un petit val qui mousse de rayons. 4

Un soldat jeune, bouche ouverte, tête nue,
Et la nuque baignant dans le frais cresson bleu,
Dort[3]; il est étendu dans l'herbe, sous la nue,
Pâle dans son lit vert où la lumière pleut. 8

Les pieds dans les glaïeuls, il dort. Souriant comme
Sourirait un enfant malade, il fait un somme :
Nature, berce-le chaudement : il a froid. 11

Les parfums ne font pas frissonner sa narine ;
Il dort dans le soleil, la main sur sa poitrine
Tranquille. Il a deux trous rouges au côté droit[4]. 14

---

[7]　**1**　普仏戦争という時事的素材を扱うが、当時シャルルヴィル周辺で激しい戦闘はなかった。目にしたものの描写というよりも想像の産物。緑、銀、青、赤など、色彩鮮やかな記述がこの詩の特徴。 **2** **D'argent** をはじめ、第4句 **Luit**、第7句 **Dort**、第14句 **Tranquille** と、送り語が多用され、動性に富む詩句の運びのなかで、自然の生気と「眠る」兵士のコントラストが強調される。 **3**　第7句 **Dort**、第9

[7] 谷間に眠る男

そこは緑茂る窪地、せせらぎが
草木に狂おしく跳ねかける襤褸(ぼろ)は
銀色。誇らしくそびえる山から太陽が
輝く。陽光を浴びて泡立つ小さな谷だ。

若い兵士がひとり、あんぐりと口を開(あ)け、帽子も被らず、
青く冷たいクレソンにうなじを浸して
眠っている。大空のもと、草のなか、光が雨と降る
緑の寝床に、血の気のない顔をして横たわっている。

グラジオラスの茂みに足を突っ込んで兵士は眠る。病気の
子供のような微笑を浮かべて、ひと眠りしている。
〈自然〉よ、揺すって温めておやり、寒がっているから。

花の香りにも兵士の鼻腔は震えない。
陽を浴びて眠る彼が片手を置く胸は
動かない。右のわき腹に赤い穴が二つ開(あ)いている。

句 **il dort**、第 10 句 **il fait un somme**、第 13 句 **Il dort** と、兵士の眠り、生気の欠如を強調したあと、結句で「死」を名指さずして突きつける。ある事実に触れないことによって逆に注意を引く修辞 prétérition(暗示的看過法)。 **4** 最後の 1 文は単音節または二音節の語のみで書かれ、戦争の酷薄さをリズムの上でも暗示する。兵士の脇腹の二つの赤い「穴」と冒頭の緑の「窪地」の原語は、ともに trou。

[8]　LE CŒUR DU PITRE

Mon triste Cœur bave à la poupe,
Mon cœur est plein de caporal;
Ils y lancent des jets de soupe
Mon triste Cœur bave à la poupe.　4
Sous les quolibets de la troupe
Qui pousse un rire général,
Mon triste cœur bave à la poupe,
Mon cœur est plein de caporal!　8

Ithyphalliques et pioupiesques[1]
Leurs insultes l'ont dépravé:
À la vesprée, ils font des fresques
Ithyphalliques et pioupiesques:　12
Ô flots abracadabrantesques[2]
Prenez mon cœur, qu'il soit sauvé:
Ithyphalliques et pioupiesques
Leurs insultes l'ont dépravé!　16

---

[8]　**1　Ithyphalliques et pioupiesques**　それぞれ ithyphalle「勃起した男根像」、pioupiou「若い兵隊」から派生した形容詞。**2　abracadabrantesques**　『フランス語宝典』はランボーの新造語としてこの箇所を例に挙げる。abracadabrant は、奇異で複雑すぎて理解不可能な、の意。-esque は滑稽味を加える。もとになっている abracadabra は、病を癒し、あるいは近寄らせなくするための呪文。

［8］ 道化の心臓

ぼくの悲しい〈心臓〉が船尾で涎（よだれ）を垂らす、
ぼくの心臓は安たばこにまみれている、
奴らはそれにスープのげろを飛ばす、
ぼくの悲しい〈心臓〉が船尾で涎を垂らす。
どっと笑い声を上げる
兵隊たちに冷やかされながら
ぼくの悲しい心臓が船尾で涎を垂らす、
ぼくの心臓は安たばこにまみれている！

男根立てて兵隊くさい
奴らの嘲りがぼくの心臓を狂わせた。
夕べに奴らが描くフレスコ画は
男根立てて兵隊くさい。
ちちんぷいぷい、魔徐（まよ）けの波よ、
ぼくの心臓をつかんで、どうか救ってくれ。
男根立てて兵隊くさい
奴らの嘲りがぼくの心臓を狂わせた！

Quand ils auront tari leurs chiques,
Comment agir, ô cœur volé ?
Ce seront des refrains bachiques[3]
Quand ils auront tari leurs chiques :　　20
J'aurai des sursauts stomachiques
Si mon cœur triste est ravalé[4] :
Quand ils auront tari leurs chiques,
Comment agir, ô cœur volé ?　　24

3　**bachiques**＜Bacchus　酒神バッコス。　4　**ravalé**=avili, humilié.

奴らが嚙みたばこを切らしてしまったら
どうふるまえばよい　おお　盗まれた心臓よ、
酒飲みの繰り言が飛び出すだろう
奴らが嚙みたばこを切らしてしまったら。
ぼくの胃はびっくりして飛び上がるだろう
ぼくの悲しい心臓が賤(いや)しめられたなら。
奴らが嚙みたばこを切らしてしまったら
どうふるまえばよい　おお　盗まれた心臓よ。

シャルルヴィル高等中学校
市立図書館と同じ建物、現存せず

[9] MES PETITES AMOUREUSES

Un hydrolat[1] lacrymal lave
　　Les cieux vert-chou[2] :
Sous l'arbre tendronnier qui bave[3],
　　Vos caoutchoucs[4]　　　　4

―――

Blancs de lunes particulières
　　Aux pialats[5] ronds,
Entrechoquez vos genouillères
　　Mes laiderons[6] !　　　　8

―――

Nous nous aimions à cette époque[7],
　　Bleu[8] laideron !
On mangeait des œufs à la coque[9]
　　Et du mouron !　　　　12

―――

Un soir, tu me sacras[10] poète,
　　Blond laideron :

---

[9] **1 hydrolat** は芳香性の花から得られる無色の蒸留水。**lacrymal**<larme「涙」。降雨を空の涙にたとえるのに、あえて非-詩的な学術用語を並べる。 **2 vert-chou** 「七歳の詩人たち」第46句を見よ。 **3 tendronnier** tendron(新芽、若枝)に基づく新造語。**bave** 雨滴がしたたるさま。 **4 caoutchoucs** ゴム製の雨合羽または長靴。第4-6句は続く2句の従属節(第5句冒頭に Étant を補う)。 **5**

［9］ ぼくのかわいい恋人たち

涙腺から分泌されるかぐわしい蒸留水が
　　キャベツ色の空を洗う。
若芽を付けた木がよだれを垂らす下で、
　　お前たちのゴムのブーツを

——

丸い涙粒に特有のお月様模様で
　　白く染め、
左右の膝サポーターをぶつけ合わせるがよい、
　　ぼくの醜い娘たちよ！

——

あのころ、ぼくらは相思相愛だった、
　　青い髪の醜い娘よ！
殻付きの半熟卵を食べたものだ、
　　それにコハコベを！

——

ある晩、お前はぼくを詩人に聖別してくれた、
　　金髪の醜い娘よ、

---

pialats　pialer は方言で pleurer の意。雨滴の跡のたとえ。**6**「醜い娘たち」を不格好なバレリーナに見立てる(第31句以下の準備)。**7**　ロマンティックな叙情詩のパロディ。**8**　**Bleu**　髪の色として青は奇妙だが、「太陽と肉体」(本書未収録)には、「青い髪のドリュアス［木の精霊。美しい娘の姿をとる］」が登場する。ボードレールの詩「髪」にも、「青い髪」が出る。**9**　**œufs à la coque**　栄養価の高い

Descends[11] ici, que je te fouette
En mon giron;　16

———

J'ai dégueulé ta bandoline[12],
Noir laideron;
Tu couperais ma mandoline
Au fil du front[13].　20

———

Pouah! mes salives desséchées[14],
Roux laideron
Infectent encor les tranchées
De ton sein rond!　24

———

Ô mes petites amoureuses[15],
Que je vous hais!
Plaquez de fouffes[16] douloureuses
Vos tétons laids!　28

———

Piétinez mes vieilles terrines
De sentiment[17];
—Hop donc! Soyez-moi ballerines[18]

食べ物として子供に食べさせる。幼さへの暗示。 **10 sacras**＜sacrer (宗教的儀式によって)聖別する、転じて、ある資格を公式に認知する、の意。[自己]皮肉が混じる。 **11 Descends** 呼びかけられる娘が台座か露台にいる想定。なおも純朴な若い恋。 **12 bandoline** マルメロの種を潰した粘液をベースとするポマード。**ta bandoline / ma mandoline** の音の遊戯から選ばれた語。 **13** 第

ここに降りてこい、膝に載せて
　　鞭打ってやる。

——

ぼくはお前の髪の香油を吐き出した、
　　黒髪の醜い娘よ、
お前はとんがった額でぼくのマンドリンの
　　弦を切りかねないぞ。

——

うぇー！　ぼくの唾は乾いても、
　　赤毛の醜い娘よ、
お前の丸い胸の切通しで
　　まだ悪臭を放っている！

——

おお、ぼくのかわいい恋人たちよ、
　　お前たちが何と憎たらしいことか！
窮屈なぼろの詰め物で膨らませろ、
　　お前たちの醜いおっぱいを！

——

古めかしい壺に詰まったぼくの感情など
　　踏みつけてくれ、
— さあ、ほら！　ぼくのバレリーナになってくれ、

19-20 句は難解だが、第 5 節全体は「髪に香油をべったり塗ったお前はあまりに醜いので、ぼくの詩想(マンドリン)を切断しかねない。」粗野な語彙で、若い恋とは異なる一段深刻な局面を語る。fil は « le fil d'un couteau »「ナイフの刃」という場合と同じ意味か。 **14 salives désséchées**　第 6 節はエロティックな戯れを想起しながら、不潔なものとして断罪する。 **15 Ô mes petites amoureuses**　恋愛

　　Pour un moment!...　　32

———

Vos omoplates se déboîtent,
　　Ô mes amours!
Une étoile à vos reins qui boitent,
　　Tournez vos tours!　　36

———

Et c'est pourtant pour ces éclanches[19]
　　Que j'ai rimé!
Je voudrais vous casser les hanches
　　D'avoir aimé!　　40

———

Fade amas d'étoiles[20] ratées,
　　Comblez les coins!
— Vous crèverez en Dieu[21], bâtées
　　D'ignobles soins[22]!　　44

———

Sous les lunes particulières
　　Aux pialats ronds,
Entrechoquez vos genouillères,
　　Mes laiderons!　　48

詩の語り口のパロディ。 **16 fouffes**　アルデンヌ方言で、裁ち屑、ぼろ着。[f]音反復の戯画的効果。 **17**　純朴な恋愛感情を清算する意志。 **18 ballerines**　恋人たちを、グロテスクな踊りを踊るバレリーナのように想像しながら貶める。 **19 éclanches**　(肉屋で売られる)羊の肩肉。第33句「肩甲骨」からの連想か。ごつごつした身体の、ひいては恋人たちの人格の、おぞましさを言う誇張的表現。 **20**

　　しばらくの間だけ！…

——

お前たちは肩甲骨が外れ、
　　おお、ぼくの恋人たちよ！
ぎこちない腰に星形の飾りをつけて
　　くるくると回るのだ！

——

ところがぼくが詩を書いたのは、こんな肩肉みたいな
　　娘たちのため！
お前たちの腰をへし折ってやりたい、
　　愛したりしたとあっては！

——

花形になり損なった踊り子たちの冴えない集団よ、
　　隅っこに陣取っていろ！
—お前たちは神の御許(みもと)でくたばるのさ、
　　おぞましい気遣いに縛られて！

——

丸い涙粒に特有のお月様に
　　覆われて、
左右の膝サポーターをぶつけ合わせるがいい、
　　ぼくの醜い娘たちよ！

étoiles　花形ダンサー、プリマ。 **21 crèverez en Dieu**　卑語に属する crever と高尚な語 Dieu の組み合わせ。croire en Dieu のもじり。**bâtées de**＝astreintes à. bât は(馬、ロバの)荷鞍。動物的比喩が続く。 **22 ignobles soins**　家事や子供の教育に縛られた女性の生き方を、画一的として断罪する。

[10]　LES POÈTES DE SEPT ANS

Et la Mère, fermant le livre du devoir[1],
S'en allait satisfaite et très fière, sans voir,
Dans les yeux bleus et sous le front plein d'éminences
L'âme de son enfant livrée aux répugnances.　　4

Tout le jour il suait d'obéissance ; très
Intelligent[2] ; pourtant des tics noirs, quelques traits,
Semblaient prouver en lui d'âcres hypocrisies.
Dans l'ombre des couloirs aux tentures moisies,　　8
En passant il tirait la langue, les deux poings
À l'aine, et dans ses yeux fermés voyait des points[3].
Une porte s'ouvrait sur le soir : à la lampe
On le voyait, là-haut, qui râlait sur la rampe,　　12
Sous un golfe de jour pendant du toit. L'été
Surtout, vaincu, stupide, il était entêté
À se renfermer dans la fraîcheur des latrines[4] :
Il pensait là, tranquille et livrant ses narines.　　16

---

[10]　1　**le livre du devoir**　後出の「聖書」か(第46句「キャベツ色の断面をした聖書」を参照)、あるいは宿題または課題の読本か。　2　**très / Intelligent**　結びつきの強い2語をあえて2行に分ける強引な脚韻。　3　母親の目の届かない場所での小さな反抗、無意味な戯れ。　4　**la fraîcheur des latrines**　およそ非-詩的な「便所」が、揶揄やパロディ抜きで詩の素材になり得ている。「言葉の錬金術」(『地獄

［10］ 七歳の詩人たち

そうして〈母上〉は、課題の本を閉じ、
ご満悦の体でひどく誇らしげに出ていった、青い眼のなか、
突き出した額の裏で、わが子の魂が
嫌悪に苛まれていることには気づかずに。

日がな一日、子供は従順に汗を流した。とても
賢い子なのに、陰気な癖が、どことない表情が
内心の苦い偽善を証しているようだった。
かびの生えた壁紙に覆われた薄暗い廊下で、
通りがかりに、子供は両のこぶしを股座に当てて
舌を出し、閉じた眼のなかに飛ぶ点々を見ていた。
夕べに向かって扉が開き、灯火のもと、
屋根から垂れる陽だまりの陰になったあの上階の
手すりにもたれて、喘いでいる子供の姿が見えた。とりわけ
夏には、打ちひしがれ、呆けたように、便所の
冷気のなかにかたくなに閉じこもろうとした。
そこで静かに、鼻腔を大きく開き、もの思いに耽った。

の一季節』)の次の1節を参照――「おお！　宿屋の男子小便所で酔っ払った小蝿[…]一条の光にとろけてしまう！」

Quand, lavé des odeurs du jour, le jardinet
Derrière la maison, en hiver, s'illunait[5],
Gisant au pied d'un mur, enterré dans la marne
Et pour des visions écrasant son œil darne,　　20
Il écoutait grouiller les galeux espaliers.
Pitié ! ces enfants seuls étaient ses familiers
Qui, chétifs, fronts nus, œil déteignant sur la joue,
Cachant de maigres doigts jaunes et noirs de boue　　24
Sous des habits puant la foire et tout vieillots,
Conversaient avec la douceur des idiots !
Et si, l'ayant surpris à des pitiés immondes,
La mère s'effrayait ; les tendresses, profondes,　　28
De l'enfant se jetaient sur cet étonnement.
C'était bon[6]. Elle avait le bleu regard, — qui ment !

À sept ans, il faisait des romans[7], sur la vie
Du grand désert, où luit la Liberté ravie,　　32
Forêts, soleils, rios[8], savanes ! — Il s'aidait
De journaux illustrés où, rouge, il regardait
Des Espagnoles rire et des Italiennes[9].
Quand venait, l'œil brun, folle, en robes d'indiennes,　　36

5　s'illunait＜lune　**6　C'était bon**　7歳の子供は、母親の驚きを自分への思いやりと感じ、うれしさのあまり母親に抱きつく。16歳の詩人は、母親はただ、息子が不衛生を家庭内にもち込むことを危惧していたにすぎない、と見抜いている。7歳の無邪気な喜びと16歳の冷徹な皮肉を重ねた表現。 **le bleu regard, — qui ment !**　冒頭では、母親の前で「嫌悪」を押し殺し、勤勉を装う息子の「青い眼」**les yeux**

昼間のにおいを洗われた家の裏手の
小さな庭に、冬、月の光が差すころ、
壁の根元の粘っこい土にまみれるように寝そべって、
幻を捉えようと霞む眼をこすりながら、
疥癬病みの果樹の垣根がうごめく気配に耳を澄ましていた。
かわいそうに！ 親しい友といえば、ただ、
虚弱で、帽子も被らず、涙や目やにを頬に垂らし、
泥で黒くなった黄色い痩せた指を
下痢の臭いのする衣服の下に隠し、やけに老けた顔で
白痴のようにおっとりとしゃべる子供たちだけ！
そうして、息子のけがらわしい憐れみを目の当たりにした
母親が震え上がると、心根のじつに優しい
子供は、驚く母親に抱きついた。
結構なことだった。母親の眼は青かった、―嘘つきの眼だ！

七歳で子供は小説をいくつも作った、奪われた
〈自由〉が光り輝く広大な砂漠の生活をめぐる話だ、
森林、太陽、川、草原！―子供が助けとしたのは
挿絵入りの新聞、スペインやイタリアの女たちの笑う姿に
顔を赤らめて見入ったものだ。
眼が褐色で、お転婆の、インド更紗のワンピースを着た、

---

bleus(第3句)が言われた。「苦い偽善」**âcres hypocrisies** に由来する「陰気な癖」**tics noirs**(第6-7句)への言及もあった。母子は嘘つきの共同体を形成し、「青い眼」がその符牒をなす。 **7 il faisait des romans** 実際に小説を書くのではなく、さまざまな物語を想像すること。 **8 rios** 川(rivière)を表すこのスペイン語は、たとえばジュール・ヴェルヌの冒険小説に頻出する。 **9** 第31-35句は7歳の

— Huit ans, — la fille des ouvriers d'à côté,
La petite brutale, et qu'elle avait sauté,
Dans un coin, sur son dos, en secouant ses tresses,
Et qu'il était sous elle, il lui mordait les fesses, 40
Car elle ne portait jamais de pantalons ;
— Et, par elle meurtri des poings et des talons,
Remportait les saveurs de sa peau dans sa chambre.

Il craignait les blafards dimanches de décembre, 44
Où, pommadé, sur un guéridon d'acajou,
Il lisait une Bible à la tranche vert-chou ;
Des rêves l'oppressaient chaque nuit dans l'alcôve.
Il n'aimait pas Dieu ; mais les hommes, qu'au soir fauve, 48
Noirs, en blouse, il voyait rentrer dans le faubourg
Où les crieurs, en trois roulements de tambour,
Font autour des édits rire et gronder les foules.
— Il rêvait la prairie amoureuse[10], où des houles 52
Lumineuses, parfums sains, pubescences d'or,
Font leur remuement calme et prennent leur essor !

Et comme il savourait[11] surtout les sombres choses,

詩的想像力の形成プロセスと読める。 **10　la prairie amoureuse**　最初期の詩「感覚」、「太陽と肉体」、また『イリュミナシオン』の「夜明け」などに見られる、擬人化され、エロティックな生命力の横溢する自然のイメージ。 **11　Et comme il savourait**　以下末尾まで単一の感嘆文。訳では便宜上２文に切った。

隣の労働者一家の娘 — 八歳だ、— がやって来て、
これがなかなかわんぱくで、おさげ振りふり、
部屋の片隅で彼の背中に飛び乗ると、
子供は、組み敷かれながら娘の尻に嚙みついた、
なにしろズロースなど着けていたためしがなかったから。
— そうして、娘の拳固と踵で青あざをもらいながら、
娘の肌の味わいを自分の部屋にもち帰った。

子供は十二月のどんより曇った日曜日を恐れた、
その日は、ポマードで髪を整え、マホガニーの小さな円卓で
キャベツ色の断面をした聖書を読むのだった。
毎晩、寝床でいろんな夢に圧迫された。
神様は好きではなく、鹿毛(かげ)色の夕暮れ時に見る仕事着姿の
黒い影、場末町に帰ってくる労働者たちが好きだった。
界隈では、布告の役人が太鼓を三度轟かせて告げるお触れに、
群衆がどっと笑ったり、ぶつくさ文句を言ったりした。
— 恋する草原を子供は夢みた、そこでは光り輝く
波、健康な香り、金色の綿毛が、
静かにうごめいては高く舞い上がる！

それにとりわけ、陰鬱なものをどれほど好み、味わったことか、

Quand, dans la chambre nue aux persiennes closes, 56
Haute et bleue, âcrement prise d'humidité,
Il lisait son roman sans cesse médité,
Plein de lourds ciels ocreux et de forêts noyées,
De fleurs de chair[12] aux bois sidérals[13] déployées, 60
Vertige, écroulements, déroutes et pitié!
—Tandis que se faisait la rumeur du quartier,
En bas, —seul, et couché sur des pièces de toile
Écrue, et pressentant violemment la voile[14]! 64

---

12 fleurs de chair 1871年の韻文詩「花について詩人に語られたこと」(本書未収録)にも異形の花々が登場する。 **13 sidérals** 正しくは **sidéraux**(「陶酔の船」第85句を参照)。déployées は fleurs にかかる(押韻のための倒置)。 **14 pressentant violemment la voile** 「陶酔の船」の船出の熱烈な予感のように読める。

鎧戸を閉ざし、がらんとした、
天井が高くてひどく湿気にやられた青い寝室で、
たえず思いを巡らす自分の小説を、
重く垂れ込める黄土色の空や、水に浸かった森林や、
恒星の森に広がる肉の花々が詰まった小説を読みながら。
めまい、崩落、敗走、そして憐憫！
──階下では、界隈のざわめきが聞こえていたが、──
子供はひとり、ごわごわした麻布に寝そべって、
船の帆をはげしく予感していた！

初聖体拝領の日の
アルチュール(右)
と兄フレデリック

［11］　LES ASSIS

Noirs de loupes[1], grêlés, les yeux cerclés de bagues
Vertes, leurs doigts boulus[2] crispés à leurs fémurs
Le sinciput plaqué de hargnosités[3] vagues
Comme les floraisons lépreuses des vieux murs ;　　4

Ils ont greffé dans des amours épileptiques[4]
Leurs fantasque ossature aux grands squelettes noirs
De leurs chaises ; leurs pieds aux barreaux rachitiques[5]
S'entrelacent pour les matins et pour les soirs !　　8

Ces vieillards ont toujours fait tresse avec leurs sièges,
Sentant les soleils vifs percaliser[6] leur peau,
Ou, les yeux à la vitre où se fanent les neiges,
Tremblant du tremblement douloureux du crapaud.　　12

Et les Sièges[7] leur ont des bontés : culottée
De brun, la paille[8] cède aux angles de leurs reins ;

---

［11］ **1 loupes**　皮脂嚢胞。 **2 boulus**　（＜boule）「丸い形の」（『フランス語宝典』）。 **3 hargnosités**　（＜hargneux「邪険な」）ランボーの造語。 **4 épileptiques**＜épilepsie「癲癇」 **5 rachitiques**＜rachitisme「くる病、発育不良」 **6 percaliser**＜percale（女性名詞）目の詰んだ薄い上質の平織綿布。キャラコの一種。ランボーの造語で、キャラコのような光沢を付ける、の意。 **7 Sièges**　大文字書きで擬

［11］ 座った奴ら

できもので黒ずみ、あばた面、目には緑の
隈ができ、ずんぐりした指を大腿骨のあたりで引きつらせ、
前上頭部に貼りついたどことなく陰険な気配は
古壁にこびりついた染みの花ざかりのよう。

連中は癲癇(てんかん)性の恋に駆られて
自分の奇怪な骨格を椅子の大きな黒い骸骨に
接ぎ木した。奴らの足は朝となく夕となく
くる病を患う横木に絡みつく！

この老人たちはいつも椅子と絡み合って離れたことがない、
強い日差しに皮膚がキャラコのように輝くのを感じ、
雪が解けていく窓ガラスに目をやっては、
ひき蛙が苦しげに震えるように身を震わせる。

それに〈椅子たち〉はいろいろと親切だ、使い込まれて
茶色に光る詰めわらは奴らの腰の角度に従順にへこむ。

人化されている。chaise は背もたれがあって肘掛けのない椅子を指し、siège はあらゆる椅子を包括する語。 **8　la paille**　使い込まれて光っているのは、厳密には、わらを包んでいる革または布のカバー。一種の換喩。

L'âme des vieux soleils s'allume, emmaillotée
Dans ces tresses d'épis où fermentaient[9] les grains. 16

Et les Assis, genoux aux dents, verts pianistes[10]
Les dix doigts sous leur siège aux rumeurs de tambour
S'écoutent clapoter des barcarolles tristes,
Et leurs caboches vont dans des roulis[11] d'amour. 20

— Oh ! ne les faites pas lever ! C'est le naufrage...
Ils surgissent, grondant comme des chats giflés,
Ouvrant lentement leurs omoplates, ô rage !
Tout leur pantalon bouffe à leurs reins boursouflés 24

Et vous les écoutez, cognant leurs têtes chauves
Aux murs sombres, plaquant et plaquant leurs pieds tors,
Et leurs boutons d'habit sont des prunelles fauves[12]
Qui vous accrochent l'œil du fond des corridors ! 28

Puis ils ont une main invisible qui tue :
Au retour, leur regard filtre ce venin noir
Qui charge l'œil souffrant de la chienne battue

9　単純に mûrissaient「熟した」ではなく、**fermentaient**「発酵した」と言われるのは、腐敗の観念を呼び起こすため。 **10**　**verts pianistes** 第 1-2 句「目には緑の／隈ができ」を参照。この詩では、緑は黒、茶、鹿毛色などとともに、不吉な暗い色のひとつ。 **11**　**roulis**　(船の)横揺れ。第 19 句 clapoter、barcarolles、第 21 句の naufrage とともに、海や船をめぐる一連の縁語。第 5 節は〈座った奴ら〉をピアニスト

かつて麦粒が発酵した穂を編んだ詰め物に
くるまれて、むかしの太陽の魂に火がともる。

〈座った奴ら〉は、膝を歯に当て、緑色のピアニストか、
椅子の下に置いた十本の指で太鼓の喧噪を打ち鳴らし
悲しい舟歌を潮騒のように響かせてはじっと耳を傾ける、
すると連中の頭は、恋の思いに右に左にゆらゆら揺れる。

――ああ！　立たせてはならない！　難破するぞ…
ぶたれた猫みたいに唸りながら、奴らは不意に立ち上がる、
肩甲骨をゆっくりと広げ、何という怒りよう！
腫れ上がった腰のあたりでズボン全体が膨らんでいる。

そうして諸君は聴くのだ、連中が禿げ頭を暗い壁にぶつけ
ねじれた足でぱたぱたと床を踏み鳴らしながら歩くのを、
それに連中の服のボタンは野獣のような鹿毛色の瞳、
廊下の奥から諸君の目を引きつけて離さない！

それに奴らには人殺しの見えない手がある。
座席に戻るときには、殴られた雌犬の苦しげな目に充満する
黒い毒液が奴らのまなざしににじみ出て

やゴンドラの船頭に見立て、その内面の叙情的描写に向かう唯一のパッセージであるが、彼らの指が鳴らすのは「喧噪」であり、舟歌は「潮騒」と区別がつかない。**caboches** は têtes を意味する俗語。 **12 fauves** 「鹿毛色の夕暮れ時」« au soir fauve »(「七歳の詩人たち」第48句)のように純然たる色彩を表すこともあるが、bêtes fauves「野獣」のニュアンスを伴うことが多い形容詞。

Et vous suez pris dans un atroce entonnoir[13].　　32

Rassis, les poings noyés dans des manchettes sales,
Ils songent à ceux-là qui les ont fait lever
Et, de l'aurore au soir, des grappes d'amygdales
Sous leurs mentons chétifs s'agitent à crever　　36

Quand l'austère sommeil a baissé leurs visières[14]
Ils rêvent sur leur bras de sièges fécondés,
De vrais petits amours de chaises en lisière[15]
Par lesquelles de fiers bureaux[16] seront bordés;　　40

Des fleurs d'encre[17] crachant des pollens en virgule
Les bercent, le long des calices accroupis
Tels qu'au fil des glaïeuls le vol des libellules
— Et leur membre[18] s'agace à des barbes d'épis[19].　　44

13　entonnoir　老人たちの目を起点(頂点)に不可視の漏斗(円錐)形の圏域が生まれ、そのなかに囚われる空想。「陶酔の船」第80句(訳では第77句)にも出る語。**14　visières**　第39句 lisière と韻を踏むが、単数名詞と複数名詞による不規則な押韻。第41句 virgule と第43句 libellules の押韻についても同様。前年の詩にはなかった破格。**15**　図書館司書の老人たちと彼らの椅子との交わりから、椅子の赤ん

諸君はおそろしい漏斗(じょうご)に囚われて冷や汗をかく。

座りなおすと、両の拳(こぶし)をうす汚れた袖口に引っ込めて
奴らは自分を立たせた張本人のことを思う、
そうして、明けてから暮れるまで、奴らの貧弱なあごに
垂れた扁桃腺の房は、はち切れんばかりに揺れている。

峻厳な眠気にまぶたが垂れ下がるとき
連中が腕枕をして夢に見るのは、子をはらんだ椅子たち、
手引き紐につながれたじつにかわいい椅子の赤ん坊たち、
高慢な役人どもはこれら椅子の赤ん坊に囲まれることだろう。

コンマ形の花粉を吐き出すインクの花々が
萼(がく)に沿ってうずくまった奴らを揺すりあやしてくれる、
グラジオラスの花の列を飛び回るとんぼのように、
—すると奴らの一物は、麦の穂のひげにいらつくのだ。

坊が生まれるという奇怪な幻想。« un amour de... » で「かわいい…」 **16 bureaux**=bureaucrates　役人、勤め人。「音楽会で」の第10句にも出る。 **17 Des fleurs d'encre**　いつも書物（印刷物）に身を傾けている司書たち（座った奴ら）の夢に現れる奇怪な花々。 **18 membre**　ペニス（複数形なら「四肢」）。 **19 barbes d'épis**　第16句の tresses d'épis の言い換え。

［12］ LES CHERCHEUSES DE POUX

Quand le front de l’enfant, plein de rouges tourmentes[1],
Implore l’essaim blanc des rêves indistincts,
Il vient près de son lit deux grandes sœurs charmantes
Avec de frêles doigts aux ongles argentins.　　4

Elles assoient l’enfant devant une croisée[2]
Grande ouverte où l’air bleu baigne un fouillis de fleurs
Et dans ses lourds cheveux où tombe la rosée[3]
Promènent leurs doigts fins, terribles[4] et charmeurs.　　8

Il écoute chanter leurs haleines craintives
Qui fleurent de longs miels végétaux et rosés[5]
Et qu’interrompt parfois un sifflement, salives[6]
Reprises sur la lèvre ou désirs de baisers.　　12

Il entend leurs cils noirs battant sous les silences
Parfumés[7] ; et leurs doigts électriques et doux[8]

---

［12］ **1　tourmentes**　暴風、嵐。転じて動乱の意にも。次々と生起して子供を苦しめる悪しき想念、ヴィジョン、悪夢。発熱をも暗示する「赤」は、次行「白く群れ[…]」と対照的。 **2**　第3句で床に伏していた子供を窓辺に座らせる理由として、(1)子供の頭髪の虱がよく見えるように、(2)発熱した子供を冷気に当てて冷ますため、等が想定できるが、不分明な書き方である。 **3　la rosée**　明け方の露。 **4**

［12］ 虱(しらみ)を探す女たち

赤い悪夢にかき乱された子供の額が、
白く群れなす何やら不明瞭な夢に懇願すると、
銀の光沢の爪をした華奢な指の
すてきな二人の姉さんが、ベッドのそばにやって来る。

群れ咲く花々が青い大気に浸されている
開け放った窓の前に、姉さんたちは子供を座らせ、
朝露が垂れかかるもっさりしたその髪に
恐ろしくも魅惑的な細い指を這わせる。

子供は彼女らのおずおずとした息を歌のように聴いている、
それは長く糸を引く草花のばら色の蜜の香りがして、
ときにしゅーと空気の洩れる音にさえぎられるが、口元で
唾を呑み込む音か、キスがしたくてたまらないのか。

彼女らの黒い睫毛が香(かぐわ)しい沈黙のもとでまたたくのを
子供は聞く。そうして彼女らの電流を帯びたやさしい指は、

---

doigts[...]terribles　虱を殺す容赦ない指、また子供に官能の不安を吹き込む恐ろしい指。 **5**　聴覚的な「息」を、粘って長く伸びる蜜として視覚的に捉え、さらに「香り」という嗅覚的属性を付加する。 **6**　**salives** は逆送り語(317–318頁を参照)で、**Reprises** との間に[i:v]／[i:z]のアソナンス(母音が共通で子音の異なる音節間の韻)を形成し、逆送り語の効果が増幅される。 **7**　**silences** / **Parfumés**　音(の不

Font crépiter parmi[9] ses grises indolences[10]
Sous leurs ongles royaux la mort des petits poux[11].　　16

Voilà que monte en lui le vin de la Paresse[12],
Soupir d'harmonica[13] qui pourrait délirer ;
L'enfant se sent, selon la lenteur des caresses,
Sourdre et mourir sans cesse un désir de pleurer.　　20

在)に香りを付与する共感覚(五感相互の照応)的表現を、送り語で強調。第9-10句では「息」を「蜜」にたとえた(聴覚の嗅覚、視覚への変換)。 **8 électriques et doux** 第8句 terribles et charmeurs と同じく、対立的意味をもつ形容詞の組み合わせ。 **9** **parmi**=dans. **10 grises indolences** 虱をとってもらいながらまどろむ子供の感覚を「ほろ酔いの」(「灰色の」)と形容。 **11** 第16句は、前半句の高貴と後

子供がほろ酔いのけだるさを感じるなか、その堂々たる爪でちっぽけな虱をぱちぱちとはぜさせて殺すのだ。

いよいよ彼のなかで〈怠惰〉の酒が回ってくる、
逆上しかねないアルモニカの吐息か。
子供はおもむろに愛撫されるにつれ、泣きたいような衝動がこみ上げては消えていくのを感じている。

半句の卑俗との対照が際立つ。 **12 vin de la Paresse** 女性的世界の心地よさに身を任せる快感。 **13 harmonica** 口で吹き鳴らす近代のハーモニカではなく、水量を調節した多数のガラス碗を串刺し状に並べて回転させ、水で湿した指を当てて摩擦によって音を出す前近代の楽器(グラス・アルモニカ)。18世紀にはその独特の音色がヨーロッパ中で評判を呼んだ。

［13］　LE BATEAU IVRE[1]

Comme je descendais des Fleuves impassibles[2],
Je ne me sentis plus guidé par les haleurs[3] :
Des Peaux-rouges[4] criards les avaient pris pour cibles
Les ayant cloués nus aux poteaux de couleurs.　　4

J'étais insoucieux de tous les équipages,
Porteur de blés flamands ou de cotons anglais
Quand avec mes haleurs ont fini ces tapages[5]
Les Fleuves m'ont laissé descendre où je voulais[6].　　8

Dans les clapotements furieux des marées
Moi l'autre hiver plus sourd que les cerveaux d'enfants
Je courus ! Et les Péninsules démarrées
N'ont pas subi tohu-bohus plus triomphants.　　12

La tempête a béni mes éveils maritimes.
Plus léger qu'un bouchon j'ai dansé sur les flots

---

［13］ **1**　詩の語り手は船。詩人は船と一体化して航海のダイナミズムを生きる。 **2　impassibles**「無感動な」はしばしば高踏派詩人を形容するのに用いられた形容詞。そのような〈大河〉を通過して動性に満ちた海をめざすことには高踏派への皮肉がこもる。 **3　haleurs**　原動機のない時代に、陸から船を綱で曳いて推進力を付ける役目の人々で、乗組員の一部。 **4　Peaux-rouges**　北米インディアンの当

［13］ 陶酔の船

平然として動じない〈大河〉をいくつも下るうち
船曳きの綱に曳かれる感触はいつの間にか消えていた、
わめき騒ぐ〈赤肌〉が奴らを的（まと）に捕まえて
色とりどりの杭に裸でくくりつけていたからだ。

積み荷はフランドルの麦か、イギリスの綿か
乗組員の消息などぼくにはまるで気にならなかった。
船曳きが殺されて騒ぎが収まると
〈大河〉はぼくを望むところに下らせた。

荒れ狂う波濤のどよめきのただ中を
先の冬、子供たちの脳髄よりもかたくなに
ぼくは駆けた！　綱を解かれた〈半島〉も
あれほど圧倒的な喧騒を味わったためしはない。

海上で目覚めるぼくを嵐が祝福してくれた。
犠牲者を永久に転がしていくという波の上で

時の俗称。船が新大陸から船出することが暗示されている。**5**「船曳きとの(船曳きをめぐる)騒ぎが収まると」とも解せる。**6**「ぼく」が〈大河〉を下る第1句とは主語と目的語が入れ替わり、〈大河〉が「ぼく」を下らせる。

Qu'on appelle rouleurs éternels de victimes,
Dix nuits, sans regretter l'œil niais des falots!　16

Plus douce qu'aux enfants la chair des pommes sures,
L'eau verte pénétra ma coque de sapin
Et des taches de vins bleus[7] et des vomissures
Me lava, dispersant gouvernail et grappin[8].　20

Et dès lors, je me suis baigné dans le Poème
De la Mer[9], infusé d'astres, et lactescent,
Dévorant les azurs verts; où, flottaison[10] blême
Et ravie, un noyé pensif parfois descend;　24

Où, teignant tout à coup les bleuités[11], délires
Et rythmes lents sous les rutilements[12] du jour,
Plus fortes que l'alcool, plus vastes que nos lyres,
Fermentent les rousseurs amères de l'amour[13]!　28

Je sais les cieux crevant en éclairs, et les trombes
Et les ressacs et les courants: je sais le soir,
L'Aube exaltée[14] ainsi qu'un peuple de colombes,

7　vins bleus　安物の赤ワイン。 **8**「船曳き」の統御を離れ、〈大河〉から海に出ることで獲得される自由とは、船の自己統御能力の喪失と表裏一体である。 **9　Poème / De la Mer**　船が到達した冒険の新たな次元。船の背後に隠れた詩人の感性をにじませる表現。 **lactescent**(＜lait)「乳状の」はランボーの造語。 **10　flottaison**(＜flotter)　通常は「喫水線」の意。「浮遊物」の意での用例はこのラン

浮きよりも軽やかに、十夜つづけてぼくは踊った、
港の灯りの間抜けた目など懐かしむことなく！

酸っぱい林檎の果肉も子供たちには甘いもの、
それよりも甘い緑の海水が樅(もみ)の船体に滲み込んで
安酒の染みや反吐を洗い落としては
船尾舵も錨もどこかに流し去った。

それ以来、星を溶かして乳色の
緑の蒼空を貪りくらう〈海の詩〉にぼくは浸った。
そこをときおり、青白く恍惚とした浮遊物、
思い深げな溺死者が流れ下っていく。

また、突然に青海原を染めながら、赤くきらめく陽を受けて
狂おしい動きと緩慢なリズムで
蒸留酒よりも強烈に、われらの竪琴の響きよりも広々と
愛の苦い赤あざが醸成される！

ぼくは知っている、閃光を放って裂ける空を、竜巻を、
怒濤を、潮流を。ぼくは知っている、夕暮れを、
群れ立つ鳩のように高らかに白む〈夜明け〉を、

ボーの例が初出。 **11 bleuités**(<bleu) ランボーの造語。 **12 rutilements**(<rutiler) ランボーの造語。 **13** 第25-28句は、船の生きる現象世界と、それに仮託される感情世界との二元性を明るみに出す。 **14 exaltée** 「高く昇った、(白鳩のように)舞い上がった」という物理的意味。

Et j'ai vu quelquefois ce que l'homme a cru voir!　　32

J'ai vu[15] le soleil bas, taché d'horreurs mystiques,
Illuminant de longs figements violets,
Pareils à des acteurs de drames très antiques
Les flots roulant au loin leurs frissons de volets!　　36

J'ai rêvé la nuit verte aux neiges éblouies,
Baiser montant aux yeux des mers avec lenteurs,
La circulation des sèves inouïes,
Et l'éveil jaune et bleu des phosphores chanteurs[16]!　　40

J'ai suivi, des mois pleins, pareille aux vacheries
Hystériques, la houle à l'assaut des récifs,
Sans songer que les pieds lumineux des Maries[17]
Pussent forcer le mufle aux Océans poussifs!　　44

J'ai heurté, savez-vous[18], d'incroyables Florides
Mêlant aux fleurs des yeux de panthères à peaux
D'hommes[19]! Des arcs-en-ciel tendus comme des brides
Sous l'horizon des mers, à de glauques troupeaux[20]!　　48

15　以下5節にわたり « J'ai＋過去分詞 » の首句反復とともに、見たものを興奮冷めやらぬ口調で並べる。 **16**　最も夢幻的な1節。「緑の夜」とは夜の海。水面にきらめく星明かりは海中に降る雪のように見える。海が盛り上がるさまは、水面のきらめき(「海の目」)に向かう接吻のようである。第38句全体が **la nuit verte** の同格。**lenteurs** の複数形は **chanteurs** との押韻のためだが、ひと波ごとのうねりの多様

そしてときおりぼくは見た、人が見たと思っただけのものを！

ぼくは見た、神秘の恐怖に染まった夕陽が
太古の劇の俳優にそっくりの
紫に凝固した長い連なりを照らすのを、
波が鎧戸のおののきを遠方に転がしていくのを！

ぼくは夢みた、きらめく雪の舞い散る緑の夜を、
それは海の目にゆっくりと隆起する接吻のよう、
巡りめぐる途方もない精気を、
歌うたう燐光の黄色や青の覚醒を！

ぼくは追いかけた、まるまる幾月も、けたたましい
牛舎さながら、岩礁に襲いかかる大波を、
マリアたちの輝かしい足が、息たえだえの〈大海〉の鼻面を
ねじ伏せられることなど思いもせずに！

ぼくは行き当たった、ほんとうさ、信じがたいフロリダに、
人肌をした豹の目が花々に混じって
光っていた！　水平線の下方に伸びる手綱のように
青緑色の羊の群れへと張り渡された虹に！

性の暗示ともとれる。海はまた、樹液がめぐり、燐光がまたたく森とも想像される(第39-40句)。 **17**　船乗りの守護神とされるマリアの像の足元に蠟燭を点して祈る習慣を踏まえる。 **18** **savez-vous**「…なのですよ」と相手の注意を引き、念を押す挿入句 vous savez を倒置した方言。 **Florides**　複数形は「フロリダのような土地」の意。「花に富む国」という語源的意味も残る。 **19**　斑点のある豹の毛皮を

J'ai vu fermenter les marais énormes, nasses
Où pourrit dans les joncs tout un Léviathan[21] !
Des écroulements d'eaux au milieu des bonaces,
Et les lointains vers les gouffres cataractant[22] ! 52

Glaciers, soleils d'argent, flots nacreux, cieux de braises[23] !
Échouages hideux au fond des golfes bruns
Où les serpents géants dévorés des punaises
Choient, des arbres tordus, avec de noirs parfums ! 56

J'aurais voulu montrer aux enfants[24] ces dorades
Du flot bleu, ces poissons d'or, ces poissons chantants.
— Des écumes de fleurs ont bercé mes dérades[25]
Et d'ineffables vents m'ont ailé par instants. 60

Parfois[26], martyr lassé des pôles et des zones,
La mer dont le sanglot faisait mon roulis doux
Montait vers moi ses fleurs d'ombre aux ventouses jaunes[27]
Et je restais, ainsi qu'une femme à genoux... 64

Presque île, ballottant sur mes bords les querelles

まとった人間。 **20** 「船」はつねに視界の彼方を想定し、それに向かう。 **21** **Léviathan** 『旧約聖書』「ヨブ記」に登場するワニに似た怪物。 **22** **cataractant**(<cataracte) ランボーの造語。 **23** ランボーにあって名詞[句]の列挙が昂揚を表す典型的な例。**nacreux**(<nacre) ランボーの造語。 **24** **enfants** 「子供」は「船」が共感を寄せる弟分であり、この詩のなかで4度言及される(ほかに第10、17、

ぼくは見た、巨大な沼が発酵するのを、そこは
一頭のリヴァイアサンがそっくりイグサのなかで腐る簗(やな)！
凪(なぎ)のさなかに崩れ落ちる水面を
渦巻く淵に向かって滝と落ちる遠景を！

氷河、銀の太陽、真珠色の波、熾と燃える空！
褐色の湾の奥の、船が乗り上げた忌まわしい浜では
南京虫に食われた巨大な蛇が
ねじれた木から落下して、黒い香りを立てる！

子供たちに見せてやりたかった、青い波間の
あの鯛を、あの金色の魚を、あの歌うたう魚を。
──泡の花がぼくの漂流をしずかに揺すり
得も言われぬ風がときどきぼくに翼をくれた。

ときに、ぼくは極地や諸地帯をめぐり疲れた殉教者、
海はすすり泣いて、そんなぼくの横揺れを和らげ
黄色の吸盤をもつ闇の花をかざしてくれた、
だがぼくは、ひざまずいた女のようにじっとして…

島さながらに、船縁(ふなべり)にブロンドの目のかしましい

95句)。 **25**　**dérades**(<dérader「停泊地〔rade〕を離れる」)　ランボーの造語。 **26**　ここから詩の転調が顕著になり、「船」には疲労の色がにじむ。**martyr...** は第63句 **moi** にかかる前置同格。 **27**　最も解釈困難な1句。**fleurs d'ombre** は、ユゴーの詩「眠れるボアズ」(『諸世紀の伝説』1859年)では、夜空にきらめく星を指す。それとの連想で、闇の深海から現れる「吸盤」を備えた星形の動物としてタコがイ

Et les fientes d'oiseaux clabaudeurs aux yeux blonds[28]
Et je voguais, lorsqu'à travers mes liens frêles[29]
Des noyés[30] descendaient dormir, à reculons!　　68

Or moi, bateau perdu sous les cheveux des anses[31],
Jeté par l'ouragan dans l'éther sans oiseau,
Moi dont les Monitors et les voiliers des Hanses[32]
N'auraient pas repêché la carcasse ivre[33] d'eau;　　72

Libre, fumant, monté de brumes violettes,
Moi[34] qui trouais le ciel rougeoyant comme un mur,
Qui porte, confiture exquise aux bons poètes[35],
Des lichens de soleil et des morves d'azur,　　76

Qui courais, taché de lunules électriques,
Planche folle, escorté des hippocampes[36] noirs,
Quand les juillets[37] faisaient crouler à coups de triques
Les cieux ultramarins[38] aux ardents entonnoirs;　　80

Moi qui tremblais, sentant geindre à cinquante lieues
Le rut des Béhémots et les Maelstroms épais[39],

メージされているという説がある。**28**　同格と分詞構文による第64句 je の説明。 **29**　**liens frêles**　海藻。 **30**　第24句 **un noyé pensif** を参照。 **31**　**cheveux des anses**　これも海藻を指す。 **32**　**Monitors** 米国の南北戦争(1861-65年)で使用された装甲艦。 **Hanses**<la Hanse ハンザ同盟。 **33**　**carcasse ivre**　第18句 L'eau verte pénétra ma coque de sapin とは対照的な船の疲弊。表題の2語(bateau / ivre)が登場す

鳥たちの喧嘩と糞を乗せ、揺すりながら、
そうして航行を続ければ、ぼくのかぼそい綱を横切って
溺死者たちが後ずさりしながら眠りへと下っていった！

さてぼくは、入り江の髪の下に迷い込み
疾風に鳥さえいない天空へ吹き飛ばされた船、
海水に酔い痴れた残骸は、モニトル艦や
ハンザの帆船に拾われるはずもなく、

自由気ままに、煙を吐き、紫の霧を乗せて
赤みのさす空を壁のようにくり抜いたが、
そこには太陽の苔と蒼空の洟（はな）がこびりつき、
よき詩人たちにはいかにも美味なジャム、

灼熱の漏斗を並べた群青の空を
七月が棍棒で叩き崩していたそのときに、
電光きらめく衛星に染まり、黒い海馬に護られた
狂おしい板切れとなってぼくは駆けた、

発情した怪獣べへモットと猛烈な大渦（メルシュトルム）が
五十海里の先でうなる気配にぼくは震えていた、

る唯一の詩節であるが、両者は結びつかない。 **34** 以下、破滅に瀕した冒険の絶頂。**Moi qui...** を連ね、その全負荷を第84句 Je に担わせる劇的な構文。 **35** 「太陽」や「蒼空」を好んで歌った高踏派詩人への揶揄。 **36 hippocampes** 胴が馬、尾が魚のギリシア神話中の怪物ヒポカンポス。 **37 juillets...** 熱帯の海上の嵐または竜巻の擬人化。 **38 ultramarins** bleu outremer「群青色」の意味の造語。

Fileur éternel des immobilités bleues,
Je regrette[40] l'Europe aux anciens parapets!　84

J'ai vu des archipels sidéraux! et des îles
Dont les cieux délirants sont ouverts au vogueur:
— Est-ce en ces nuits sans fonds que tu dors et t'exiles,
Million d'oiseaux d'or, ô future Vigueur[41]? —　88

Mais, vrai, j'ai trop pleuré! Les Aubes sont navrantes[42],
Toute lune est atroce et tout soleil amer:
L'âcre amour m'a gonflé de torpeurs enivrantes[43].
Ô que ma quille éclate! Ô que j'aille à la mer!　92

Si je désire une eau d'Europe, c'est la flache
Noire et froide où vers le crépuscule embaumé
Un enfant accroupi plein de tristesses, lâche
Un bateau frêle comme un papillon de mai[44].　96

Je ne puis plus, baigné de vos langueurs, ô lames,
Enlever leur sillage[45] aux porteurs de cotons,
Ni traverser l'orgueil des drapeaux et des flammes[46],

---

39 Béhémots　「ヨブ記」に出るカバに似た怪物ベヒモス。**Maelstroms**　北方海域の危険な海流。ポーの短篇「渦に巻かれて」を踏まえるか。**40 Je regrette**　語られる経験の時間が語る行為の時間に追いつく劇的瞬間を標す現在時制。「船」の冒険は完全に終わってはいない。第16句 sans regretter l'œil niais des falots！と対照的。**l'Europe aux anciens parapets**　かつて帰属していた安寧と束縛の陸

不動の青海原に果てしもなく水脈(みお)を引く者、
そのぼくは今、古い胸壁の並び立つヨーロッパが懐かしい！

ぼくは見た、星の群島を！ きらめき乱れるその空を
海行く者に開いてみせる島々を。
—あの底なしの夜のなかなのか、おまえが眠り
隠れているのは、百万羽の黄金の鳥、未来の〈生気〉よ。—

だがじつに、ぼくは泣きすぎた！ 〈夜明け〉の眺めは心をえぐる、
どんな月も無惨で、どんな太陽も苦い。
えがらい愛が、心酔わせるけだるさでぼくを満たした。
ああ、わが龍骨は砕けろ！ ああ、この身を海に沈ませてくれ！

もしもヨーロッパの水を望むとすれば
風薫る夕暮れ時、悲しみで胸いっぱいの子供が
うずくまり、五月の蝶のようにかぼそい船を
放ちやる、黒く冷たい水たまり。

おまえの倦怠に浸されて、波よ、
ぼくにはもうできない、綿の運搬船を間近から追うことも
誇り高い旗や幟(のぼり)の間を横切ることも

地。 **41 future Vigueur** 視界の彼方に想定される未知の世界への希求が「船」を駆動してきたが、ここではそれが時間化される。壮麗なヴィジョンを提示しながら、この疑問文には懐疑がこもる。 **42** 第31句 L'Aube exaltée ainsi qu'un peuple de colombes と対照的。 **43 âcre amour** と **torpeurs enivrantes** の二重の撞着表現は、昂揚の余韻と、募る疲労、挫折の確信とを凝縮する。 **44** 詩人(「子供」

Ni nager sous les yeux horribles des pontons[47].　　100

はその分身）と船が分離する、「陶酔の船」の陰画。平穏で安全な、熱狂のない小世界。 **45 Enlever leur sillage** ≒ les suivre de tout près. **46 flammes** （マストに付けた）吹き流し。 **47 nager**=ramer, naviguer. **pontons** マストを取り払った廃船の上に、明かり窓を備えた木造小屋を建造して監獄としたもの。第1帝政期の英仏戦争で英国がフランス人捕虜を収容。また、コミューン派の捕虜数千人がフラ

監獄と化した廃船の恐ろしい目の下を航行することも。

10–11 歳時のノートに描かれた「航海」の絵
左の子供が「助けて！」と叫んでいる

ンス北西端のブレスト海岸の停泊地に集合したこの種の廃船に収容され、やがてニュー・カレドニアに流刑された。**les yeux horribles** 明かり窓を暗示する擬人表現。

［14］ VOYELLES

A noir, E blanc, I rouge, U vert, O bleu[1] : voyelles,
Je dirai quelque jour[2] vos naissances latentes :
A, noir corset velu des mouches éclatantes
Qui bombinent[3] autour des puanteurs cruelles,　4

Golfes d'ombre ; E, candeurs[4] des vapeurs et des tentes,
Lances des glaciers fiers, rois blancs, frissons d'ombelles ;
I, pourpres[5], sang craché, rire des lèvres belles
Dans la colère ou les ivresses pénitentes[6] ;　8

U, cycles, vibrements[7] divins des mers virides,
Paix des pâtis semés d'animaux, paix des rides
Que l'alchimie imprime aux grands fronts studieux[8] ;　11

O, Suprême Clairon[9] plein des strideurs étranges,
Silences traversés des Mondes et des Anges :
— Ô l'Oméga[10], rayon violet de Ses Yeux !　14

---

［14］ 1　五つの母音が固有の色をもつという想定から詩は動き出す。学校教本では、A-E-I-O-U の順。O と U を入れ替えたのは、« O bleu, U vert » とした場合の母音衝突［blø-y］を回避するため。 **2　quelque jour** と言いながら、色付きの母音を起点とする連想の実例が即座に披露される。 **3　bombinent**=bourdonnent. **4　candeurs**=blancheurs. **5　pourpres**=étoffes pourpres. **6**　「黒い A」と「白い E」は五感で

［14］ 母音

黒い A、白い E、赤い I、緑の U、青い O、母音たちよ、
ぼくは、いつの日か、お前たちの秘められた誕生を語ろう。
A、耐えがたい悪臭のまわりでぶんぶんと羽音を立て、
きらきら光るハエの、綿毛に覆われた黒いコルセット、

影の入り江。E、湯気とテントの純白、
高慢な氷河の槍、白装束の王たち、傘形花のおののき。
I、緋の衣、吐かれた血、怒りにかられた、
または悔悛に酔いしれた、美しい唇に浮かぶ笑い。

U、もろもろの周期、緑の海の神々しい震動、
動物たちが放たれた放牧地の平和、錬金術が
学究の偉大な額に刻印する皺の平和。

O、かん高い奇妙な音を響かせる〈至高のラッパ〉、
いくつもの〈世界〉と〈天使たち〉がよぎる静寂、
―オメガよ、〈かの方〉の〈眼〉の紫の光よ！

捉えられる客観世界を現出させた。「赤い I」は情動や喜怒哀楽の主観世界に関わる。 **7** **vibrements**=vibrations. **8** 「美しい唇」、「額」の「皺」、〈眼〉など、身体は部位としてしか想起されない。 **9** **Suprême Clairon** 「ヨハネ黙示録」で天使たちが吹き鳴らすラッパを喚起する終末論的ヴィジョン。 **10** O はギリシア字母最終字オメガ(Ω)と同一視される。

［15］　LES MAINS DE JEANNE-MARIE

Jeanne-Marie a des mains fortes,
Mains sombres que l'été tanna,
Mains pâles comme des mains mortes.
— Sont-ce des mains de Juana[1] ?　　4

Ont-elles pris les crèmes brunes
Sur les mares des voluptés[2] ?
Ont-elles trempé dans des lunes
Aux étangs de sérénités[3] ?　　8

Ont-elles bu des cieux barbares,
Calmes sur les genoux charmants[4] ?
Ont-elles roulé des cigares[5]
Ou trafiqué des diamants[6] ?　　12

Sur les pieds ardents[7] des Madones
Ont-elles fané des fleurs d'or[8] ?

---

［15］ **1 Juana**　Jeanne に当たるスペイン名フアナのフランス語読み。Juan(フアン)の女性形。ミュッセの叙事詩「ドン・パエス」に登場する色白で移り気な伯爵夫人の名でもある。これ以下第 24 句までの一連の修辞疑問文はジャンヌ＝マリとは対照的な女性像を提起して、否定の答えを含意する。 **2**　第 2 句 Mains sombres の説明。 **3**　第 3 句 Mains pâles の説明。**étangs de sérénités** は月面の一部の呼称

[15]　ジャンヌ＝マリの手

ジャンヌ＝マリの手はたくましい、
夏の日差しになめされた浅黒い手だ、
死んだ手のように生気のない手だ。
──あれはジュアナの手なのか。

あの手は悦楽の沼で
褐色のクリームをつかんだのか。
あの手は晴れの池で
月の光に浸されたのか。

すてきな膝に静かに乗って
蛮地の空を飲んだのか。
葉巻を巻きでもしたか、
それともダイヤをかすめ取ったか。

聖母像の熱く燃える足のうえで
黄金の花をしおれさせたか。

「晴れの海」(la mer de la Sérénité)のもじりか。 **4** 客の膝に座って遊女が飲む強い酒が、それを産する蛮地を想起させる。 **5 roulé des cigares** たばこ工場の女工であったカルメンへの暗示。 **6 trafiqué des diamants** 客にねだってダイヤを贈らせた、の意。 **7 ardents** 聖母像の足もとに灯る蠟燭への暗示。 **8 des fleurs d'or** 聖母像の足もとに供えられた豪奢な花。

C'est le sang noir des belladones[9]
Qui dans leur paume éclate et dort[10].　　16

Mains chasseresses des diptères
Dont bombinent[11] les bleuisons
Aurorales, vers les nectaires?
Mains décanteuses de poisons?　　20

Oh! quel Rêve les a saisies
Dans les pandiculations[12]?
Un rêve inouï des Asies,
Des Khenghavars ou des Sions[13]?　　24

— Ces mains n'ont pas vendu d'oranges,
Ni bruni sur les pieds des dieux:[14]
Ces mains n'ont pas lavé les langes
Des lourds petits enfants sans yeux[15].　　28

Ce ne sont pas mains de cousine[16]
Ni d'ouvrières aux gros fronts
Que brûle, aux bois puant l'usine[17]

---

9 belladones　毒性と薬効を合わせもつ多年草。ランボーが愛読したミシュレ『魔女』で、庶民の医者でもあった中世の魔女が用いた薬草。ジャンヌ＝マリは、抑圧への反抗と異教的自然主義において近代版魔女の側面をもつ。 **10**　ジャンヌ＝マリの手は香水やクリームとは無縁で、その血管を流れるのはベラドンナの黒い毒、つまり庶民の血、『地獄の一季節』で言われる「賤しい血」。 **11 bombinent=**

あの手のひらで弾け、眠るのは
ベラドンナの黒い血だ。

青く明けそめる朝まだき
花の蜜が分泌されるあたりを
羽音を立てて飛び回る虫を払う手か。
毒の上澄みを取る手か。

ああ、のけ反るように伸びをしながら
どんな〈夢〉があの手を捉えたか。
アジアをめぐる前代未聞の夢、
それともケンガヴァルかシオンの夢か。

── あの手はオレンジを売ったことがない、
神々の足のうえで日焼けしたこともない、
あの手はおむつを洗ったことなどない、
目を持たぬ鈍重な赤ん坊のおむつなど。

あれは高級娼婦の手ではない、
工場の悪臭が漂う森で
タールに酔った太陽に焼けた

---

bourdonnent.「母音」第4句を見よ。**dont** は bombinent を修飾。人目につかない早朝に、ベラドンナを摘みにいくジャンヌ＝マリ(魔女)。 **12 pandiculations** 学術用語で、あくびをしながら両手を上げて伸びをする動作。夜宴における魔女のトランス状態への暗示か。**13 Khenghavars**(Kengawer)はペルシア(イラン)の都市、**Sion**(Syon)はエルサレムの丘。複数形は、その種の場所の意。ベラドン

Un soleil ivre de goudrons.　　32

Ce sont des ployeuses d'échines,
Des mains qui ne font jamais mal,
Plus fatales que des machines,
Plus fortes que tout un cheval!　　36

Remuant comme des fournaises[18],
Et secouant tous ses frissons,
Leur chair chante des Marseillaises[19]
Et jamais les Eleisons[20]!　　40

Ça serrerait vos cous, ô femmes
Mauvaises[21], ça broierait vos mains,
Femmes nobles, vos mains infâmes
Pleines de blancs et de carmins.　　44

L'éclat de ces mains amoureuses
Tourne le crâne des brebis[22]!
Dans leurs phalanges savoureuses
Le grand soleil met un rubis!　　48

ナからハシッシュを、さらにオリエントを連想する19世紀の紋切型を踏襲。**14**　この詩では、brun、brunir はジャンヌ＝マリ本来の生命力の横溢を、pâle、pâlir は弾圧または疲弊によるその衰弱を指し示す記号。**sur les pieds des dieux** については第13-14句を見よ。**15　enfants sans yeux**　不分明な1句。衛生状態が悪いため嬰児がしばしばトラホームから盲目になった東洋のイメージとする説と、宗

広い額の女工の手でもない。

あれは背骨をへし折る手、
けっして痛みを感じさせずに片づける手だ、
機械よりも致命的で
馬一頭よりも強い手だ！

かまどのように熱くうごめいては
おののきながら振られる
あの手の肉は、「ラ・マルセイエーズ」を歌い、
けっして「主よ、憐れみたまえ」など歌わない！

あれはお前らの首を絞めるだろうよ、性悪な
女たちよ、あれはお前らの手を砕くだろうよ、
高貴な女たちよ、おしろいや紅に覆われた
お前らのおぞましい手を。

愛情あふれるあの手の輝きが
従順な雌羊の頭を幻惑する！
味わい深いその指の骨に
偉大な太陽はルビーを嵌める！

教画で幼子イエスが無表情な目をして聖母マリアに抱かれているさまという説があるが、いずれも十分に説得的ではない。 **16** **cousine**=courtisane. **17** **aux bois puant l'usine** パリから遠く離れた木炭工場の暗示か。 **18** **comme des fournaises** ジャンヌ＝マリはコミューン側の火付け女。 **19** 「ラ・マルセイエーズ」は19世紀を通じて革命歌であり、第2帝政期には禁じられていた。 **20**

Une tache de populace
Les brunit comme un sein d'hier[23] :
Le dos de ces Mains est la place
Qu'en baisa[24] tout Révolté fier ! 52

Elles ont pâli, merveilleuses,
Au grand soleil d'amour chargé[25],
Sur le bronze des mitrailleuses
À travers Paris insurgé ! 56

Ah ! quelquefois, ô Mains sacrées,
À vos poings, Mains où tremblent nos
Lèvres jamais désenivrées,
Crie une chaîne aux clairs anneaux[26] ! 60

Et c'est un Soubresaut étrange
Dans nos êtres, quand, quelquefois,
On veut vous déhâler[27], Mains d'ange,
En vous faisant saigner les doigts[28] ! 64

Eleisons « Kirie Eleison »「主よ、憐れみたまえ」という祈禱句。 **21 femmes / Mauvaises** ブルジョワ女。 **22 brebis** 忠実な信徒という宗教的意味。ジャンヌ＝マリの魅力を強調。 **23 comme un sein d'hier** かつて娼婦の乳房が客の接吻によって黒ずんだように。 **24 Qu'en baisa**=Que baisa. **25 d'amour chargé** chargé d'amour を押韻のために倒置。 **26 une chaîne aux clairs anneaux** コミュ

下層の民の染みがあの手を
かつての乳房のようにくすませる。
あの〈手〉の甲は、およそ誇り高い〈叛徒〉なら
だれもが口づけた場所！

あの見事な手は生気を失った、
愛に満ちた偉大な太陽に照らされて
機関銃のブロンズを操るうちに
蜂起したパリのあちこちで！

ああ！　ときとして、神聖な〈手たち〉よ、
いつまでも酔いから覚めないぼくらの唇が
口づけたまま震えている〈手たち〉よ、お前たちの拳に
明るく光る環の連なった鎖が鳴り響く！

そうして、ぼくらの内奥で奇妙な
〈身震い〉が起こる、ときおり、天使の〈手たち〉よ、
奴らがお前たちの指から血を流させて、
日焼けの色を消し去ろうとするとき！

ーン壊滅後、勝ち誇るヴェルサイユ軍が連行する囚人たちの手首に付けた鎖。 **27** **déhâler**<hâler. **28** 両手を括られ、四列縦隊でヴェルサイユに連行されるコミューン闘士たちは、沿道のブルジョワから罵られ、叩かれた。

[*Album zutique*, octobre-novembre 1871]

[16]　VIEUX DE LA VIEILLE[1]

Aux paysans de l'empereur !
À l'empereur des paysans !
　　Au fils de Mars[2],
　　Au glorieux ***18 Mars***[3] !
Où le ciel d'Eugénie a béni les entrailles !　　5

[16]　1　表題は vieux[soldats] de la vieille[garde]への呼びかけ。元来は第1帝政時代の近衛隊の古参兵士。 **2　fils de Mars**　軍神マルスの息子と3月(mars)生まれの皇太子ルイの両義を掛ける。 **3　*18 Mars***　皇太子ルイの誕生日は1856年3月16日。一方、1871年3月18日はパリ・コミューンが勃興した日。2日ずらすことで、皇室礼賛をパリ・コミューン礼賛に転倒する。

［『ジュティストのアルバム』(1871年10-11月)］

［16］ 古参兵諸君

皇帝の百姓たちに！
百姓たちの皇帝に！
　　軍神(マルス)の子息に、
　　輝かしい三月(マルス)十八日に！
天がウジェニー妃の母胎を祝福し給うた日！

『ジュティストのアルバム』中表紙裏面に描かれた「外人館」(今日のパリ6区)4階にジュティストのたまり場があった

[17]　ÉTAT DE SIÈGE ?[1]

Le pauvre postillon, sous le dais de ferblanc,
Chauffant une engelure énorme sous son gant,
Suit son lourd omnibus parmi la rive gauche,
Et de son aine en flamme écarte la sacoche.
Et tandis que, douce ombre où des gendarmes sont,　　5
L'honnête intérieur[2] regarde au ciel profond
La lune se bercer parmi la verte ouate,
Malgré l'édit et l'heure encore délicate,
Et que l'omnibus rentre à l'Odéon[3], impur
Le débauché glapit au carrefour obscur !　　10

François Coppée[4]
A. R.

[17]　**1**　疑問符はタイトルの両義性を強調する。すなわち「戒厳令」と「座り具合」。 **2**　**L'honnête intérieur**　放蕩者や娼婦のたむろする街路とは違い、まともな人々が乗り合わせた馬車の内部、の意。コペの詩集『散策と室内』*Promenades et intérieurs* の第35篇に、「窓からは清廉な内部が見える」« Par la fenêtre, on voit l'intérieur honnête » という表現がある。 **3**　当時のパリにあった30の乗合馬車路

［17］ 戒厳令？

哀れな御者は、ブリキの天蓋の下、
ひどい霜焼けを手袋の下で暖めながら、
セーヌ左岸沿いに重い乗合馬車を走らせ、
熱く火照る股座(またぐら)からかばんを引き離す。
憲兵たちの乗り合わせた静かで仄暗い
清廉なる馬車内から深々とした空に、
お触れが出てなお危うい時節ではあるが、
緑の綿に包まれて月がゆらめくのを眺め、
乗合馬車がオデオンへ戻っていくと、みだらな
放蕩者は暗い四つ辻で金切り声を上げる！

フランソワ・コペ
A・R

線のひとつの終点がオデオン広場。コペの芝居はよくオデオン座で演じられた。 4 **François Coppée**(1842-1908) 高踏派詩人として出発し、戯曲や小説も多数書いた。古典的韻律を遵守し、平易な言葉で庶民への共感を歌って人気を博したが、ランボーやヴェルレーヌはその生ぬるい抒情を揶揄した。『ジュティストのアルバム』中のランボー作22篇のうち7篇がコペの10行詩の猥雑なパロディである。

II

Derniers vers

後期韻文詩
(1872 年)

L'Éternité

Elle est retrouvée.
Quoi ? - L'Éternité.
C'est la mer allée
Avec le soleil

「永遠」の手稿(冒頭)

FÊTES DE LA PATIENCE

[18]　BANNIÈRES DE MAI

Aux branches claires[1] des tilleuls
Meurt un maladif hallali[2].
Mais des chansons spirituelles[3]
Voltigent[4] parmi les groseilles.
Que notre sang rie[5] en nos veines, 5
Voici s'enchevêtrer les vignes.
Le ciel est joli comme un ange[6]
L'azur et l'onde communient[7].
Je sors... Si un rayon me blesse
Je succomberai sur la mousse. 10

Qu'on patiente[8] et qu'on s'ennuie
C'est trop simple. Fi de mes peines.
Je veux que l'été dramatique
Me lie à son char de fortune[9].
Que par[10] toi beaucoup, ô Nature, 15
— Ah moins seul et moins nul[11] ! — je meure.

---

[18]　**1　claires**　日差しを浴びている、若葉だから色が淡い、葉がまばらである、等が想定できる。 **2**　子音[m]、[l]の反復(アリテラシオン)と母音[a]の頻用が、単調な角笛を模す。 **3　spirituelles**= allègres, joyeuses. **4　Voltigent**　角笛の音を、枝を飛び回る小鳥にたとえる。 **5　rie<rire**　血管を流れる血を、樹木の内部を流れる樹液に見立て、春の躍動を同化せよと自分を鼓舞する。 **6　joli comme**

我慢の祭

［18］ 五月の幟

菩提樹の明るい枝では
狩人の病んだ角笛が死んでいく。
だが、はつらつとした歌声が
スグリの実のなかを飛び回る。
ぼくらの血は血管のなかで笑うがよい、
ほら、葡萄の蔓が絡まり合う。
空は天使のようにきれいで
蒼穹と波がひとつに溶け合う。
外に出よう…日差しに射られたら
苔の上でくたばってやる。

我慢を重ねて退屈するなんて
あまりに単純。ぼくの苦痛などくそ食らえ。
ぼくが望むのは、劇的な夏が
奴の運命の戦車にぼくを結わえてくれること。
おお〈自然〉よ、すっかりお前の手にかかって
―ああ、これほど孤独でも無能でもなしに！―死ねたら。

---

un ange＜beau comme un ange(=très beau). ange の語により、ciel は「天国」にも。 **7** 「永遠」の「太陽と行ってしまった海」(『地獄の一季節』「言葉の錬金術」では「太陽に混じった海」)を参照。 **8** 「我慢の祭」の主題に直結。 **9** **char de fortune** 火の車に乗って天空を回る太陽神(ヘーリオス)に、捕虜を戦車にくくり市街を引き回した古代ローマの凱旋将軍の像を重ねる。 **10** **par** は動作主(第18句 par le monde

Au lieu que[12] les Bergers, c'est drôle,
Meurent à peu près[13] par le monde.

Je veux bien que les saisons m'usent.
À toi, Nature, je me rends;　　20
Et ma faim et toute ma soif.
Et, s'il te plaît, nourris, abreuve.
Rien de rien ne m'illusionne;
C'est rire aux parents, qu'au soleil,
Mais moi je ne veux rire à rien;　　25
Et libre soit cette infortune[14].

も同様)。 **11　moins seul et moins nul**　「我慢の祭」を駆動する二重の願い。 **12　Au lieu que**=Alors que.　**les Bergers** とは les Amants または les campagnards naïfs.　**13　Meurent à peu près**　生きながらにして死んでいるような、しかし真に死ぬこともできない生き方。 **14**　春の再生の誘惑をも、強烈な死の夢をも斥け、不幸のなかの自由に固執する。経験のすべて、想像のすべてを断罪し、破滅のなかの自

〈羊飼い〉が、おかしなことに、世間の手にかかって
中途半端な死を遂げるのとは逆に。

めぐる季節がぼくをすり減らしてくれればよい。
お前にこの身を委ねよう、〈自然〉よ、
ぼくの飢えもぼくの渇きのすべてをも。
どうか、餌を与え、水飼ってくれ。
ぼくは金輪際、何にも惑わされるものか、
太陽に微笑むなんて、両親に微笑むのと同じこと、
だけどぼくは、金輪際何にも望みをかけたりするものか。
それでもこの不幸は自由でありますように。

アンリ・ファンタン＝ラトゥール「テーブルの片隅」(1871年)。前列左端がヴェルレーヌ、隣がランボー

由を希求する結末は、「陶酔の船」のそれに近い。

[19]　CHANSON DE LA PLUS HAUTE TOUR

Oisive jeunesse
À tout asservie[1],
Par délicatesse[2]
J'ai perdu ma vie.
Ah ! Que le temps vienne
Où les cœurs s'éprennent[3].　6

Je me suis dit : laisse,
Et qu'on ne te voie :
Et sans la promesse
De plus hautes joies.
Que rien ne t'arrête
Auguste retraite.　12

J'ai tant fait patience[4]
Qu'à jamais j'oublie[5] ;
Craintes et souffrances

---

[19]　1　**À tout asservie**　asservie à tout の倒置(第20句 À l'oubli livrée も同様)。 2　**délicatesse**　気むずかしさ、容易に満足しない性格、とも解せる。 3　**s'éprennent**　目的補語(de...)を省略した絶対用法。次行の他動詞 laisse も同様。こうした書法は、具体的状況から遊離させ、詩にある種の抽象性をまとわせる。 4　**patience**　「我慢の祭」の連作、ひいては後期韻文詩の中心的モチーフ。 5　「我慢」

［19］ 最も高い塔の歌

あれこれに屈従した
無為な青春、
繊細さゆえに
ぼくは人生を台なしにした。
ああ！ 時よ来い
人の心が燃え上がる時よ。

ぼくは自分に命じた、構うな、
人に見られぬようにしろ、
しかもいっそうすばらしい喜びが
約束されているわけじゃない。
何があってもやめてはならぬ
厳粛な隠遁だ

あんなに我慢をしたのだから
もう永遠に忘れるのだ。
恐れも苦しみも

の積み重ねが「忘却」に通じる流れは、苦行の果てに無感不惑にいたる宗教的禁欲の図式を踏まえる。

Aux cieux sont parties[6].
Et la soif malsaine
Obscurcit mes veines.　　18

Ainsi la Prairie
À l'oubli livrée,
Grandie, et fleurie
D'encens[7] et d'ivraies
Au bourdon[8] farouche
De cent sales mouches.　　24

Ah ! Mille veuvages[9]
De la si pauvre âme
Qui n'a que l'image
De la Notre-Dame[10] !
Est-ce que l'on prie
La Vierge Marie[11] ?　　30

Oisive jeunesse
À tout asservie,
Par délicatesse

6　sont parties　「消滅した」のほかに、「(天へ)昇った」すなわち「精神化された」と解することも可。その場合、続く2句は、苦痛が魂のそれと化しても、地上に釘付けの肉体にはそれを疲弊させる「渇き」が残る、の意。**7　encens**　ボスウェリア属の植物の樹脂を固めた乳香。ここはこの植物を指す換喩、または野原の草いきれを「お香」と称する反語的隠喩。**8　Au bourdon**=Dans le bourdonnement.

空に向かって飛び去った。
それなのに不健康な渇きが
ぼくの血管を翳らせる。

こうして〈草原〉は
忘れ去られて
伸び放題、お香と毒麦の
花ざかり、
無数の汚い蝿が
獰猛な羽音を立てて舞っている。

ああ！　かくも哀れな魂の
数知れないやもめ暮らし、
心に浮かぶものは
聖母像のほかにない！
今さら祈るのか
聖処女マリアに？

あれこれに屈従した
無為な青春、
繊細さゆえに

9　**Mille**　前行の cent に輪をかけた誇張。 **veuvages**＜être veuf de...　…を奪われている（＝être privé, dépourvu de...）。 **10**　第 25-28 句は、語り手の「厳粛な隠遁」を、修道士ないし宗教的隠者の修行に近づける。 **11**　第 29-30 句は、第 28 句の子供の幼稚な言葉遣いを訂正する親の口調で Notre-Dame を Vierge Marie と言い換えながら、ふと湧き上がった信仰心に揶揄を差し向ける。

J'ai perdu ma vie.
Ah ! Que le temps vienne
Où les cœurs s'éprennent !　　36

ヴェルレーヌによる1872年6月のランボー。『ランボー詩集』(1895年)のために「記憶で」描いた

ぼくは人生を台なしにした。
ああ！ 時よ来い
人の心が燃え上がる時よ！

フォランによるランボーの戯画

［20］　L'ÉTERNITÉ

Elle est retrouvée.
Quoi ? — L'Éternité.
C'est la mer allée
Avec le soleil[1].　　4

Âme sentinelle,
Murmurons l'aveu
De la nuit si nulle
Et du jour en feu[2].　　8

Des humains suffrages,
Des communs élans
Là tu te dégages
Et voles selon[3].　　12

Puisque[4] de vous seules,
Braises de satin[5],

---

［20］ **1** 「言葉の錬金術」では、C'est la mer mêlée / Au soleil「それは太陽に／混じった海」。 **2** 「言葉の錬金術」でこの詩の別ヴァージョンが引かれる直前の記述を参照のこと — 「ついに、幸福よ、理性よ、私は空から青みを、黒っぽい青みを引き剝がした、そうして生きたのだ、自然のままの光の金の火花となって」(221 頁)。 **3** **selon** 方言特有の副詞的用法≒à ton gré, au gré du hasard. **4** **Puisque** 以

［20］ 永遠

あれが見つかった。
何が？ —〈永遠〉が。
それは太陽と
行ってしまった海。

見張り番の魂よ
あれほどに空しい夜と
火と燃える昼のことを
そっと告白しよう。

人々の賛同からも
だれもに共通する衝動からも
ほら、お前は身を振りほどき
気の向くままに飛んでいく。

なぜって、繻子の艶もつ燠(おき)よ
〈義務〉の炎は、ひとえに

下は独立した1文だが、前節の理由説明。「言葉の錬金術」では、第4節と第5節が逆の順序になる。 **5** **Braises de satin** 「太陽と／行ってしまった海」の変奏として、夕べの空と海に映える残照。また、自発的な〈義務〉と化した情熱のエンブレム。

Le Devoir s'exhale
Sans qu'on dise : enfin.　　16

Là pas d'espérance[6],
Nul orietur[7].
Science avec patience[8],
Le supplice est sûr[9].　　20

Elle est retrouvée.
Quoi ? — L'éternité.
C'est la mer allée
Avec le soleil.　　24

6　Là は第 11 句の Là と同じく「永遠」にあっては、の意。 **espérance** 〈義務〉の実践が未来において報われることへの人間的希望。「私は人間らしい希望の一切を、精神のうちで気絶させるにいたった」(『地獄の一季節』序文)を見よ。また、死後の魂の救済への期待(望徳)という宗教的意味をもちうる。「永遠」とは、特権的な今、ここにおいて実現されるべきもの、という含意がある。 **7**　**orietur**　ラテン語動

お前たちから立ちのぼり
「ついに」などと言わないのだから。

そこには未来への希望などない
何かが**到来スル**こともない。
我慢強く学問などすれば
責苦は確実。

あれが見つかった。
何が？ — 永遠が。
それは太陽と
行ってしまった海。

詞 orior の未来時制 3 人称単数形で、フランス語の se lèvera (naître) に相当。 **8** **Science[...]patience** ［sjãs］-［pasjãs］と、同一詩句のなかでの強い韻。脚韻が崩壊した詩にあって、ここだけが異彩を放ち、語呂合わせめいた遊戯性すら感じさせる。 **9** 世間の人々のように、よりよい未来を信じ、今、ここを犠牲にしながら刻苦勉励を続けるのは徒労だ、の意。「五月の幟」第 11-12 句を見よ。

［21］　ÂGE D'OR[1]

Quelqu'une des voix
Toujours angélique
— Il s'agit de moi, —
Vertement s'explique :　　4

Ces mille questions
Qui se ramifient
N'amènent, au fond,
Qu'ivresse et folie ;　　8

Reconnais ce tour
Si gai, si facile :
Ce n'est qu'onde, flore,
Et c'est ta famille[2] !　　12

Puis elle chante. Ô
Si gai, si facile,

---

［21］ 1 **Âge d'or**　元来は、ギリシア神話で人類創造直後の、神々と人間とが共生していたとされる時代。無垢、正義、豊穣、幸福に特徴づけられる。続いて人類は銀の時代、青銅の時代、鉄の時代をたどる。ここは神話における人類史を個人史に転位した観念。 **2**　自我の放棄、自然の構成要素への融合、いわば存在の錬金術への同意の勧め。

［21］ 黄金時代

数ある声のなかのひとつ
いつも天使のように澄んだ声が
―ぼくのことだ、―
きびしい調子で意見する。

あちこちに枝分かれする
それらきりもない問いが
もたらすのは、つまるところ
酩酊と狂気。

こんなに陽気で簡単な
このやり方を思い出せ、
ただ波と草木があるばかり
これがお前の家族だよ！

それから声は歌う。おお
こんなに陽気で簡単で、

Et visible à l'œil nu[3]...
— Je chante avec elle, — 16

Reconnais ce tour
Si gai, si facile,
Ce n'est qu'onde, flore,
Et c'est ta famille!...etc... 20

Et puis une voix
— Est-elle angélique! —
Il s'agit de moi,
Vertement s'explique; 24

Et chante à l'instant
En sœur des haleines[4]:
D'un ton Allemand,
Mais ardente et pleine: 28

Le monde est vicieux;
Si cela t'étonne!
Vis et laisse au feu

3　5音節詩句で書かれた詩にあって、第15句のみ、6音節を含む。
4　haleines　アニミズム的ヴィジョンのなかでの自然の息吹。「生き生きとして温かい息吹を覚ましながら、ぼくは歩いた」(「夜明け」)を参照。

肉眼でも見えるのだ…
―声といっしょにぼくも歌う、―

こんなに陽気で簡単な
このやり方を思い出せ、
ただ波と草木があるばかり
これがお前の家族だよ！…などと…

それからひとつの声が
―天使のように澄んでいる！―
ぼくのことだ
きびしい調子で意見する。

そうして、すぐさま
吐息そっくりに歌いだす
ドイツなまりがあるものの
熱烈で朗々たる歌いぶり。

世の中が歪んでいる
そんなことに驚くの！
生きるのよ、火にくべてしまいなさい

L'obscure infortune[5].　　32

Ô! joli château[6]!
Que ta vie est claire!
De quel Âge es-tu[7]
Nature princière
De notre grand frère! etc...,　　37

Je chante aussi, moi:
Multiples sœurs[8]! Voix
Pas du tout publiques[9]!
Environnez-moi
De gloire pudique[10]... etc...,　　42

5　infortune　「それでもこの不幸は自由でありますように」(「五月の幟」)を参照。ただし、「五月の幟」では「自由」が「不幸」の償いになるのに対し、ここでは「不幸」の意識が単に断罪される。**6　joli château**　「きれいなお城」は、声たちと「ぼく」が位置する詩の世界に現前しているとも、「王族のような心ばえ」の純然たるイメージとも解せる。「最も高い塔」や「見張り番の魂」(「永遠」)と同種の中世

何やら知れぬ不運なんか。

おお！ きれいなお城！
お前のいのちの明るいこと！
いつの〈時代〉のものかしら
わたしたちの兄さんの
王族のような心ばえ！ などと…

このぼくも歌う、
大勢の姉妹たち！ まったく
明け透けなところのない声たちよ！
つつましい栄光で
ぼくを取り巻いておくれ…などと…

的形象。 7 **De quel Âge es-tu** 「黄金時代」という答えが控えている。 8 **Multiples sœurs** 引用された二つの声のほかにも、多数の声が次々と湧き上がる。 9 **Voix / Pas du tout publiques** 内なる声だから。Voix[...]publiques には voies publiques「公道」との音の遊戯がある。 10 **gloire pudique** 公然と認められてこそ「栄光」なので、「つつましい(内に隠した)栄光」は撞着的。

［22］　*Est-elle almée*[1] *?...*

Est-elle almée ?... aux premières heures bleues[2]
Se détruira-t-elle[3] comme les fleurs feues[4]...
Devant la splendide étendue où l'on sente[5]
Souffler la ville énormément florissante[6] !　　4

C'est trop beau ! c'est trop beau ! mais c'est nécessaire
— Pour la Pêcheuse et la chanson du Corsaire[7],
Et aussi puisque les derniers masques[8] crurent[9]
Encore aux fêtes de nuit[10] sur la mer pure !　　8

---

［22］ 1 **almée** は一定の教養をもつアラブ(エジプト)の舞妓で、祝祭における歌手・即興詩人。elle が何を指すかはこの段階では不明。 2 **premières heures bleues** ランボーの偏愛する時刻(「夜明け」を見よ)。 3 **Se détruira-t-elle**[...]**!** から見て、「朝まだき」は話者の現在よりも後に位置する。 4 **feues**(<feu)=mortes, défuntes 「花々」が「すでに亡き」状態は、話者の現在よりも後で、「舞姫」の消滅よ

［22］《あれは舞姫か…》

あれは舞姫か…　空が青みを帯びる朝まだきには、
すでに亡き花々と同じく、あれもおのずと壊れ散るのか…
巨大にして富み栄える都会の息吹が感じられる
壮麗な広がりを前にして！

美しすぎる！　美しすぎる！　だが、必要なのだ、
—〈女漁師〉のため、〈海賊〉の歌のためには、
それに、最後まで残った仮面姿の人々は、汚れない海の上で
なおも夜宴が続いていると信じたのだから！

りも前の未来。 **5 sente** 夢想された情景を表す接続法。 **6 la ville énormément florissante**=la ville énorme et florissante. **7 la Pêcheuse** および **chanson du Corsaire** almée や masques とともに、仮面舞踏会の雰囲気を醸す。 **8 masques**=personnes portant des masques. **9 crurent** 話者の現在よりも前、夜宴の終盤に対応する単純過去形。 **10 fêtes de nuit** 水面に映る月明かりのたとえ。

[23]　*Ô saisons, ô châteaux...*

Ô saisons, ô châteaux[1]
Quelle âme est sans défauts[2] ?

Ô saisons, ô châteaux !

J'ai fait la magique[3] étude　　4
Du Bonheur, que[4] nul n'élude.

Ô vive lui[5], chaque fois
Que chante son coq Gaulois[6].

Mais[7] ! je n'aurai plus d'envie　　8
Il s'est chargé de ma vie.

Ce Charme[8] ! il prit âme et corps
Et dispersa tous efforts[9].

---

[23]　**1**　**saisons** とは人生の季節(「地獄の一季節」もそのひとつ)、**châteaux** とは夢、理想(たとえば château en Espagne「空中楼閣」という表現)。 **2**　この反語疑問文は第1句と相まって、「時の移ろいのなかでたえず夢を紡ぐのは、人間が不完全な存在だからだ」の意。 **3**　**magique**　「研究」というよりも〈幸福〉の呪縛し魅了する力の形容(第10句に Charme の語がある)。 **4**　**que**　先行詞は étude. **5**　**lui**

［23］《季節よ、城よ…》

季節よ、城よ、
無疵な魂がどこにある？

季節よ、城よ！

ぼくはした、〈幸福〉の魔法めいた
研究を、これはだれも避けられぬ。

おお、あいつに万歳、奴の〈ガリアの〉
雄鶏が鳴くたびに。

そうとも！　もはやぼくには何をする気も起きるまい
あいつがぼくの人生を引き受けたのだから。

あの〈呪縛〉！　それに身も心も奪われて
精進など消え去った。

擬人化された le Bonheur を受けるが、また〈幸福〉の贈与者を喚起。**6　coq Gaulois**　coq はラテン語で gallus であることを踏まえた平凡な表現とする説と、アルデンヌ地方の俗語で「男根」への暗示とする説とがある。**son** は、〈幸福〉の贈与者の存在を再度暗示する。第6-7句は下書きでは「ぼくはそのつどあいつのもの／あいつのガリアの雄鶏が鳴けば」　**7　Mais**=Mais oui, Mais bien sûr「もちろん、そうで

Que comprendre à ma parole[10] ? 　12
Il fait qu'elle fuie et vole!

Ô saisons, ô châteaux!

すとも」の意。 **8** Charme　魔力、呪縛。 **9** 〈幸福〉の成就とともにそれを追求する精進などしなくなった、欲求は満たされることで萎えた、の意。第8句の変奏。また **efforts** は第4句 **étude** に呼応。 **10** 〈幸福〉を称揚する第4-11句とは違い、ここは〈幸福〉の成就が詩言語に及ぼす影響、そのうわごと的様相を言う。

ぼくの言葉で何がわかる？
あいつのせいでぼくの言葉は逃げ去り飛んでいく！

季節よ、城よ！

[24]　HONTE

Tant que la lame n'aura
Pas coupé cette cervelle,
Ce paquet blanc vert et gras
À vapeur[1] jamais nouvelle,　　4

(Ah! Lui, devrait couper son
Nez, sa lèvre, ses oreilles,
Son ventre! et faire abandon
De ses jambes! ô merveille!)[2]　　8

Mais, non[3], vrai, je crois que tant
Que pour sa tête la lame
Que les cailloux pour son flanc
Que pour ses boyaux la flamme　　12

N'auront pas agi, l'enfant
Gêneur, la si sotte bête,

---

［24］ **1 vapeur** 「湯気」は、「脳みそ」から発生する(悪しき)想念をイメージさせる。 **2** かっこに入った第2節は、傍白、口調の変化、語り手の交代、等を暗示する。 **3 Mais, non** 第2節の熱狂的断言を打ち消し、第1節の理知的・分析的断罪に立ち返ろうとする意図。

［24］ 恥

刃物でもってあの脳みそを、
相も変わらぬ湯気を立てる
白く緑がかったあの脂ぎった塊を、
切り取ってしまわなければ、

（そうだとも！ あの野郎は切り落とさねば、
鼻も、唇も、両耳も、
腹も！ それに両脚も
棄てねばならぬ！ おお、すばらしい！）

いや、それでは足りぬ、つくづく思うに、
奴の頭を刃物で切り落とし、
脇腹には小石を投げつけ、
はらわたを毒の炎で焼いて

しまわないかぎり、あの迷惑な
餓鬼は、あれほど愚かな獣は、

Ne doit cesser un instant
De ruser et d'être traître[4].　16

Comme un chat des Monts-Rocheux[5];
D'empuantir toutes sphères[6]!
Qu'à sa mort pourtant, ô mon Dieu!
S'élève quelque prière[7]!　20

4　**bête**(第 14 句)と **traître**(第 16 句)は正確な韻を形成せず、定型が崩れている。 5　**Monts-Rocheux**　母方の農地があったロッシュ(Roche)村をもじった表現。ランボーはこの詩をロッシュの屋根裏部屋で書いたかもしれず、狡猾な(ruser、traître)猫にも似た不気味な隠者の自画像を垣間見せる。 6　構文上、第 1 句から第 18 句までが単一の文。冒頭の従属節 « Tant que [...] » は、第 2 節(挿入部分)を

いっときも止めるはずがない、
ひとを担ぎ、裏切りを働くのを。

ロッキー山脈の猫さながらに。
あたり一面に悪臭を充満させるのを！
それでも、どうか、奴が死ぬときには
祈りめいた声が立ちのぼりますように！

飛び越して、第9句以下 « ［je crois que］ tant / Que ［...］ » で反復変奏され、第13句 « l'enfant ［...］ » 以下の主節に受け渡される。 **7** 末尾2行が独立した祈願文。罵倒していた声が、最後に憐憫を表明する。

［25］ *Qu'est-ce pour nous, mon Cœur...*

Qu'est-ce pour nous, mon Cœur[1], que les nappes[2] de sang
Et de braise, et mille meurtres, et les longs cris
De rage, sanglots de tout enfer renversant
Tout ordre; et l'Aquilon encor sur les débris[3]　　4

Et toute vengeance? Rien![4]... ── Mais si[5], toute encor,
Nous la[6] voulons! Industriels, princes, sénats,
Périssez! puissance, justice, histoire, à bas!
Ça nous est dû. Le sang! le sang! la flamme d'or!　　8

Tout à la guerre, à la vengeance, à la terreur,
Mon Esprit[7]! Tournons dans la Morsure[8]: Ah! passez,
Républiques de ce monde! Des empereurs,
Des régiments, des colons, des peuples, assez!　　12

Qui remuerait les tourbillons de feu furieux,
Que[9] nous et ceux que nous nous imaginons frères?

---

［25］ **1** 詩は内面の二重の声の対話の形式を踏む。 **2 nappes** (水の)広がり。 **3** 冒頭4句はいずれも、次句にはみ出す「句またがり」を示す。 **4 Rien!** 長大な自問を突き放すような、素っ気ない自答。ダッシュを境に別の声が語りはじめる。 **5 Mais si** 相手の否定を打ち消し、強く肯定しなおす表現。 **6 la** toute vengeance を受ける。 **7 Mon Esprit** mon Cœur よりも知的で冷静な能力。

［25］《おれの〈心〉よ、何なのだ…》

おれの〈心〉よ、何なのだ、おれたちにとって、血と
燠の海が、幾多の殺戮が、あらゆる秩序を覆す
地獄という地獄から立ちのぼる嗚咽のような長い
雄叫びが、今も残骸の上を吹く〈北風〉が、

一切の復讐が？　無意味だ！…—そんなことはない、今も
おれたちはそれをそっくり望んでいる！　実業家、王侯、元老ども、
滅びろ！　権力よ、正義よ、歴史よ、くたばれ！
おれたちには当然の報いだ。血だ！　血だ！　黄金の炎だ！

戦争に邁進だ、復讐に、テロルに、
おれの〈精神〉よ！　敵の〈傷〉を抉(えぐ)ってやろう。ああ！　失せろ、
この世の共和国！　皇帝ども、
連隊、植民地開拓者、民衆、たくさんだ！

渦巻く猛火を掻き立てる者などどこにいる、
おれたちと、おれたちが同胞と思う者たちのほかに？

8　**Tournons dans la Morsure**　難解な表現。「敵から受けた［咬み］傷のなかを転げ回ろう（それを忘れないように反芻しよう）」とも解せる。　9　Que=Si ce n'est.

À nous! Romanesques[10] amis: ça va nous plaire.
Jamais nous ne travaillerons[11], ô flots de feux! 16

Europe, Asie, Amérique, disparaissez.
Notre marche vengeresse a tout occupé[12],
Cités et campagnes! —Nous[13] serons écrasés!
Les volcans sauteront! et l'océan frappé... 20

Oh! mes amis! —mon cœur[14], c'est sûr,
ils sont des frères!
Noirs inconnus[15], si nous allions! allons! allons!
Ô malheur[16]! je me sens frémir, la vieille terre,
Sur moi de plus en plus à vous! la terre fond, 24

Ce n'est rien! j'y suis! j'y suis toujours[17].

10　Romanesques　(皮肉をこめて)空想的な、情緒的な。好戦的な声にはらまれる懐疑。 **11**　1871年5月13日付イザンバール宛書簡(本書未収録)に「いま働くなんて、絶対にしません、絶対に」とあった。 **12　a tout occupé**　アナーキーな革命の夢が実現した時点を想像。 **13　Nous**　以降、第5句で « Rien! » の返答を発した(闘争に消極的な)声が再度語る。 **14**　ダッシュ以下、好戦的な声が言葉を取り

おれたちの務めだ！　夢見がちな友らよ、きっと気に入るぞ。
絶対におれたちは働いたりするものか、波とうねる火よ！

ヨーロッパよ、アジアよ、アメリカよ、消えろ。
おれたちの復讐の歩みがいたるところを占領した、
都会も田舎も！—きっとぼくらは粉砕される！
火山は噴き上げ！　海は打たれ…

おお！　わが友ら！—おれの心よ、まちがいなく、
彼らは同胞だ！
黒い見知らぬ影たちよ、さあ行こう！　さあ！　さあ！
何たる不幸！　体が震えるのがわかる、古い大地が、
ますます君らに寄り添うぼくの上に！　大地が崩れてくる、

何でもないさ！　ぼくはここだ！　相変わらずここにいる。

返す。　**15　Noirs inconnus**　Noirs が形容詞で inconnus が名詞。コミューン派の群衆のイメージ。「七歳の詩人たち」第 49 句の「黒い影」を参照。　**16　Ô malheur!**　世界の破滅のヴィジョンとともに闘争心が萎える。　**17**　最終句は 9 音節。冒頭からのアレクサンドラン(318 頁参照)のリズムを崩す。革命ないし復讐の企図を描く先行部分全体を、空想として突き放す結句。安堵と痛恨が混じる覚醒。

［26］ MÉMOIRE

L'eau claire; comme le sel des larmes d'enfance,
l'assaut[1] au soleil des blancheurs des corps de femmes;
la soie, en foule et de lys pur, des oriflammes
sous les murs dont quelque pucelle[2] eut la défense; 4

l'ébat des anges; — non[3]... le courant d'or en marche,
meut ses bras, noirs, et lourds, et frais surtout, d'herbe.
sombre, avant le Ciel bleu pour ciel-de-lit, appelle ［Elle[4]
pour rideaux l'ombre de la colline et de l'arche. 8

2

Eh! l'humide carreau tend ses bouillons limpides!
L'eau meuble d'or pâle et sans fond les couches prêtes[5].
Les robes vertes et déteintes des fillettes
font les saules[6], d'où sautent les oiseaux sans brides. 12

Plus pure qu'un louis, jaune et chaude paupière

---

［26］ **1** この詩の句頭は、文の始まりと一致するときにしか大文字書きにならない。句またがりの多用と相まって、韻文の散文化の顕著な指標である。 **2 quelque pucelle** ジャンヌ・ダルク。 **3 non** 「澄んだ水」の喚起する、「記憶」に由来する四つのイメージを斥け、眼前の知覚に立ち返る。 **4 Elle** le courant d'or を l'eau または la rivière に置き換えた女性代名詞。 **5** 第7-10句　川辺の風景をカッ

［26］ 記憶

澄んだ水、まるで幼いころの涙の塩、
それとも太陽に躍りかかる女たちの白い肉体か、
その昔、さる乙女が守った城壁の下に群れなす
百合のように清らかな、王家の幟の絹か、

跳び回る天使たちか、──いや…　金色の水流が、
黒く、重い、ことに冷たい草の腕を動かしているのだ。暗い
水は、〈青空〉を天蓋にと呼ぶまえに、
丘や橋のアーチの影を帳（とばり）にと呼び寄せる。

2

なんと！　水の床（ゆか）は明るい泡をタイル状に敷きつめる！
水は整った褥（しとね）を、淡く、底なしの金色の家具で飾る。
幼い娘たちの色褪せた緑の服は
さながら柳、そこから手綱を解かれた鳥たちが飛翔する。

ルイ金貨よりも清らかな、黄色く熱いまぶた

プルの寝室に見立てる。 **6　font les saules**　faire＋定冠詞＋名詞で imiter, simuler. 第 11-12 句は、幻想から知覚への再度の回帰。

le souci[7] d'eau — ta foi conjugale,
　　　　　　　　　　　ô l'Épouse ! —
au midi prompt, de son terne miroir, jalouse
au ciel gris de chaleur la Sphère rose et chère[8].　　16

3

Madame[9] se tient trop debout dans la prairie
prochaine où neigent les fils du travail[10] ; l'ombrelle
aux doigts ; foulant l'ombelle ; trop fière pour elle
des enfants lisant dans la verdure fleurie　　20

leur livre de maroquin rouge[11] ! Hélas, Lui, comme
mille anges blancs qui se séparent sur la route,
s'éloigne par-delà la montagne ! Elle, toute
froide, et noire, court ! après le départ de l'homme !　　24

4

Regret[12] des bras épais et jeunes d'herbe pure !
Or des lunes d'avril au cœur du saint lit[13] ! Joie[14]
des chantiers riverains à l'abandon, en proie
aux soirs d'août qui faisaient germer ces pourritures[15].　　28

7　souci　ラテン語源は *solsequium*（qui suit le soleil）「太陽に従う」の意。 **8**　空の太陽と、「熱いまぶた」を見開いてその動きを遠くから追うほかない沼沢地の黄色い花の構図は、夫婦の不和のイメージ。第３部の男女の別離の先取り。 **9　Madame**　川→花→女という水の変容の第３段階。慇懃を装って皮肉をにじませる呼称。川や花にはない垂直的威圧感を備える。 **10　fils du travail**　「聖母の糸」fils de

水の花リュウキンカは── お前の婚礼の誓い、
　　　　　　　　　　　　　〈人妻〉よ！──
移ろいやすい真昼時、そのくすんだ鏡から、熱気のこもる
どんよりした空の、薔薇色のいとしい〈天球〉を羨んでいる。

3

〈奥様〉は、労働の糸が雪と降る近隣の野原に
ひどくしゃちこばって立ち、日傘を
指にからめ、傘形花を踏みつけている。花ざかりの
草むらで、赤いモロッコ革の本を読む子どもたちが、

彼女にはひどくご自慢！　ああ〈彼〉は、街道で
別れる無数の白い天使のように、
山のかなたに遠ざかる！〈彼女〉は冷えきり、
黒々とした姿で駆けていく！　男が行ってしまったあと！

4

太く若々しい、清らかな草の腕のなつかしさ！
神聖なベッドの奥の四月のお月様の金色！　うち捨てられた
川岸の作業場の楽しさよ、そこは
腐敗物を芽吹かせる八月の宵の餌食となっていた。

---

la Vierge が通常の呼称。春にある種の若いクモの作る糸が風に乗って遠隔地まで運ばれ空から降る、日本では糸遊(いとゆう)と呼ばれる現象。**11**　2節にわたる句またがりは、句頭の小文字化とともに、韻文の散文化の顕著な指標。「赤いモロッコ革の本」は成績優秀の褒賞か。沈む夕日と遠方に延びる川の光景に、逃げる男と追う女のドラマを重ね見る。**12**　Regret の主体は、川＝女(第6句を見よ)。**13**

Qu'elle pleure[16] à présent sous les remparts! l'haleine
des peupliers d'en haut est pour la seule brise.
Puis, c'est la nappe, sans reflets, sans source, grise:
un vieux, dragueur[17], dans sa barque immobile, peine.　32

5

Jouet de cet œil d'eau[18] morne, Je n'y puis prendre,
oh! canot immobile! oh! bras[19] trop courts! ni l'une
ni l'autre fleur: ni la jaune qui m'importune,
là; ni la bleue, amie à l'eau couleur de cendre.　36

Ah! la poudre des saules qu'une aile secoue!
Les roses des roseaux[20] dès longtemps dévorées!
Mon canot, toujours fixe; et sa chaîne tirée
au fond de cet œil d'eau sans bords, —à quelle boue[21]?　40

---

saint lit　風景＝寝室に、聖家族のイメージを加える。 **14　Joie**　逆送り語による強調(第6句 Elle と同様)。 **15**　夏の腐敗に、夫婦の交わりと子供の誕生を重ね見る。 **16　Qu'elle pleure**　感嘆文とも命令(祈願)文ともとれる。〈奥様〉で人間化を完成した水の変容が、再度水＝女のダブル・イメージに戻る。 **17　dragueur**　la Sphère(＝le soleil), Lui に続く男性形象。リュウキンカが〈奥様〉を準備したように、

彼女はいま、城砦の下で泣いている！ 高みの
ポプラから洩れる吐息は、ただそよ風のため。
やがて、何も映さず、湧き水もない、灰色の水の広がりだ。
ひとりの老人が、浚渫夫(しゅんせつふ)だ、動かぬ小舟で難渋している。

5

この陰気な水の眼の慰みもの、〈ぼく〉にはつかめない、
おお！ 動かぬ小舟！ おお！ 短すぎる腕！ どちらも
摘めない、うるさく付きまとうあの黄色い花も、
灰色の水にお似合いの青い花も。

ああ！ 翼が揺する柳の花粉！
とうに貪られた葦の薔薇！
ぼくの小舟は動かぬまま、その鎖は果てしなく広がる
この水の眼の底につながれて、— どんな泥に？

老浚渫夫は「ぼく」の分身。**sa barque immobile** は第 34、39 句では「ぼく」自身の様態となる。 **18 œil d'eau** 第 13 句 paupière の変奏。 **19 bras** 第 6、25 句にも出た重要モチーフ。水＝女(母)の愛の不能が「ぼく」(息子)に感染する。 **20 roses des roseaux** 夕日で薔薇色に染まった葦の毛房。 **21 boue** 記憶の暗い深部、「ぼく」が感染した水＝女の不幸。

［**Dizain de l'album de Félix Régamey**］

［27］ *L'Enfant qui ramassa les balles...*

L'Enfant[1] qui ramassa les balles, le Pubère
Où circule le sang de l'exil et d'un Père
Illustre entend germer sa vie avec l'espoir
De sa figure et de sa stature et veut voir
Des rideaux[2] autres que ceux du Trône et des Crèches[3].　　5
Aussi son buste exquis n'aspire pas aux brèches[4]
De l'Avenir ! — il a laissé l'ancien jouet. —
Ô son doux rêve ô son bel Enghien[5]*! Son œil est
Approfondi par quelque immense solitude ;
« Pauvre jeune homme, il a sans doute l'Habitude[6] ! »　　10

* parce que : « Enghien chez soi »!

François Coppée
†

［27］ **1　L'Enfant**　皇帝ナポレオン3世の嫡子、皇太子ルイ＝ナポレオン(1856–79)。1870年8月2日、普仏戦争の最初の舞台となったザールブリュッケンの戦場まで父親に随行し、近くに落ちた砲弾を勇敢に拾い上げたという逸話が広まり、反帝政派の揶揄の標的とされた。 **2　rideaux**　一人前の男が女性とともにする寝室のカーテン。 **3　Crèches**　元来は単数形で、キリストが誕生した馬小屋。転じて、

［フェリックス・レガメのアルバムに記された十行詩］

［27］《砲弾を拾い上げた〈子供〉は…》

砲弾を拾い上げた〈子供〉は、その体内を
流謫と高名な〈父親〉の血がめぐる年ごろの少年、
自分に生気が芽吹くのを聞きとっては
容貌と体軀への期待を育み、〈玉座〉や〈馬槽(うまふね)〉の
幕ではないカーテンが見たいと願う。
それに彼の優雅な相貌は、〈未来〉という要塞の裂け目などに
憧れない！—子供は昔のおもちゃを捨てた。—
あれの甘美な夢よ、あれの見事な〈一物(アンギャン)〉よ！　その目は
何か途方もない孤独のせいで深い色をたたえている
「哀れな若者、あれにはきっとあの〈習慣〉がある！」

何しろ「アンギャン水を御自宅で」だから！

フランソワ・コペ
†

(孤児または貧困家庭の子供の)託児所の意も。 **4 brèches** 敵方の要塞に穿たれる突破口。女性器への暗示を重ねる。軍隊的語彙に性的暗示を重ね、皇太子および帝政を揶揄する語り口が一貫して採られる。 **5 Enghien** パリの北方 11 km に位置する温泉町。そこの鉱泉水を噴霧状にして吸い込むと呼吸器系の疾患治療に有効と宣伝された。engin(アンジャン)「ペニス」との言葉遊び。 **6 l'Habitude** 自慰行為への暗示。

《砲弾を拾い上げた〈子供〉は…》にランボーが添えた戯画。皇太子ルイを描いている

III

Une saison en enfer(texte intégral)

地獄の一季節(全文)
(1873年)

A. RIMBAUD

UNE

SAISON EN ENFER

PRIX : UN FRANC

BRUXELLES
ALLIANCE TYPOGRAPHIQUE (M.-J. POOT ET COMPAGNIE)
37, rue aux Choux, 37
1873

初版表紙

［28］　＊＊＊＊＊[1]

«[2] Jadis, si je me souviens bien, ma vie était un festin où s'ouvraient tous les cœurs, où tous les vins coulaient.

Un soir, j'ai assis la Beauté[3] sur mes genoux. — Et je l'ai trouvée amère. — Et je l'ai injuriée.

Je me suis armé contre la justice.

Je me suis enfui. Ô sorcières, ô misère, ô haine[4], c'est à vous que mon trésor a été confié!

Je parvins à faire s'évanouir dans mon esprit toute l'espérance[5] humaine. Sur toute joie pour l'étrangler j'ai fait le bond sourd de la bête féroce.

J'ai appelé les bourreaux pour, en périssant, mordre la crosse de leurs fusils. J'ai appelé les fléaux, pour m'étouffer avec le sable, le sang. Le malheur a été mon dieu. Je me suis allongé dans la boue. Je me suis séché à l'air du crime[6]. Et j'ai joué de bons tours à la folie[7].

Et le printemps m'a apporté l'affreux rire de l'idiot.

---

［28］ 1　五つのアステリスクが表題に代わる。以下、「序文」と呼ぶ。 2　冒頭で引用符が開かれ、作品末尾まで閉じられない。植字上のミスか、深遠な意味が隠れているのか、解釈が分かれる。 3　性的成熟に達した「私」の欲望の対象となるべき〈美女〉。また、芸術がめざす〈美〉のアレゴリー。ひざまずいて崇めるかわりに「膝に座らせ(る)」行為は、「私」に潜む野卑で冒瀆的な力を暗示。次節以下の

［28］　＊＊＊＊＊

「その昔、私の記憶が正しいならば、わが生活は宴だった、だれの心も開かれ、酒という酒が流れる宴だった。

ある晩、私は〈美〉を膝に座らせた。— するとそいつは苦い味がした。— それで悪態をついてやった。

私は正義に対して武装した。

私は逃亡した。おお魔女たち、悲惨よ、憎しみよ、わが財宝が託されたのはお前らだ！

私は人間らしい希望の一切を、精神のうちで気絶させるにいたった。どんな喜びに対しても、そいつを絞め殺すために、野獣のように音もなく飛びかかった。

私は刑吏どもを呼んだ、息絶えながら奴らの銃尻に嚙みつくためだ。災厄を呼び求めた、砂と血で窒息するためだ。不幸は私の神だった。泥濘のなかに寝そべった。罪の風でこの身を乾かした。そうして、狂気をさんざん弄んでやったのだ。

やがて春が、私に白痴のおぞましい笑いを運んできた。

「私」の獣化、一連の自己破壊的反抗の予告。 **4** 女性名詞の「悲惨」と「憎しみ」が、予め「魔女たち」と呼ばれる。アレゴリー的書法の一環。 **5** 「希望」は、カトリックでは信仰(信徳)に続く第二の対神徳「望徳」。 **6** 「泥濘」に濡れた身を乾かす行為は贖罪を意味するが、その手段は「泥濘」よりも重大な「罪」の風である。贖罪を装った挑発的皮肉。 **7** **joué de bons tours à...** …をさんざんからかった。

Or, tout dernièrement m'étant trouvé sur le point de faire le dernier *couac!* j'ai songé à rechercher la clef du festin ancien, où je reprendrais peut-être appétit.

La charité[8] est cette clef. —Cette inspiration prouve que j'ai rêvé[9]!

« Tu resteras hyène, etc..., » se récrie le démon[10] qui me couronna de si aimables pavots[11]. « Gagne la mort avec tous tes appétits, et ton égoïsme et tous les péchés capitaux[12]. »

Ah! j'en[13] ai trop pris: —Mais, cher Satan, je vous en conjure[14], une prunelle moins irritée! et en attendant les quelques petites lâchetés[15] en retard, vous qui aimez dans l'écrivain l'absence des facultés descriptives ou instructives[16], je vous détache ces quelques hideux feuillets de mon carnet de damné[17].

何度も狂気の寸前まで行き、身を翻した、の意。 **8** 「慈愛」(愛徳)は第三の対神徳。元来は神[へ]の愛、派生的に被造物相互の愛(隣人愛)。 **9** 本作品に特徴的な瞬時の反転、断定に潜在する否定。 **10** **le démon** 後出 Satan と同一存在。 **11** 「罌粟」はギリシア神話の夢の神モルペウスの属性。「悪魔」は「私」を夢、眠り、夜へと誘う。作品全体が悪夢や眠りや迷妄からの苦しげな覚醒の物語。 **12** 中世

ところが、つい最近のこと、ギャー！と絶命の叫びを上げそうになってから、ふと、昔の宴の鍵を探してみようと思いついた、あそこでならまた意欲が湧くかもしれないと。

慈愛がその鍵だ。――そんな考えが浮かんだからには、夢でも見たにちがいない！

「お前はハイエナのままでいるのだ…」などと、あんなに愛らしい罌粟（けし）の冠を被せてくれた悪魔が叫ぶ。「お前は、身に備わる欲望のすべてと、私心と、大罪全部を抱えて死を背負（しょ）い込むのだ」

ああ、そんなものなら、たっぷりいただいたよ。――だが、サタンさんよ、お願いだからそんなに苛立った目をしなさるな！　こっちはどうせ遅ればせにだらしない体たらくに陥るだろうが、さしあたり、作家には描写や教訓の才がないのがお好きなあなただから、わが地獄落ちの手帳から無残な何枚かを引きちぎって進ぜましょうぞ。

以来全罪悪の根源とされた七大罪。高慢、物欲、妬み、憤怒、色欲、貪食、怠惰。 **13** **en**　漠と「死」または「欲望、私心、大罪」 **14** **je vous en conjure**　「お願いだから」／「あなたを祓う」の両義。 **15** **quelques petites lâchetés**　「私」が執筆中の卑劣な(締まりのない)作品、という解釈もある。 **16**　叫びや嗚咽に満ちた作品だから「描写」とも「教訓」とも無縁。 **17**　奉献と悪魔祓いの両義をまとう身ぶり。

[29]　MAUVAIS SANG

———

J'ai de mes ancêtres gaulois[1] l'œil bleu blanc, la cervelle étroite, et la maladresse dans la lutte. Je trouve mon habillement aussi barbare que le leur. Mais je ne beurre pas ma chevelure.

Les Gaulois étaient les écorcheurs de bêtes, les brûleurs d'herbes les plus ineptes de leur temps.

D'eux, j'ai : l'idolâtrie et l'amour du sacrilège ; —oh! tous les vices, colère, luxure, —magnifique, la luxure ; —surtout mensonge et paresse[2].

J'ai horreur de tous les métiers. Maîtres et ouvriers, tous[3] paysans, ignobles. La main à plume vaut la main à charrue. —Quel siècle à mains! —Je n'aurai jamais ma main. Après, la domesticité mène trop loin. L'honnêteté de la mendicité me navre. Les criminels dégoûtent comme des châtrés : moi, je suis intact, et ça m'est égal.

---

[29]　1 「ガリア」とは、今日のフランスから北イタリアにまたがるケルト人居住地域に、前2世紀ごろから本格的に侵入を開始したローマ人が付けた呼称。ただし本篇の文脈では、5世紀末から新たな支配者となるフランク族によってキリスト教化(カトリック化)される以前のガリア(ゴール)人がイメージされている。19世紀に「蛮族(バルバール)」といえば、まずはこの意味でのガリア人が想起された。 2 憤怒、色欲、

［29］ 賤しい血

おれはガリアのご先祖から、白目の目立つ碧眼と、偏狭な脳みそと、不器用な戦いぶりを受け継いだ。おれの衣服ときたら、奴らのそれに劣らず野蛮だ。だが、髪の毛にバターを塗ったりはしない。

ガリア人は獣の皮を剝いで草を焼く、当時最も無能な民だった。

奴らからおれが受け継いだもの — 偶像崇拝に、瀆聖への好み。— おお！ あらゆる悪徳、憤怒、淫蕩、— 見事だぞ、この淫蕩は。— なかでも虚言と怠惰。

生業と名のつくものはすべてぞっとする。親方も職人もみな百姓だ、おぞましい。ペンをもつ手も鋤をもつ手と変わらない。— 何という手の世紀だ！ — おれは絶対に手などもつものか。それに、召使などしていてはどんな目に遭うか知れたものではない。乞食暮らしの実直さには心えぐられる。罪人には、去勢された奴ら同様にうんざりする。このおれは手つかずだ、それにどうでもいいことだ。

怠惰は、どれも七大罪のひとつ(序文の注12を見よ)。 **3** **tous** 代名詞で［tus］と発音。

Mais ! qui a fait ma langue perfide tellement, qu'elle ait guidé et sauvegardé jusqu'ici ma paresse ? Sans me servir pour vivre même de mon corps, et plus oisif que le crapaud, j'ai vécu partout. Pas une famille d'Europe que je ne connaisse. — J'entends des familles comme la mienne, qui tiennent tout de la déclaration des Droits de l'Homme. — J'ai connu chaque fils de famille !

Si j'avais des antécédents à un point quelconque de l'histoire de France !

Mais non, rien.

Il m'est bien évident que j'ai toujours été de race inférieure. Je ne puis comprendre la révolte. Ma race ne se souleva jamais que pour piller : tels les loups à la bête qu'ils n'ont pas tuée.

Je me rappelle l'histoire de la France fille aînée de l'Église[4]. J'aurais fait, manant, le voyage de terre sainte ; j'ai dans la tête des routes dans les plaines souabes, des vues de Byzance, des remparts de Solyme[5] ; le culte de Marie, l'attendrissement sur le crucifié s'éveillent en moi parmi

---

4　ローマ・カトリック教会のこと。ミシュレは『フランス史』で、「教皇たちはフランスを、教会の長女と呼んだ」と書き、中世においてはフランスがローマ教皇庁の権威を守る軍事的政治的楯の役割を果たしたことを説く。以下では、単一の「おれ」という存在が、十字軍遠征から19世紀までの歴史を縦断しながら、宗教権力(聖職者)からも世俗権力(貴族)からもかけ離れた庶民(中世の農民、旧体制下の第

しかしだ！ いったいだれが、おれの舌をこれほど嘘つきにした、今の今までおれの怠惰を導き、守ってくれるほどに？ 生きるのに自分の身体すら使わずに、蝦蟇(がま)よりもものぐさに、おれはどこでも暮らしてきた。ヨーロッパでおれの知らない家族などない。——わが家のような、すべてを人権宣言に負う家族のことだ。——良家の子弟はもれなく知った！

フランスの歴史のどこかに祖先がいればよいのだが！

だめだ、何もない。

おれがいつも劣等種族であったことは明白だ。おれには反抗というものがわからない。おれの種族が蜂起したのはもっぱら略奪のためだった、自分が仕留めたわけではない獣に群がる狼さながらだ。

〈教会〉の長女ともいうべきフランスの歴史を思い出す。おれは領主に仕える農民として聖地へ遠征をしただろう。シュヴァーベンの平原に延びる街道、ビザンチンの光景、ソリムの城砦が思い浮かぶ。おれの中でマリアへの信仰が、磔(はりつけ)にされたキリストへの憐憫が、世俗の数々の夢幻的光景に交じっ

三身分、近代の民衆）の境遇を、想像のうえで演じてみせる。ランボーが読んだ可能性の高い、同じミシュレの『魔女』を彷彿させる書き方である。 5 Solyme エルサレムを指す詩的な古語。

mille féeries profanes[6]. — Je suis assis, lépreux, sur les pots cassés et les orties, au pied d'un mur rongé par le soleil. — Plus tard, reître, j'aurais bivaqué sous les nuits d'Allemagne.

Ah! encore: je danse le sabbat dans une rouge clairière, avec des vieilles et des enfants.

Je ne me souviens pas plus loin que cette terre-ci et le christianisme. Je n'en finirais pas de me revoir dans ce passé. Mais toujours seul; sans famille; même, quelle langue parlais-je? Je ne me vois jamais dans les conseils du Christ; ni dans les conseils des Seigneurs, — représentants du Christ.

Qu'étais-je au siècle dernier: je ne me retrouve qu'aujourd'hui. Plus de vagabonds, plus de guerres vagues. La race inférieure a tout couvert — le peuple, comme on dit, la raison; la nation et la science.

Oh! la science! On a tout repris. Pour le corps et pour l'âme, — le viatique[7], — on a la médecine et la philosophie, — les remèdes de bonnes femmes et les chansons populaires arrangées. Et les divertissements des princes et les jeux qu'ils interdisaient! Géographie, cosmographie, mécanique, chimie!...

6　mille féeries profanes　十字軍遠征に参加した異教徒に元来備わっている幻想。　**7　viatique**　旅人の生命を保つための備蓄、路銀。とくにカトリックで、瀕死の人が無事彼岸にたどり着けるように司祭が授ける聖体(イエスの肉体に見立てられたパン)。肉体にとっての医学(古くは「おかみさんたちの万能薬」)、精神にとっての哲学(古くは「編曲された大衆歌謡」)をこの語に総括させる選択には、科学を万能

て目覚める。──癩(らい)を患うおれは、日差しに蝕まれた壁の下の、割れた壺と蕁麻(いらくさ)の上に座っている。──時代がくだると、傭兵としてドイツでの夜に野営をしただろう。

ああ！　まだあるぞ。赤々と輝く森のはずれで、おれは老女や子供とともに魔女の夜宴を踊り明かしている。

おれにはこの大地とキリスト教より先が思い出せない。この過去のなかに自分の姿を繰り返し見つけるばかりできりがない。だがいつも独りだ。家族がない。そもそもどんな言葉を話していたのか。キリストを囲む会議のなかにいたためしはない。〈領主たち〉──キリストの代理人だ──の会議にもいたためしがない。

前世紀には何だったのだろう、今の自分しか見つからない。もう放浪者も曖昧な戦争もない。劣等種族がいたるところを覆ってしまった──人が言うところの民衆だ、理性だ。国民に、科学だ。

おお！　科学！　すべてが作りなおされた。肉体と魂には、──天国に行くための臨終の秘跡か、──医学と哲学がある、おかみさんたちの万能薬に、編曲された大衆歌謡というところか。それに王侯の娯楽と、彼らの禁じていた遊戯！　地理学に、宇宙形状学に、力学に、化学ときた！…

と信じる近代文明を一個のデカダンスと捉える痛烈な皮肉がこもる。

La science, la nouvelle noblesse! Le progrès. Le monde marche! Pourquoi ne tournerait-il pas[8]?

C'est la vision des nombres[9]. Nous allons à l'*Esprit*[10]. C'est très certain, c'est oracle, ce que je dis. Je comprends, et ne sachant m'expliquer sans paroles païennes, je voudrais me taire.

Le sang païen revient! L'Esprit est proche, pourquoi Christ ne m'aide-t-il pas, en donnant à mon âme noblesse et liberté. Hélas! l'Évangile a passé! l'Évangile! l'Évangile.

J'attends Dieu avec gourmandise[11]. Je suis de race inférieure de toute éternité.

Me voici sur la plage armoricaine[12]. Que les villes s'allument dans le soir. Ma journée est faite; je quitte l'Europe[13]. L'air marin brûlera mes poumons; les climats perdus me tanneront. Nager, broyer l'herbe, chasser, fumer surtout; boire des liqueurs fortes comme du métal bouillant, ―comme faisaient ces chers ancêtres autour des feux.

Je reviendrai, avec des membres de fer, la peau sombre, l'œil furieux: sur mon masque, on me jugera d'une race

---

8　ガリレオ・ガリレイの「それでも地球は回る」をもじった、進歩信仰への揶揄。 9　科学が進歩をもたらすという信仰をピタゴラス的比喩で表現。 10　**Esprit** は、次節冒頭の〈聖霊〉と同じ語であるが同義ではない。物質的探求も究極的には精神的、霊的なものを目指さずにはいられないという見定め。〈精神〉は未来に位置づけられている。
11　**gourmandise**　「貪婪」は七大罪のひとつ「貪食」と同じ語。大

科学だ、新興貴族だ！　進歩だ。世界は進む！　どうして回らないわけがある？

数の眺めだ。われわれは〈**精神**〉に向かう。じつに確実だ、神託だ、おれの言うことは。わかっているが、異教徒の言葉を使わずには説明のしようがないので口を噤みたい。

異教徒の血が戻ってくる！　〈聖霊〉は近い、なぜキリストは、おれの魂を気高く自由にして、助けてはくれないのか。ああ！　〈福音〉は過ぎ去った！　〈福音〉よ！　〈福音〉。

おれは貪婪に神を待ちこがれる。永久に劣等種族だ。

今おれは、アルモリカの浜辺にいる。夕べには方々の街に明かりが灯らんことを。おれの日課は終わった。おれはヨーロッパを去る。海の空気がおれの肺を焼き、僻地の気候がおれの肌をなめすだろう。水浴をして、草を踏みしだき、狩りをし、わけても煙草を吹かすのだ、煮え立つ金属のように強烈な蒸留酒を飲むのだ、──いとしいご先祖たちが火を囲んでしたように。

鋼鉄の四肢と、浅黒い肌と、猛々しい眼をして戻ってこよう。おれの面相を見て、人は屈強な種族の者と思うだろう。

罪を抱えたまま神を待望することの矛盾。 **12** **armoricaine**＜Armorique　フランク族侵入以前にブルターニュ地方を指したガリア語古名。 **13** キリスト教社会における「劣等種族」が、劣等性を意識せずに済むルーツに遡ることで、自分を鍛えなおし帰還する夢想。時間的遡行は空間的移動という形式をとるほかない。しかも、蛮族のもとでの自己鍛錬が存在の外観を変えるのみであることを、夢想じたいが

forte. J'aurai de l'or : je serai oisif et brutal. Les femmes soignent ces féroces infirmes retour des pays chauds. Je serai mêlé aux affaires politiques. Sauvé.

Maintenant je suis maudit, j'ai horreur de la patrie. Le meilleur, c'est un sommeil bien ivre, sur la grève.

On ne part pas. —Reprenons les chemins d'ici, chargé de mon vice[14], le vice qui a poussé ses racines de souffrance à mon côté, dès l'âge de raison—qui monte au ciel, me bat, me renverse, me traîne.

La dernière innocence et la dernière timidité. C'est dit. Ne pas porter au monde mes dégoûts et mes trahisons.

Allons ! La marche, le fardeau, le désert[15], l'ennui et la colère.

À qui me louer ? Quelle bête faut-il adorer ? Quelle sainte image attaque-t-on ? Quels cœurs briserai-je ? Quel mensonge dois-je tenir ? —Dans quel sang marcher ?

Plutôt, se garder de la justice[16]. —La vie dure, l'abrutissement simple, —soulever, le poing desséché, le couvercle du cercueil, s'asseoir, s'étouffer. Ainsi point de

---

露呈する。 **14**　この「悪徳」については、同性愛、自慰、生来の劣等性など諸説がある。自慰説を採るミュラは、『旧約聖書』の第２代イスラエル王ダビデの父エッサイに発してナザレ人イエスにいたる系図を表象した「エッサイの系統樹」で、エッサイの腹から伸びる木の幹のイメージと、男性生殖器のイメージとが重なり、さらに性徴の発現とキリスト教による肉の断罪への暗示が加味された複合的イメージ

黄金を手に入れよう、ものぐさで粗暴になってやろう。熱帯の国々から戻ったそれら獰猛な不具者どもを、女たちが看護するだろう。おれは政治問題に巻き込まれるだろう。救われるのだ。

今のおれは呪われている、祖国などぞっとする。浜辺で酔いつぶれて寝てしまうのが一番だ。

出発はしない。—おれの悪徳を担いで、ここからもう一度同じ道を歩き出そう、物心ついたころからおれの脇腹に苦悩の根を張り—空にまで伸びていく悪徳だ。おれを打ち、転倒させ、引きずっていく悪徳だ。

究極の無邪気に、究極の臆病。それは言わずと知れたこと。おれの嫌悪や背信を世間の目にさらさないことだ。

さあ！ 前進だ、重荷だ、砂漠だ、倦怠だ、そうして憤怒だ。

だれに仕えるのか？ どんな獣を称えるのか？ どんな聖画を損なうのか？ どんな心を引き裂くのか？ どんな嘘をつかねばならないのか？—どんな血のなかを歩むのか？

むしろ、正義から身を守るのだ。—辛い生活、ただ呆けるばかりだ、—干からびた拳で棺の蓋を開（あ）け、腰を下ろして窒息する。そうすれば老いることもなく、危険もない。恐

と見る。『イリュミナシオン』中の1篇「H」(本書未収録)も、自慰への暗示を答えとする謎かけのように書かれている。 **15** ヨーロッパ文明ないしフランス社会という砂漠。 **16** 罰則を課そうとする社会的正義(官憲、司法)への自己防御。序文の「私は正義に対して武装した」を参照。

vieillesse, ni de dangers[17] : la terreur n'est pas française.

— Ah ! je suis tellement délaissé que j'offre à n'importe quelle divine image des élans vers la perfection.

Ô mon abnégation, ô ma charité merveilleuse ! ici-bas, pourtant !

De profundis Domine[18], suis-je bête !

Encore tout enfant[19], j'admirais le forçat intraitable sur qui se referme toujours le bagne ; je visitais les auberges et les garnis qu'il aurait sacrés par son séjour ; je voyais *avec son idée* le ciel bleu et le travail fleuri de la campagne ; je flairais sa fatalité dans les villes. Il avait plus de force qu'un saint, plus de bon sens qu'un voyageur — et lui, lui seul ! pour témoin de sa gloire et de sa raison.

Sur les routes, par des nuits d'hiver[20], sans gîte, sans habits, sans pain, une voix étreignait mon cœur gelé : « Faiblesse ou force : te voilà, c'est la force. Tu ne sais ni où tu vas ni pourquoi tu vas, entre partout, réponds à tout. On ne te tuera pas plus que si tu étais cadavre. » Au matin j'avais le regard si perdu et la contenance si morte, que ceux

---

17　直前の段落の攻撃的反抗と対照的な、自死による自己防御。次段落ではさらに、盲目的帰依の身ぶりが想定される。瞬時の転調の連続が『地獄の一季節』の語りを特徴づける。狭い空間への閉塞願望に関して「幼年 V」(『イリュミナシオン』、本書未収録)を参照。　**18**　『旧約聖書』「詩編」130 編第 1 節(「深い淵の底から、主よ、あなたを呼びます」(新共同訳)を踏まえる。　**19**　第 2 節では話者が想像力により

怖はフランス的ではないからな。

──ああ！ おれはあまりに見放されているので、神々しい像ならどれにだって完徳への渇望を捧げよう。

おお、わが自己犠牲よ、おお、すばらしいわが愛徳よ！だが、下界に変わりはない！

深キ淵ヨリ主ヨ、なんてばかなおれ！

まだほんの子供のころ、何度も監獄の扉の向こうに連れ戻される手に負えない徒刑囚に感嘆を覚えた。その男の滞在で神聖な場所と化したはずの宿屋や貸し部屋を訪ねたものだ。青空や、田園に花開いた仕事を、**その男の思いで**眺めた。方々の街で彼の運命を嗅いだ。男には聖人にも勝る力と、旅人ももち合わせない良識とがあった──しかも、彼、彼自身をおいて、その栄光と分別を知る者はいなかった！

冬の夜の街道で、家もなく、着るものも食べるものもないおれの凍えた心を、ひとつの声が締めつけた。「弱さか力か、そこにお前がいる、それが力だ。どこに行くかも、なぜ行くかもお前にはわからない、どこにでも足を踏み入れろ、何にでも答えろ。お前がすでに死体になっているみたいに、だれもお前を殺したりはしないから」 朝、おれの目はあまりに

「劣等種族」の集団史を一身に担ってみせたのに対し、第5節は個人史の素描のように始まる。「徒刑囚」にはおそらく、『レ・ミゼラブル』(1862年)のジャン・ヴァルジャンの人物像が重なる。 **20** 第1段落から一定の時間を経て話者自身が体験した放浪の回想。直前の徒刑囚の流浪が、そのモデルにも力づけにもなっている。

que j'ai rencontrés *ne m'ont peut-être pas vu*[21].

Dans les villes la boue m'apparaissait soudainement rouge et noire[22], comme une glace quand la lampe circule dans la chambre voisine[23], comme un trésor dans la forêt! Bonne chance, criais-je, et je voyais une mer de flammes et de fumée au ciel; et, à gauche, à droite, toutes les richesses flambant comme un milliard de tonnerres.

Mais l'orgie et la camaraderie des femmes m'étaient interdites. Pas même un compagnon. Je me voyais devant une foule exaspérée, en face du peloton d'exécution, pleurant du malheur[24] qu'ils n'aient pu comprendre, et pardonnant! — Comme Jeanne d'Arc! — « Prêtres, professeurs, maîtres, vous vous trompez en me livrant à la justice. Je n'ai jamais été de ce peuple-ci; je n'ai jamais été chrétien; je suis de la race qui chantait dans le supplice; je ne comprends pas les lois; je n'ai pas le sens moral, je suis une brute: vous vous trompez... »

Oui, j'ai les yeux fermés à votre lumière. Je suis une bête, un nègre. Mais je puis être sauvé. Vous êtes de faux nègres[25], vous maniaques, féroces, avares. Marchand, tu es nègre; magistrat, tu es nègre; général, tu es nègre; empereur,

---

21　孤独な放浪のなかで、存在すること自体が力なのだと励ます内面の声が聞こえる一方で、存在の希薄さが社会的不可視性のように感じられる寄る辺なさが付きまとう。 **22**　焦土と化す都会のイメージ、とくにパリ・コミューンのそれだろう。「幼年 V」では、地下世界が類似の記述で描かれる―「泥は赤く、また黒い。怪物的な都会、果てしない夜!」 **23**　「家庭のランプが、隣の部屋から部屋を次々に赤

虚ろで物腰にも生気がなかったので、出会った人々はおれに気づかなかったかもしれない。

都会で、泥が突然、赤と黒に染まって見えた、隣室で回るランプが鏡に映ったときのようだった、森に埋もれた財宝のようだった！　幸運を祈る、とおれは叫び、炎と煙の海を空に見ていた。あちこちで、ありとあらゆる富が、無数の稲妻のように燃え上がっていた。

だがおれには、乱痴気騒ぎや女との付き合いは禁じられていた。男の仲間すらひとりもいなかった。激怒した群衆の前で、銃殺隊に向かい、彼らの理解しえない不幸に涙しながら許している！──ジャンヌ・ダルクみたいに！──自分を想像していた。「司祭たち、教授方、親方たちよ、ぼくを裁きにかけるなんて、お前らはまちがっている。おれはけっしてこの民衆に属していたことはない、キリスト教徒であったためしなどない。おれは拷問にかけられながら歌を口ずさんでいた種族だ。おれには法などわからない、道徳などもち合わせていない、おれは獣同然だ、お前らはまちがっている…」

たしかにおれの目は、お前らの光に閉ざされている。おれは獣だ、ニグロだ。しかしおれだって救われうる。お前らは偽（にせ）ニグロだ、偏執的で、獰猛で、強欲なお前らは。商人よ、お前はニグロだ。裁判官よ、お前はニグロだ。将軍よ、お前

く染めていった」(『愛の砂漠』、本書未収録)を参照。　**24**　話者は放浪中に被る迫害をイエスの受難になぞらえる。同時に、「異教徒」が自らをキリストになぞらえることの滑稽さを自覚している。後出、「自分の無邪気さには泣けてくる」(第７節を参照)。　**25**　「偽ニグロ」とは無垢を失い、粗暴さだけをもちつづける人間。

vieille démangeaison[26], tu es nègre : tu as bu d'une liqueur[27] non taxée, de la fabrique de Satan. — Ce peuple est inspiré par la fièvre et le cancer. Infirmes et vieillards sont tellement respectables qu'ils demandent à être bouillis. — Le plus malin est de quitter ce continent, où la folie rôde pour pourvoir d'otages ces misérables[28]. J'entre au vrai royaume des enfants de Cham[29].

Connais-je encore la nature[30] ? me connais-je ? — *Plus de mots*. J'ensevelis les morts dans mon ventre[31]. Cris, tambour, danse, danse, danse, danse ! Je ne vois même pas l'heure où, les blancs débarquant, je tomberai au néant.

Faim, soif, cris, danse, danse, danse, danse !

Les blancs débarquent[32]. Le canon ! Il faut se soumettre au baptême, s'habiller, travailler.

J'ai reçu au cœur le coup de la grâce[33]. Ah ! je ne l'avais pas prévu !

Je n'ai point fait le mal. Les jours vont m'être légers, le repentir me sera épargné. Je n'aurai pas eu les tourments de l'âme presque morte au bien, où remonte la lumière sévère

---

26　ユゴー『諸世紀の伝説』(1859年)で、遍歴の騎士エヴィラドニュスが15世紀の神聖ローマ皇帝ジジスモン(ジギスムント)の支配をめぐって民衆に語りかける次の一節を参照―「お前には爪がないのか、下賤な群れよ／お前の肌を這い回る皇帝どもの掻痒を引っ掻く爪が！」　普仏戦争の敗北で1870年9月に失脚したナポレオン3世は、73年1月に死んでいる。　**27**　「熱病」や「癌」に直結する何か。序

はニグロだ。皇帝よ、昔ながらの掻痒(そうよう)よ、お前はニグロだ。お前はサタンの工房で作られた税のかからぬ蒸留酒を飲んだ。──この民衆は熱病に浮かされ、癌に侵されている。不具者や老人ときたら、じつに立派で、釜茹でにしてくれと申し出る始末だ。──一番利口なのは、これら惨めな連中に人質を提供しようと狂気がうろついているこの大陸を去ることだ。おれはハムの子孫の本物の王国に入っていく。

おれにまだ自然がわかるか？ 自分がわかるか？──**もう言葉はない**。死人は腹のなかに埋めた。叫喚、太鼓、ダンス、ダンス、ダンス、ダンス！ 白人どもが上陸して、自分が虚無に落ちていくときが来ようなどとは思いもよらない。

飢え、渇き、叫喚、ダンス、ダンス、ダンス、ダンス！

白人どもが上陸する。砲声だ！ 洗礼を受け、衣服をまとい、働かなければならない。

おれは心臓に恩寵の一撃を喰らった。ああ！ 思ってもいなかった！

おれは悪事を働いたことなどない。これからの日々はおれには気楽なものだろう、悔恨は免じられるだろう。善とは絶縁したも同然の魂の苦悩など、おれは味わわずに済むだろう、

文の「罌粟の冠」に近い。 **28** 狂人は監禁されるという考えが基本にある。「言葉の錬金術」中の「監禁される狂気」を参照。「これら惨めな連中」とは監禁する側の「偽ニグロ」。 **29** 「偽ニグロ」の王国ヨーロッパに対し、アフリカは真のニグロの王国。 **30** ハムの子孫の王国では本来の自然状態を回復できるはずだが、どうだろうか、の意。 **31** 食人種への暗示。 **32** ハムの子孫の一員になった前節末尾

comme les cierges funéraires[34]. Le sort du fils de famille, cercueil prématuré couvert de limpides larmes. Sans doute la débauche est bête[35], le vice est bête ; il faut jeter la pourriture à l'écart. Mais l'horloge ne sera pas arrivée à ne plus sonner que l'heure de la pure douleur[36] ! Vais-je être enlevé comme un enfant, pour jouer au paradis dans l'oubli de tout le malheur !

Vite ! est-il d'autres vies[37] ? —Le sommeil dans la richesse est impossible. La richesse a toujours été bien public. L'amour divin seul octroie les clefs de la science. Je vois que la nature n'est qu'un spectacle de bonté. Adieu chimères, idéals, erreurs.

Le chant raisonnable des anges s'élève du navire sauveur : c'est l'amour divin. —Deux amours ! je puis mourir de l'amour terrestre, mourir de dévouement. J'ai laissé des âmes dont la peine s'accroîtra de mon départ ! Vous me choisissez parmi les naufragés ; ceux qui restent sont-ils pas mes amis[38] ?

Sauvez-les !

La raison m'est née. Le monde est bon. Je bénirai la vie. J'aimerai mes frères. Ce ne sont plus des promesses

---

の想像の続き。19世紀のヨーロッパ列強によるアフリカの植民地化のヴィジョンが重なる。 **33** 「恩寵の一撃」(**le coup de la grâce**)は、「とどめの一撃」(le coup de grâce)のもじり。強いられた改宗を、皮肉を込めて「神の恩寵」と呼ぶ。 **34** 話者は、洗礼が黒人(異教徒)に授けた無垢を演じている。第6節全体に演技性が濃厚。 **35** これ以下段落末尾までは、改宗させられた者が投げかける、救済のヴィジ

そんな魂のなかでは、弔いの蠟燭のように厳しい光が立ちのぼっている。それこそは良家の子弟の運命、澄んだ涙に包まれた夭折の棺だ。たしかに淫蕩は愚かだ、悪徳は愚かだ、腐ったものは遠ざける必要がある。だが、大時計がもっぱら純然たる苦痛の時のみを打つようになることなどあるまい！ おれが子供のように攫(さら)われ、不幸をすっかり忘れて楽園で興じるというのか！

急げ！ 他の人生があるというのか？ ―富のなかに眠り込むなどありえない。富はつねに公共の財産だった。神の愛のみが知識の鍵を授ける。自然とは善意がくり広げられる眺めに他ならないとおれにはわかる。さらば妄想よ、理想よ、過ちよ。

天使の分別に満ちた歌声が救済の船から立ちのぼる。神の愛だ。―愛には二つある！ おれは地上の愛のために死ねる、献身のために死ねる。おれの出発で苦しみが募る魂たちをおれは後にしてきた！ 遭難者のなかから君たちはおれを選んだ。後に残った者はおれの友ではないのか？

彼らを救ってくれ！

分別がおれに生まれた。世界は善だ。おれは人生を祝福しよう。同胞たちを愛そう。もう子供のころの約束ではない。もはや老いや死を逃れる希望などない。神がおれに力を授け

ョンへの疑義。 **36** キリスト磔刑や聖人の殉教を想起させるイメージ。ひたすら神に帰依し天国に参入することを目指す生き方などありえない、の意。 **37** 話者はこの段落でふたたび「神の愛」への信仰を演じる。以下本節末尾まで、帰依と懐疑の二つの立場が交互に演じられる。 **38** 救済される者／見放される者、というキリスト教的選別への異議申し立て。

d'enfance. Ni l'espoir d'échapper à la vieillesse et à la mort. Dieu fait ma force, et je loue Dieu.

L'ennui[39] n'est plus mon amour. Les rages, les débauches, la folie, dont je sais tous les élans et les désastres, — tout mon fardeau est déposé. Apprécions sans vertige l'étendue de mon innocence[40].

Je ne serais plus capable de demander le réconfort d'une bastonnade[41]. Je ne me crois pas embarqué pour une noce avec Jésus-Christ pour beau-père[42].

Je ne suis pas prisonnier de ma raison. J'ai dit : Dieu. Je veux la liberté dans le salut[43] : comment la poursuivre ? Les goûts frivoles m'ont quitté. Plus besoin de dévouement ni d'amour divin[44]. Je ne regrette pas le siècle des cœurs sensibles. Chacun a sa raison, mépris et charité : je retiens ma place au sommet de cette angélique échelle[45] de bon sens.

Quant au bonheur établi, domestique ou non... non, je ne peux pas. Je suis trop dissipé, trop faible. La vie fleurit par le travail, vieille vérité : moi, ma vie n'est pas assez pesante, elle s'envole et flotte loin au-dessus de l'action, ce

---

39　義務の重荷を背負って近代西欧の砂漠を行くときに回避できない倦怠。「さあ！　前進だ、重荷だ、砂漠だ、倦怠だ、そうして憤怒だ」(第4節)を見よ。　**40**　「激昂、放蕩、狂気」と絶縁することで取り戻される「無垢」。　**41**　「私は刑吏どもを呼んだ、息絶えながら奴らの銃尻に噛みつくためだ。災厄を呼び求めた、砂と血で窒息するためだ」(序文)を参照。　**42**　第2節でフランスはキリストを父に、〈教会〉

てくれる、だからおれは神を称える。

倦怠はもはやおれの好むものではない。激昂、放蕩、狂気、それらの高まりも、惨憺たる結果も、余さず心得ている、—おれの重荷はすっかり下ろされた。おれの無垢がどれほどの広がりをもつか、目を回さずに測ってみよう。

おれにはもう、棒で連打して力づけてくれと頼むようなことはできまい。おれは自分がイエス・キリストを義父として、婚礼に向けて船出したとは思わない。

おれは自分の分別の虜ではない。おれは「神」と言った。おれがほしいのは、救済のなかの自由だ。どうやってそれを追い求めればよい？　浮薄な好みはもうおれにはない。同胞への献身も神への愛ももう要らない。多感な心の時代を惜しんだりはしない。軽蔑するにせよ、愛するにせよ、人それぞれに道理がある。おれは、良識というあの天使めいた梯子のてっぺんに席を確保してある。

安定した幸福は、家庭的幸福であれ、それ以外であれ…だめだ、そんなものにしがみつけない。おれはあまりに放埒で、弱すぎる。人生は労働によって花開く、昔ながらの真実

を母に持つとされた(「〈教会〉の長女ともいうべきフランス」)。 **43** 異教徒でありながら宗教的精神性に惹かれ、改宗を強制された黒人を想像しながら、帰依、殉教、選別の不当性を断罪せずにはいられない話者のジレンマを凝縮する一文。 **44** 前節で「愛には二つある」と言われた。 **45** 『旧約聖書』の語るヤコブの夢のエピソードを踏まえる。「先端が天まで達する階段が地に向かって伸びており、しかも、

cher point du monde.

Comme je deviens vieille fille, à manquer du courage d'aimer la mort!

Si Dieu m'accordait le calme céleste, aérien, la prière, — comme les anciens saints. — Les saints! des forts! les anachorètes, des artistes comme il n'en faut plus!

Farce continuelle! Mon innocence me ferait pleurer. La vie est la farce à mener par tous[46].

Assez! Voici la punition. — *En marche*[47] *!*

Ah! les poumons brûlent, les tempes grondent! la nuit roule dans mes yeux, par ce soleil! le cœur... les membres...

Où va-t-on? au combat? Je suis faible! les autres avancent. Les outils, les armes... le temps!...

Feu! feu sur moi! Là! ou je me rends. — Lâches! — Je me tue! Je me jette aux pieds des chevaux!

Ah!...

神の御使いたちがそれを上(のぼ)ったり下ったりしていた」(「創世記」28,12、新共同訳)。 **46** (不自由な)救済か(愚鈍な)自由かという二者択一的思考は、袋小路のなかで他のもろもろの生き方を思い浮かべながらことごとく斥ける。「良識」「老嬢」「茶番」は、思考の閉塞に陥った話者の自己揶揄。 **47** 最終節は、思考の袋小路を、進軍を強制される脱落兵士の叫びと身ぶりの擬態によって寓意的に表象する。思考

だ。おれの人生はというと、重みが足りない。行動という、世界の大事な重心のはるか上空に舞い上がり、浮遊している。

死を愛する勇気を欠くとは、なんと老嬢じみてきたことか！

神が天上的で軽やかな落ちつきと、祈りを授けてくれるものなら、──昔の聖人みたいに。──聖人だと！ 強者ども！ 隠者か、もはや用のない芸術家ども！

引きも切らぬ茶番だ！ 自分の無邪気さには泣けてくる。人生はみなで演じる茶番だ。

たくさんだ！ ほら罰だ。──前へー、進め！

ああ！ 肺が焼ける、こめかみががんがんする！ こんな日ざしのなか、おれの目のなかで夜がうねる！ 心臓が…手足が…

皆どこへ行く？ 戦いか？ おれは弱虫だ！ 他の連中は進む。道具が、武器が… 時間が！…

撃て！ おれを撃て！ ここを狙え！ さもなきゃおれから降参してやる。──臆病者ども！──おれは自ら命を絶つ！馬の足元にこの身を投げてやる！

ああ！…

の飽和に呼応する言語の解体の上演でもある。

— Je m'y habituerai.
Ce serait la vie française, le sentier de l'honneur!

— こんなことにも慣れるのだろう。
これこそフランス風の生活、名誉への小道なのだろう！

---

[30]　NUIT DE L'ENFER

J'ai avalé une fameuse gorgée de poison[1]. —Trois fois béni soit le conseil qui m'est arrivé! —Les entrailles me brûlent. La violence du venin tord mes membres, me rend difforme, me terrasse. Je meurs de soif, j'étouffe, je ne puis crier. C'est l'enfer, l'éternelle peine! Voyez comme le feu se relève! Je brûle comme il faut. Va, démon!

J'avais entrevu la conversion au bien et au bonheur, le salut[2]. Puis-je décrire la vision, l'air de l'enfer ne souffre pas les hymnes! C'était des millions de créatures charmantes, un suave concert spirituel, la force et la paix, les nobles ambitions, que sais-je?

Les nobles ambitions!

Et[3] c'est encore la vie! —Si la damnation est éternelle[4]! Un homme qui veut se mutiler[5] est bien damné, n'est-ce pas? Je me crois en enfer, donc j'y suis[6]. C'est l'exécution du catéchisme. Je suis esclave de mon baptême. Parents, vous avez fait mon malheur et vous avez fait le

---

[30]　**1**　「毒」の内実について正反対の解釈がありえる。地獄に誘うサタンの「忠告」、逆に、洗礼と公教要理(入門教育用の問答形式の教理解説書)を通して刷り込まれたキリスト教的救済観(洗礼の水)。序文の文脈に照らせば、前者ととるのが妥当だろう。いずれにせよ、話者の苦痛の根源は、決定的な堕地獄も「昔の宴」への回帰も叶わず、中間地帯への滞留を余儀なくされている点にある。　**2**　序文で「昔の

［30］ 地獄の夜

おれは極上の毒を一杯ぐいとあおった。――おれに寄せられた忠告には、たんと祝福あれだ！ ――はらわたが煮える。激烈な毒が、おれの四肢をよじり、おれを歪（いびつ）にしては地べたに叩きつける。喉が渇いて死にそうだ、息が詰まる、叫ぶにも声が出ない。地獄だ、永遠の罰だ！ 見ろ、火はいよいよ燃えさかる。おれは見事に燃えている。さあ来い、悪魔！

おれは善と幸福への回心を、救済を垣間見ていた。どうしておれにあの幻が描けよう、地獄の空気は賛歌など受けつけない！ あそこにあったのは、無数のすてきな生き物、甘美な霊的合奏、力と平穏、高貴な野心、などなどだ。

高貴な野心か！

なのに依然この世だとは！ ――もしも地獄落ちが永遠に続くとしたら！ われとわが身を切断しようとする者は、まさしく地獄に落ちていないか？ われ地獄にありと信ず、よって地獄にありだ。公教要理の執行だ。おれは洗礼の奴隷だ。両親よ、あなたたちはぼくの不幸を作り、あなたたち自身の

宴」への回帰の願望を抱懐する局面に対応。 **3** 文頭の Et はしばしば驚きや憤慨を強調。 **4** 地獄のような人生が永続することへの危惧。 **5** 宗教的救済観切除の身体的イメージ。序文の一連の自己破壊のアレゴリー（第 3-6 段落）を参照のこと。 **6** 「われ思う、ゆえにわれあり」（デカルト）のパロディ。「地獄」なるヴィジョンが宗教教育によって植えつけられた幻想であることを言う。「地獄」とは生のなかの地獄、

vôtre. Pauvre innocent! — L'enfer ne peut attaquer les païens. — C'est la vie encore! Plus tard, les délices de la damnation seront plus profondes. Un crime, vite, que je tombe au néant, de par la loi humaine.

Tais-toi, mais tais-toi![7]... C'est la honte, le reproche, ici: Satan qui dit que le feu est ignoble, que ma colère est affreusement sotte. —Assez!... Des erreurs qu'on me souffle, magies, parfums faux, musiques puériles[8]. —Et dire que je tiens la vérité, que je vois la justice[9]: j'ai un jugement sain et arrêté, je suis prêt pour la perfection... Orgueil. —La peau de ma tête se dessèche. Pitié! Seigneur, j'ai peur. J'ai soif, si soif! Ah! l'enfance, l'herbe, la pluie, le lac sur les pierres, *le clair de lune quand le clocher sonnait douze*[10]... le diable est au clocher, à cette heure. Marie! Sainte-Vierge!... —Horreur de ma bêtise.

Là-bas[11], ne sont-ce pas des âmes honnêtes, qui me veulent du bien... Venez... J'ai un oreiller sur la bouche[12], elles ne m'entendent pas, ce sont des fantômes. Puis, jamais personne ne pense à autrui. Qu'on n'approche pas. Je sens le roussi[13], c'est certain.

地獄のような生に他ならず、ひいては一切が「おれ」の「精神の闘争」(「訣別」)の寓意的表象であると明かす。 **7　Tais-toi, mais tais-toi!** 引用符に入っていないが、サタンのせりふ。 **8**　サタンは話者を堕地獄に導きながら、遠ざかる楽園を垣間見させる。この相反的な二重の誘惑こそは「地獄」の核をなすものである。 **9**　「訣別」の「しかし正義の眺めは神おひとりの楽しみだ」や、「私には、**ひとつの魂とひと**

不幸も作った。おれは哀れなお人好し！ ―地獄は異教徒を攻撃できない。―この世だ、なおも！ このあと、地獄落ちの悦楽はもっと濃密になるだろう。罪をひとつ犯させてくれ、さあ早く、人間の法によって虚無に落ちていくように。

黙れ、黙るんだ！… ここにあるのは恥辱と非難だ。それは、業火はけがらわしい、お前の怒りは愚かだ、とのたまうサタンのしわざだ。―たくさんだ！… おれの耳に囁かれるいろんな過ち、魔法だの、にせの香水だの、幼稚な音楽だのは。―おれが真実をつかんでいるだと、おれに正義が見えるだと、健全で揺るぎない判断力を備えているだと、完徳への準備が万端だと… 傲りだ。―頭皮が干からびる。憐れみを！ 主よ、私は怖い。喉が渇いています、ひどく渇いています。ああ！ 子供時代、草、雨、石の上の水たまり、**鐘楼が十二度打つ時刻の月明かり…** その時刻、鐘楼には悪魔がいる。マリア！ 聖処女！… ―おれの愚かさには辟易だ。

あそこにいるのは実直な魂たち、おれのためを思ってくれる人々ではないか… こっちへ来い… 口が枕で塞がれて、おれの声が連中には聞こえない、あれは亡霊だ。それにだれも他人のことなど考えない。近寄るな。おれはこげ臭いぞ、保証する。

つの肉体のうちに真実を所有することが許されるだろう」と合わせ考えるべき箇所。 **10** ヴェルレーヌの連作詩「月」(『並行して』1889年)第1篇の最終句(アレクサンドラン)と同一。どちらが剽窃したかは不明。 **11** 天国。 **12** 話者が身を置き、そこでの苦しみを実況中継のように報告する「地獄」とは、「精神の闘争」のアレゴリーである一方で、一夜の悪夢の卑近さを帯びる。 **13** 「異端である」の意が重なる。

Les hallucinations sont innombrables. C'est bien ce que j'ai toujours eu : plus de foi en l'histoire, l'oubli des principes. Je m'en tairai : poètes et visionnaires seraient jaloux. Je suis mille fois le plus riche, soyons avare comme la mer.

Ah ça ! l'horloge de la vie s'est arrêtée tout à l'heure. Je ne suis plus au monde. — La théologie est sérieuse, l'enfer est certainement *en bas* — et le ciel en haut. — Extase, cauchemar, sommeil dans un nid de flammes.

Que de malices, dans l'attention dans la campagne... Satan, Ferdinand[14], court avec les graines sauvages... Jésus marche sur les ronces purpurines, sans les courber... Jésus marchait sur les eaux irritées[15]. La lanterne nous le montra debout, blanc et des tresses brunes, au flanc d'une vague d'émeraude[16]...

Je vais dévoiler tous les mystères[17] : mystères religieux ou naturels, mort, naissance, avenir, passé, cosmogonie, néant. Je suis maître en fantasmagories.

Écoutez !...

J'ai tous les talents ! — Il n'y a personne ici et il y a quelqu'un : je ne voudrais pas répandre mon trésor. — Veut-on des chants nègres, des danses de houris[18] ? Veut-on

---

14　中学時代の友人ドラエーによれば、ランボーの生まれ故郷に近いアルデンヌ地方ヴージエ村の農民たちがサタンに付けたあだ名。幼時の民間信仰的ヴィジョン。 **15**　「マタイ福音書」(14, 25)、「ヨハネ福音書」(6, 19)などの記述を踏まえる。 **16**　サタンは、話者が位置する「地獄」なる現実に属して話者を操る存在であると同時に、幻覚のなかに明滅する影にすぎない。同様にイエスも、続く数段落にうかが

幻覚は数知れない。それこそおれがいつも見てきたものだ。歴史への信は消え、原理原則は忘れた。幻覚は口外すまい、詩人や幻視者もやっかむだろうから。おれは千倍頭抜(ずぬ)けて豊饒だ、海のように強欲になって分けてなどやるものか。

ああ、そうだ! 人生の時計は先ほど止まってしまった。おれはもうこの世にはいない。——神学の言うとおりだ、地獄はたしかに**下に**ある——そして天国は上だ。——恍惚、悪夢、炎の巣のなかでの眠り。

田園に目を凝らせば、なんと悪意に満ちていることか… サタンのフェルディナンが、自生の種をたずさえて駆けている… イエスが緋色の茨の上を歩いているが、茨はちっともたわまない… イエスは波立つ水面を歩いていた。角灯の明かりのなか、白衣をまとい、褐色の編み毛を垂らして立っているその姿が、エメラルドの波の脇腹に見えた…

神秘という神秘を暴露してみせよう。宗教の神秘に自然の神秘だ。死、誕生、未来、過去、宇宙生成論、虚無。私は魔術幻灯劇の巨匠だ。

聞きなさい!…

私にはあらゆる才能がある!——ここにはだれもいないのに、だれかがいる。私は自分の宝をばらまきたくはない。——黒人の歌が聴きたいか、イスラムの天女(ウリ)の舞いが見たいか。私

えるように、話者が範とする救世主であると同時に、幻覚のなかで想起される亡霊にすぎない。 **17** これ以下4段落にわたって、話者は、比類ない芸術家、贖い主、大道の手品師を合わせたような、いかがわしい崇高さをまとう。 **18** **houris** イスラム教徒が救済の褒賞として天国で与えられるとされる美しい処女。

que je disparaisse, que je plonge à la recherche de l'*anneau* ? Veut-on ? Je ferai de l'or, des remèdes.

Fiez-vous donc à moi, la foi soulage, guide, guérit. Tous, venez, — même les petits enfants, — que je vous console, qu'on répande pour vous son cœur[19], — le cœur merveilleux ! — Pauvres hommes, travailleurs ! Je ne demande pas de prières ; avec votre confiance seulement, je serai heureux.

— Et pensons à moi. Ceci me fait peu regretter le monde. J'ai de la chance de ne pas souffrir plus. Ma vie ne fut que folies douces, c'est regrettable.

Bah ! faisons toutes les grimaces imaginables.

Décidément, nous sommes hors du monde. Plus aucun son. Mon tact a disparu. Ah ! mon château, ma Saxe, mon bois de saules. Les soirs, les matins, les nuits, les jours... Suis-je las[20] !

Je devrais avoir mon enfer pour la colère, mon enfer pour l'orgueil, — et l'enfer de la caresse ; un concert d'enfers[21].

Je meurs de lassitude. C'est le tombeau, je m'en vais aux vers, horreur de l'horreur ! Satan, farceur, tu veux me

---

19 聖心(サクレ・クール)信仰への暗示。 **20** 幼時の記憶を反芻した直後の自己揶揄は、第5段落末尾と類似の動き。 **21** ダンテの地獄に似た、罪の深さによる階層分け。また、第2段落に出た「甘美な霊的合奏」との対比。

に姿を消してほしいか。指輪を探しに水に潜ってほしいか。そうなのか。黄金を作ってやろう、いろいろな薬も。

だから私を信じなさい、信じれば心が軽くなり、導かれ、癒される。みんな、来なさい、―小さな子供も、―皆さんを慰めてあげたい、私の心を皆さんに振りまいてやりたい、―すばらしい心を！―哀れな男たち、労働者よ！ 私は祈りを求めない。皆さんの信頼さえあれば、私は幸せだ。

―さて、おれのことを考えよう。そうしたところで、世間への未練はまず湧かない。これまで以上に苦しむことがないのは幸運だ。おれの人生は穏やかな無軌道でしかなかった、それが悔やまれる。

ふん！ 思いつくかぎりの百面相をしようぜ。

どう見ても、おれたちはこの世の外にいる。音は皆目聞こえない。触覚も消えた。ああ！ ぼくの城、ぼくのザクセン磁器、ぼくの柳の林。夕べ、朝、夜、昼… おれは倦み果てた！

おれは怒りのせいで地獄を、傲りのせいで地獄を背負い込まねばなるまい、―それに愛撫の地獄も。地獄の合奏だ。

倦怠で死にそうだ。ここは墓だ、おれが行くのはうじ虫どものもと、なんとおぞましい！ ふざけ好きのサタンよ、お前の魔力でおれを溶かそうというのだな。おれに喰らわせろ。

dissoudre, avec tes charmes. Je réclame. Je réclame! un coup de fourche, une goutte de feu.

Ah! remonter à la vie! Jeter les yeux sur nos difformités[22]. Et ce poison[23], ce baiser mille fois maudit! Ma faiblesse, la cruauté du monde! Mon Dieu, pitié, cachez-moi, je me tiens trop mal[24]! —Je suis caché et je ne le suis pas.

C'est le feu qui se relève avec son damné.

22　地獄の闇の外に出て、キリスト教道徳に照射された生に回帰すれば、地獄では見えなかった人間の醜悪さが否応なしに目に飛び込んでくる、の意。「昔の宴」には程遠い回帰。地獄にあれば「昔の宴」への郷愁が募り、「人生」に戻れば「地獄」に引き戻す牽引を被るというジレンマ。**23**　サタンによる地獄への誘惑と解せた冒頭の「毒」の回帰。ただし、「毒」に対する「おれ」の遊戯的「祝福」は、本気

喰らわすのだ！ 刺股(さすまた)のひと突きを、火のひとしずくを。

ああ！ また人生へと浮上していく！ おれたちの醜悪さに目をやるのだ。それにこの毒、このさんざん呪われた接吻！ おれの弱さ、世間の残酷！ 神様、憐れみを、私を隠してください、身もちが悪すぎます！—おれは隠されており、隠されてはいない。

地獄落ちの男とともに、火はいよいよ燃えさかる。

の呪詛に転じている。 **24** 序文の「だらしない体たらく」に関連。サタンの誘惑にまたも屈しかねない、の意。「偽りの改宗」(「地獄の夜」の下書きが冠するタイトル)の観念。

[31]　DÉLIRES I

VIERGE FOLLE[1]

L'ÉPOUX INFERNAL

Écoutons la confession d'un compagnon d'enfer[2] :

« Ô divin Époux, mon Seigneur, ne refusez pas la confession de la plus triste de vos servantes. Je suis perdue. Je suis soûle. Je suis impure. Quelle vie !

« Pardon, divin Seigneur, pardon ! Ah ! pardon ! Que de larmes ! Et que de larmes encore plus tard, j'espère[3] !

« Plus tard, je connaîtrai le divin Époux ! Je suis née soumise à Lui. — L'autre peut me battre maintenant !

« À présent, je suis au fond du monde[4] ! Ô mes amies !... non, pas mes amies... Jamais délires ni tortures semblables... Est-ce bête !

---

[31]　**1**　原文初版の活字配置によれば、三つのタイトルのうち、「愚かな乙女」が物語の主タイトル、「錯乱」は「言葉の錬金術」(「錯乱II」)とこの物語を束ねるための副題。「地獄の夫」は、冒頭の1句と末尾の1句のみを発語する登場人物(戯曲の発話人物指定を擬す)、または〈愚かな乙女〉の長大な告解の中心的話題。　**2**　このように紹介された人物の告解がこの物語の大半を占めるが、この男性登場人物は女

[31] 錯乱Ｉ

愚かな乙女

地獄の夫

地獄の道連れとなったひとりの男の告解を聞こう。

「おお、神なる〈夫〉、わが〈主〉よ、あなたの婢女（はしため）のなかで最も悲惨な女の告解を拒まないでください。私は堕落しています。酔っています。けがれています。なんという生活！

「お赦しを、神なる〈主〉よ、お赦しを！ ああ！お赦しを！ こんなに涙が！ この先もうんと流れてほしい！

「のちに私は神なる〈夫〉を知るのです！ 生まれつき〈その方〉に服しています。──今は別の夫にぶたれてもいい！

「今、私はこの世のどん底にいます！ おお、お仲間たち！… いや、あの女（ひと）たちは仲間なんかじゃない… こんな錯乱や責苦はいまだかつて… 愚かしいこと！

として語るのであり、読者は冒頭からジェンダー的混乱のなかに投げ入れられる。 **3** 悔悛の涙が、罪を清め、救済をもたらすことへの期待。 **4** 地獄の最深部、すなわち地獄の夜。

« Ah ! je souffre, je crie. Je souffre vraiment. Tout pourtant m'est permis, chargée du mépris des plus méprisables cœurs.

« Enfin, faisons cette confidence[5], quitte à la répéter vingt autres fois, — aussi morne, aussi insignifiante !

« Je suis esclave de l'Époux infernal, celui qui a perdu les vierges folles[6]. C'est bien ce démon-là. Ce n'est pas un spectre, ce n'est pas un fantôme. Mais moi qui ai perdu la sagesse, qui suis damnée et morte au monde, — on ne me tuera pas[7] ! — Comment vous le décrire ! Je ne sais même plus parler. Je suis en deuil, je pleure, j'ai peur. Un peu de fraîcheur, Seigneur, si vous voulez, si vous voulez bien !

« Je suis veuve... — J'étais veuve[8]... — mais oui, j'ai été bien sérieuse jadis, et je ne suis pas née pour devenir squelette !... — Lui était presque un enfant... Ses délicatesses mystérieuses m'avaient séduite. J'ai oublié tout mon devoir humain pour le suivre. Quelle vie ! La vraie vie est absente[9]. Nous ne sommes pas au monde. Je vais où il va, il

---

5　〈愚かな乙女〉には、「告解」confession と「打明け話」confidence の区別がつかない。　**6　les vierges folles**　「マタイ福音書」第25章の五人の賢い乙女と五人の愚かな乙女のたとえへの目くばせであるが、二つのテクストの関連性は希薄。　**7**　わざわざ死ななくても、すでに地獄に落ちている。「お前がすでに死体になっているみたいに、だれもお前を殺したりはしないから」（「賤しい血」第5節）を参照。　**8**　愚

「ああ！　苦しい、叫んでしまう。ほんとうに苦しい。でも、一番軽蔑に値する人たちに軽蔑されている私、何をするのも許されるわ。

「いよいよこの打明け話をしましょう、この先、何度も繰り返すのは仕方ないとして、—そのつど陰気で無意味な話でしょうが！

「私は地獄の〈夫〉の奴隷です、愚かな乙女たちを破滅させた男です。まちがいなくあの悪魔です。幻なんかじゃない、幽霊なんかじゃない。でも私は分別をなくして地獄に落ち、この世のことはあきらめた身、—このうえ殺されたりはしませんわ！—あの人のことをどう申し上げればよいのやら！　もう話すこともできません。私は悲しみに沈み、泣いています、怖いのです。少し清涼な空気を、〈主〉よ、どうか、どうかお願いですから！

「私は寡婦です… —寡婦でした… —そうですとも、昔はまじめでした、骸骨になるために生まれてきたわけではありません！ … —あの人は子供同然でした… ふしぎな優しさに魅了されました。人の務めをすっかり忘れて、あの人に従いました。なんという生活！　ほんとうの生活がないのです。私たちはこの世にいません。あの人の行くところに私

かさゆえに神なる夫を失ったが、今は地獄の夫とともにある。「寡婦」ないし「寡夫」の語の比喩的な用例が、「最も高い塔の歌」や「生活 II」(『イリュミナシオン』、本書未収録)に見られる。 **9**「地獄」での生活だから、現実の生活、生きた人間の生活ではない、の意。

le faut. Et souvent il s'emporte contre moi, *moi, la pauvre âme*. Le Démon ! — C'est un Démon, vous savez, *ce n'est pas un homme.*

« Il dit : "Je n'aime pas les femmes. L'amour est à réinventer, on le sait. Elles ne peuvent plus que vouloir une position assurée. La position gagnée, cœur et beauté sont mis de côté : il ne reste que froid dédain, l'aliment du mariage, aujourd'hui. Ou bien je vois des femmes, avec les signes du bonheur, dont, moi, j'aurais pu faire de bonnes camarades, dévorées tout d'abord par des brutes sensibles comme des bûchers..."

« Je l'écoute faisant de l'infamie une gloire, de la cruauté un charme. "Je suis de race lointaine : mes pères étaient Scandinaves[10] : ils se perçaient les côtes, buvaient leur sang. — Je me ferai des entailles par tout le corps, je me tatouerai, je veux devenir hideux comme un Mongol : tu verras, je hurlerai dans les rues. Je veux devenir bien fou de rage. Ne me montre jamais de bijoux, je ramperais et me tordrais sur le tapis. Ma richesse, je la voudrais tachée de sang partout. Jamais je ne travaillerai...[11]" Plusieurs nuits, son démon me saisissant, nous nous roulions, je luttais avec

---

10　スカンディナヴィア人の先祖は、「賤しい血」のガリアの先祖をさらに遡るゲルマン民族とその故地をイメージしている。先祖の屈強な外観と粗暴なふるまいの想像は、「賤しい血」第3節における先祖への同一化の身ぶり(「鋼鉄の四肢と、浅黒い肌と、猛々しい眼をして戻ってこよう[…]」)を想起させる。　**11**　**Jamais je ne travaillerai**「生業と名のつくものはすべてぞっとする」(「賤しい血」)を参照。

は行きます、仕方ないのです。それなのにあの人はよく私に腹を立てます、この**私、哀れな魂**に。〈悪魔〉です！—あれは〈悪魔〉ですよ、**人間じゃない。**

「あの人は言います。「女は嫌いだ。愛情は作りなおすべきだ、知ってのとおりさ。女は安定した地位を望むしか能がない。地位が手に入れば、真心も美貌もそっちのけだ。あとには冷たい侮蔑ばかり、それが今どきの結婚生活の糧というわけだ。でなければ、幸福の徴(しるし)をもち、おれとなら仲良く付き合えたはずの女たちが、薪の山のように火の点きやすい乱暴者どもに真っ先に餌食にされるのを見かける…」

「汚辱を栄光に変え、残酷を魅力に変えるあの人の言葉に、私は聴き入るのです。「おれは遠方の種族の出だ。先祖はスカンディナヴィア人だった。連中は互いの脇腹を突き刺しては、血を啜(すす)っていた。—おれは体じゅうに切り傷を付ける、刺青も入れる、蒙古人みたいに醜悪になりたい。見てろよ、通りで吠えてやる。狂犬病みたいに猛り狂いたいんだ。宝石なんか絶対に見せるなよ、絨毯の上を、身をよじって這い回りかねないからな。おれの富は血まみれにしたい。絶対に働いたりしないぞ…」幾夜となく、あの人の悪魔が私を捉え、二人して転げ回りました、あの人と闘ったのです！—夜、

lui ! — Les nuits, souvent, ivre, il se poste dans des rues ou dans des maisons, pour m'épouvanter mortellement. — "On me coupera vraiment le cou ; ce sera dégoûtant." Oh ! ces jours où il veut marcher avec l'air du crime !

« Parfois il parle, en une façon de patois attendri, de la mort qui fait repentir, des malheureux qui existent certainement, des travaux pénibles, des départs qui déchirent les cœurs. Dans les bouges où nous nous enivrions, il pleurait en considérant ceux qui nous entouraient, bétail de la misère. Il relevait les ivrognes dans les rues noires. Il avait la pitié d'une mère méchante pour les petits enfants. — Il s'en allait avec des gentillesses de petite fille au catéchisme[12]. — Il feignait d'être éclairé sur tout, commerce, art, médecine. — Je le suivais, il le faut !

« Je voyais tout le décor dont, en esprit, il s'entourait ; vêtements, draps, meubles : je lui prêtais des armes[13], une autre figure. Je voyais tout ce qui le touchait, comme il aurait voulu le créer pour lui. Quand il me semblait avoir l'esprit inerte, je le suivais, moi, dans des actions étranges et compliquées, loin, bonnes ou mauvaises : j'étais sûre de ne

---

12　「愚かな乙女」のパート全体が、「地獄の道連れ」を〈愚かな乙女〉として女性化するのに対し、このくだりでは〈地獄の夫〉が女性的に描かれている。 **13**　armes は「武器」ではなく「紋章」(=armoiries)。『愛の砂漠』(本書未収録)に同じ用例がある。〈乙女〉は〈夫〉の想像世界に、貴族的ないし大ブルジョワ的性格をまとわせている。

あの人はよく、酔って街角やよその家で待ち伏せていて、死ぬほど怖い思いをさせます。──「おれはいずれ本当に首を刎(は)ねられるだろうよ、嫌なものだろうな」おお！ このごろあの人は、罪人を気取って歩きたがるのです！

「ときどきあの人は、優しいお国言葉で話します、人の死が悔悛の情をそそるとか、不幸な人々はきっといるとか、苦しい労働のこと、心引き裂く別離のことを。私たちがよく飲んだくれた怪しげな酒場で、あの人は周りの貧民の群れを見つめて泣くのでした。暗い夜道では酔っぱらいを抱き起こしてやりました。あの人には、邪険な母親が幼い子供たちに示すような憐憫がありました。──公教要理を習いにいく小娘みたいに愛らしく出かけるのでした。──商売、芸術、医学と、何にでも明るい振りをしていました。──私はあの人に付いていきました、仕方ないのですもの！

「あの人が空想のなかで身の回りに配置した小道具が、衣服も、シーツも、家具類も、私には全部見えていました。私はあの人に紋章を授け、違った姿をとらせました。あの人に関わるものはすべて、当人ならこう創ろうとしたはずだという具合に眺めていました。あの人の気力が萎えたように見えるときには、善し悪しは構わずに、あの人の奇抜で複雑な行動にとことん付いていきました。あの人の世界にはけっして

jamais entrer dans son monde. A côté de son cher corps endormi, que d'heures des nuits j'ai veillé, cherchant pourquoi il voulait tant s'évader de la réalité. Jamais homme n'eut pareil vœu. Je reconnaissais, —sans craindre pour lui, —qu'il pouvait être un sérieux danger dans la société. —Il a peut-être des secrets pour *changer la vie*? Non, il ne fait qu'en chercher, me répliquais-je. Enfin sa charité est ensorcelée[14], et j'en suis la prisonnière. Aucune autre âme n'aurait assez de force, —force de désespoir! —pour la supporter, —pour être protégée et aimée par lui. D'ailleurs, je ne me le figurais pas avec une autre âme: on voit son Ange, jamais l'Ange d'un autre, —je crois. J'étais dans son âme comme dans un palais qu'on a vidé pour ne pas voir une personne si peu noble que vous[15]: voilà tout. Hélas! je dépendais bien de lui. Mais que voulait-il avec mon existence terne et lâche? Il ne me rendait pas

---

14　charité[est] ensorcelée　「魔法がかった慈愛」とは、時に相手を手荒く揺すぶってその弱さを矯正しようとするような粗暴さを含む愛情のあり方。〈乙女〉は〈夫〉が見せる優しさと暴力の混合に幻惑されている。末尾近くの「あの人がもう少し粗暴ではなかったら、私たちは救われるでしょうに！　それでいて、あの人の優しさも人を死なせかねません」というせりふを参照。　**15　vous**　〈愚かな乙女〉は、神

入れない確信はありましたが。あの人のいとしい寝姿のそばで、なぜこの人はこんなにも現実を逃れたがるのかとその理由（わけ）を探りながら、夜な夜などれほどの時間を寝ずに過ごしたことでしょう。人間があんな願望を抱いたことはありません。あの人が社会にとって深刻な危険になる恐れがあることはわかっていました、──当人のために案じたりしませんでしたが。──この人は**人生を変える**秘密を握っているのでは？ いいえ、それを探しているだけだわ、そう思いなおしました。結局、あの人の慈愛は魔法がかっていて、私はその虜（とりこ）なのです。私以外のどんな魂も、あの人の慈愛に耐えるに足る、──あの人に守られ、愛されるに足る力を──絶望の力を！──もち合わせてはいないでしょう。それに、あの人が他の人といっしょにいるところなど想像すらしませんでした。人には自分の〈天使〉は見えますが、他人の〈天使〉はけっして見えないもの、──きっとそうです。あなたのように気高さに欠ける人間を見なくて済むように人払いをした宮殿のなかにいるような心もちで、私はあの人の魂のなかにいました。そんな次第です。ああ情けない！ 私はあの人にずいぶん寄りかかっていました。でも、くすんでだらしのない私の生を、あの人はどうしたかったのでしょう。私を死なせはしませんで

に向かって告解をしている状況をしばしば失念し、身近なだれかに言葉を差し向けているつもりになる。二人きりの世界への閉塞願望はヴェルレーヌ的志向のパロディ。「黒い森にこもるように愛のなかに引きこもり／ぼくらの二つの心は、おだやかな思いやりを振りまきながら／夕闇に歌う二羽のナイチンゲールとなるでしょう」(『やさしい歌』XVII)

meilleure, s'il ne me faisait pas mourir! Tristement dépitée, je lui dis quelquefois: "Je te comprends." Il haussait les épaules.

« Ainsi, mon chagrin se renouvelant sans cesse, et me trouvant plus égarée à mes yeux, —comme à tous les yeux qui auraient voulu me fixer, si je n'eusse été condamnée pour jamais à l'oubli de tous! —j'avais de plus en plus faim de sa bonté. Avec ses baisers et ses étreintes amies, c'était bien un ciel, un sombre ciel, où j'entrais, et où j'aurais voulu être laissée, pauvre, sourde, muette, aveugle. Déjà j'en prenais l'habitude. Je nous voyais comme deux bons enfants, libres de se promener dans le Paradis de tristesse. Nous nous accordions. Bien émus, nous travaillions ensemble. Mais, après une pénétrante caresse, il disait: "Comme ça te paraîtra drôle, quand je n'y serai plus, ce par quoi tu as passé. Quand tu n'auras plus mes bras sous ton cou, ni mon cœur pour t'y reposer, ni cette bouche sur tes yeux. Parce qu'il faudra que je m'en aille, très loin, un jour. Puis il faut que j'en aide d'autres: c'est mon devoir.

したが、以前よりましな人間にもしてはくれませんでした！悔しいやら悲しいやらで、ときどきこう言ってやりました、「あなたのこと、わかるわ」。あの人は肩をすくめたものです。

「こうして私の悲しみはたえず新たになり、自分の目にもいっそうおかしくなっていくようで、──私に一瞥を投げかけてくれるだれの目にもそう映ったことでしょう、だれからも永久に忘れ去られる運命を定められていなかったらとしてですが！──私はあの人の優しさにますます飢えるようになりました。あの人に接吻され、優しく抱きしめられると、天国にも昇る心地でした、私が赴いたのは暗鬱な天国でしたが、哀れな姿で、耳も聞こえず、口も利けず、目も見えないまま、そこに置き去りにされるのが本望でした。もうそんなことには慣れっこになっていました。自分たちのことを、悲しみの〈楽園〉を自由に散歩する二人の善良な子供のように見ていました。私たちは意気投合しておりました。すっかり感激していっしょに仕事をしました。ところが、心に沁みる抱擁のあと、あの人は言いました。「おれがいなくなったら、お前にはさぞ奇妙に見えるだろうよ、これまでの暮らしがさ。お前の首に回したおれの腕も、お前が顔を埋めるおれの胸も、お前の瞼（まぶた）に触れるこの口もないとなれば。いつか出かけなければならないからだ、うんと遠くに。それに他の連中を助けな

Quoique ce ne soit guère ragoûtant..., chère âme..." Tout de suite je me pressentais, lui parti, en proie au vertige, précipitée dans l'ombre la plus affreuse : la mort. Je lui faisais promettre qu'il ne me lâcherait pas. Il l'a faite vingt fois, cette promesse d'amant. C'était aussi frivole que moi lui disant : "Je te comprends."

« Ah ! je n'ai jamais été jalouse de lui. Il ne me quittera pas, je crois. Que devenir ? Il n'a pas une connaissance ; il ne travaillera jamais. Il veut vivre somnambule. Seules, sa bonté et sa charité lui donneraient-elles droit[16] dans le monde réel ? Par instants, j'oublie la pitié où je suis tombée : lui me rendra forte, nous voyagerons, nous chasserons dans les déserts, nous dormirons sur les pavés des villes inconnues, sans soins, sans peines. Ou je me réveillerai, et les lois et les mœurs auront changé, — grâce à son pouvoir magique, — le monde, en restant le même, me laissera à mes désirs, joies, nonchalances. Oh ! la vie d'aventures qui existe dans les livres des enfants, pour me récompenser, j'ai tant souffert, me la donneras-tu[17] ? Il ne peut pas. J'ignore son

---

16　lui donneraient-elles droit＜donner droit à qn=donner raison à qn 「(人の)考え方やふるまいを是認する」 **17**　ここも言葉を差し向ける相手が横滑りする。〈乙女〉の「愚かさ」の一例。

ければならない、それがおれの務めだ。あんまり気の進む話じゃないが…、なあ、お前…」 すぐさま予感しました、あの人が行ってしまったあと、眩暈にとらえられ、なんとも恐ろしい闇のなかに、つまり死のなかに突き落とされた自分の姿を。私を捨てないとあの人に約束させました。あの人は何度もしました、そんな恋人の約束を。でもそれは、私が「あなたのこと、わかるわ」と言うのに劣らず、当てにならない言葉でした。

「ああ！ あの人にやきもちを焼いたことなど一度もありません。私を置いていくことはない、そう信じています。どうなるでしょう。あの人は知り合いなどひとりもおらず、絶対に働きもしないでしょう。夢遊病者のように生きたいのです。善良で隣人愛をもち合わせているだけで、現実世界で受け容れられるのでしょうか。私はときおり、自分が陥っている惨めな境遇を忘れてしまいます。あの人は私を強くしてくれる、私たちは旅をして、荒れ野で狩りをして、何の心配も苦労もなしに見知らぬ都市の石畳の上で眠るのです。また、私が眠りから覚めると、法も習俗も変わっていて、—あの人の魔力のおかげだわ、—世界は同じままなのに、私の望むとおりになり、楽しみも無頓着も邪魔立てされない。おお！ 子供向きの本にある冒険に満ちた生活を、あんなに苦

idéal. Il m'a dit avoir des regrets, des espoirs : cela ne doit pas me regarder. Parle-t-il à Dieu ? Peut-être devrais-je m'adresser à Dieu[18]. Je suis au plus profond de l'abîme[19], et je ne sais plus prier.

« S'il m'expliquait ses tristesses, les comprendrais-je plus que ses railleries ? Il m'attaque, il passe des heures à me faire honte de tout ce qui m'a pu toucher au monde, et s'indigne si je pleure.

« “— Tu vois cet élégant jeune homme, entrant dans la belle et calme maison : il s'appelle Duval[20], Dufour, Armand, Maurice, que sais-je ? Une femme s'est dévouée à aimer ce méchant idiot : elle est morte, c'est certes une sainte au ciel, à présent. Tu me feras mourir comme il a fait mourir cette femme[21]. C'est notre sort, à nous, cœurs charitables...” Hélas ! il avait des jours où tous les hommes agissant lui paraissaient les jouets de délires grotesques : il riait affreusement, longtemps. — Puis, il reprenait ses manières de jeune mère, de sœur aimée. S'il était moins

---

18　まるで神に向かって告解をしているのではないかのようである。**19**　「深キ淵ヨリ主ヨ」（「賤しい血」）とその注18を参照。**20**　**Duval**　アレクサンドル・デュマ・フィスの小説『椿姫』（1848）で、ヒロインである高級娼婦のマルグリット・ゴーチエと恋に落ちる青年アルマン・デュヴァルを暗示。マルグリットはアルマンの将来を考えて身を引き、新しいパトロンを作るが、まもなく病死する。裏切られたと思

しんできた私ですもの、あなた、ご褒美にくれるかしら？ あの人にはできないわ。あの人の理想なんか、私にはわからない。後悔や希望がいろいろあると言ったけど、どうせ私には関係ない。あの人は神様に話しているのかしら。私も神様にお話しすべきなのかもしれない。私は深い淵のどん底にいます、もう祈ることもできません。

「あの人が自分の悲しみをあれこれ説明してくれたところで、あの人の嘲り以上に理解できるでしょうか。あの人は私を責めます、世のなかで私と関わりがありえたことをあげつらい、何時間も私を辱めます、しかも私が泣くと怒るのです。

「「──美しくて閑静な家に入っていくあの若い洒落者が見えるだろう。あいつはデュヴァルとか、デュフールとか、アルマンとか、モーリスとか、そういった名前だ。ある女があの性悪のばか者を一心に愛した。女は死んで、今じゃきっと天国の聖女だ。あいつがその女を死なせたように、お前はおれを死なせるだろうよ。それがおれたち、慈悲深い心のもち主の運命なのさ…」 なんと！ あの人には日によっては、行動しているあらゆる人間がグロテスクな錯乱に翻弄されているように見えたのです。あの人はおぞましい笑い声を立てるのでした、しかも長いこと。──やがて、若い母親か、慕われる姉のような立ちふるまいに戻るのでした。あの人がも

い込んでいたアルマンは、彼女の手記を読んでその真情を知る。 **21** 受動的な〈乙女〉が、能動的で粗暴な〈夫〉を死に追いやるという構図は、『椿姫』の男女関係と逆に見えるが、たとえ「魔法がかっ」たものであれ、慈愛はそれを施す者の命を奪いかねないというメロドラマ風のせりふを〈夫〉は口にしている。以下で〈乙女〉はたしかに〈夫〉の昇天を想定する。

sauvage, nous serions sauvés! Mais sa douceur aussi est mortelle. Je lui suis soumise. —Ah! je suis folle!

« Un jour peut-être il disparaîtra merveilleusement; mais il faut que je sache, s'il doit remonter à un ciel, que je voie un peu l'assomption[22] de mon petit ami! »

Drôle de ménage[23]!

22　昇天 **assomption** は元来マリア被昇天を指す。キリスト昇天には通常は ascension の語を用いる。〈地獄の夫〉を神に比肩させ、またイエスになぞらえる笑止さに輪をかけ、〈乙女〉の愚かさ＝狂気を増幅する効果。　**23**　直前で〈愚かな乙女〉の告解は終わっており、この結語は冒頭第１文「地獄の道連れとなったひとりの男の告解を聞こう」を発したのと同じ人物（『地獄の一季節』の語り手）のせりふ。

う少し粗暴ではなかったら、私たちは救われるでしょうに！ それでいて、あの人の優しさも人を死なせかねません。私はあの人に隷属しています。──ああ！ 私は愚かな女！

「いつの日か、あの人は見事に姿を消すでしょう。だけど、あの人がどこかの空に昇っていかなければならないのなら、私はそれを知らねばなりません、私のいとしい彼氏の昇天を、この目でちらりとでも見届けなければなりません！」

おかしな夫婦だ！

---

[32]　DÉLIRES II

ALCHIMIE DU VERBE

À moi[1]. L'histoire d'une de mes folies[2].

Depuis longtemps je me vantais de posséder tous les paysages possibles, et trouvais dérisoires les célébrités de la peinture et de la poésie moderne.

J'aimais les peintures idiotes, dessus de portes, décors, toiles de saltimbanques, enseignes, enluminures populaires ; la littérature démodée, latin d'église, livres érotiques sans orthographe, romans de nos aïeules, contes de fées, petits livres de l'enfance, opéras vieux, refrains niais, rythmes naïfs.

Je rêvais croisades[3], voyages de découvertes dont on n'a pas de relations, républiques sans histoires, guerres de religion étouffées, révolutions de mœurs, déplacements de races et de continents : je croyais à tous les enchantements[4].

---

[32]　1 「愚かな乙女」では自分以外の人物、〈愚かな乙女〉(および彼女が引用する〈地獄の夫〉)に言葉を委ねていた話者が、語り手の役割を取り返す。 2 「愚行」は「狂気」を意味する語 « folie » の複数形。 3 「おれは領主に仕える農民として聖地へ遠征をしただろう。シュヴァーベンの平原に延びる街道、ビザンチンの光景、ソリムの城砦が思い浮かぶ」(「賤しい血」)を参照。 4 「言葉の錬金術」と称され

［32］ 錯乱Ⅱ

言葉の錬金術

私が話す番だ。私の数ある愚行のひとつをめぐる話。

久しい以前から私は、ありうるかぎりの風景を手中にしていると自負し、絵画や近代詩の御大家など取るに足らぬと見下していた。

私が愛したのは、愚にも付かぬ絵画で、扉上部の装飾とか、芝居の書割、辻芸人の幕、方々の看板、大衆的な彩色挿絵といったものだ。それに、時代遅れの文学だ、たとえば教会のラテン語、綴りが間違いだらけのエロ本、われらが婆さまたちの小説、妖精の登場するおとぎ話、子供向けの小型本、古めかしいオペラ、間抜けなリフレイン、無邪気なリズムだ。

十字軍遠征や、報告も残らぬ探検旅行、来歴の定かならぬ共和国、もみ消された宗教戦争、風俗習慣の革命、民族や大陸の移動といったものに思いを馳せていた。―あらゆる魔法を信じていた。

る実践もこの信仰から派生する。

J'inventai la couleur des voyelles! —*A* noir, *E* blanc, *I* rouge, *O* bleu, *U* vert[5]. —Je réglai la forme et le mouvement de chaque consonne, et, avec des rythmes instinctifs, je me flattai d'inventer un verbe poétique accessible, un jour ou l'autre, à tous les sens[6]. Je réservais la traduction.

Ce fut d'abord une étude. J'écrivais des silences, des nuits, je notais l'inexprimable. Je fixais des vertiges[7]

Loin des oiseaux, des troupeaux, des villageoises[8],
Que buvais-je, à genoux dans cette bruyère
Entourée de tendres bois de noisetiers,
Dans un brouillard d'après-midi tiède et vert?

Que pouvais-je boire dans cette jeune Oise,
—Ormeaux sans voix, gazon sans fleurs, ciel couvert!—
Boire à ces gourdes jaunes, loin de ma case
Chérie? Quelque liqueur d'or qui fait suer.

Je faisais une louche enseigne d'auberge.
—Un orage vint chasser le ciel. Au soir

---

5 「母音」のソネへの暗示。ただし、ソネでは逆になっていた緑のUと青いOの順を通常のO-Uという順に戻している。 **6** 「母音」は、ボードレールの詩「万物照応(コレスポンダンス)」と同じく共感覚を軸とする企てであるが、五感の調和ある照応をめざすものではなく、感覚的連想の無限の可能性を垣間見させる見本を提示する。1871年5月の「ヴォワイヤンの手紙」(377頁参照)の「五感すべての攪乱」に呼応する。同書

私は母音の色を発明した！──黒い*A*、白い*E*、赤い*I*、青い*O*、緑の*U*。──子音ひとつひとつの形と動きを定め、本能的なリズムでもって、いつの日か五感すべてで捉えられるようになる詩的言語が発明できるのだと得意になった。翻訳は差し控えた。

手始めは習作だった。静寂や夜を書いた、表現しがたいものを書きとめた。めまいを定着した。

鳥たちから、羊の群れから　村の女たちから遠く離れて、
ハシバミの若木の繁みに囲まれた
あのヒースの野にひざまずき、ぼくは何を飲んでいた、
午後の生ぬるい緑の霧のなか？

あの若いオワーズの流れからぼくに何が飲めたか、
──さえずり聞こえぬ楡の若木、花のない芝、曇り空！──
あの黄色の瓢（ひさご）から何が飲めたか、なつかしい家を
遠く離れて？　何か汗ばむ黄金の酒。

ぼくは宿屋の怪しげな看板になった。
──嵐が襲来して空を吹き払った。夕べには

簡には次のような1節がある──「この言語は、香り、音、色のすべてを凝縮しながら、魂から魂に向かいます」ただし、**accessible, un jour ou l'autre, à tous les sens** は、この企てがいまだ試行段階にあることを示す。 **7** 「言葉の錬金術」を準備する習作は、一連の撞着表現で定義される。 **8** 「涙」(1872年5月、本書未収録)の別ヴァージョン。めずらしく11音節詩句で書かれている。幼い散策者が飲む

L'eau des bois se perdait sur les sables vierges,
Le vent de Dieu jetait des glaçons aux mares ;

Pleurant, je voyais de l'or — et ne pus boire. —

À quatre heures du matin, l'été[9],
Le sommeil d'amour dure encore.
Sous les bocages s'évapore
　　L'odeur du soir fêté.

Là-bas, dans leur vaste chantier
Au soleil des Hespérides[10],
Déjà s'agitent — en bras de chemise —
　　Les Charpentiers.

Dans leurs Déserts de mousse, tranquilles,
Ils préparent les lambris précieux
　　　Où la ville
　　Peindra de faux cieux.

川の水が「黄金の酒」と想像されることで、現実の風景が変容を遂げる習作で、全篇に or[ɔr]の音がちりばめられている。 **9** 「朝のやさしい想い」(1872年5月、本書未収録)の別ヴァージョン。夏の早朝の感覚に神話的要素を絡ませながら、ある社会学的考察を展開する詩。元来〈恋人たち〉の守護神であるヴィーナスに、その配慮の一部を、彼らの住まいの快適さのために働く〈職人たち〉に回せ、と祈願する(第

森の水は汚れない砂に消えていき、
神の風が沼に氷塊を投げつけていた。

泣きながらぼくは黄金を見つめていた――だが飲めなかった。――

―――

夏の朝、四時、
愛の眠りはまだ続く。
木立の下で霧散していくのは
　宴の宵の名残の匂い。

向こうの、ヘスペリデスの太陽に照らされた
広大な作業場で、
はや立ち働く――シャツ一枚で――
　〈大工たち〉。

彼らの苔むす〈荒地〉で、黙々と、
大工たちが用意するのは高価な化粧板、
　そこに都会は
　偽(にせ)の空を描くだろう。

15句以下)。「やさしい想い」とは、そうした語り手の慈悲深い思い。
10 Hespérides　ギリシア神話で、世界の西端に位置する園で黄金の林檎の木を守る「夕日のニンフたち」または「〈夜〉の娘たち」。「ヘスペリデスの太陽」とは「黄金の林檎」の言い換えで、東から昇る朝日の比喩ではない(しかも朝の四時は夜明け前であり太陽の姿は見えない)。「広大な作業場」が西方向にあることの暗示。

Ô, pour ces Ouvriers charmants
Sujets d'un roi de Babylone[11],
Vénus! quitte un instant les Amants
Dont l'âme est en couronne.

Ô Reine des Bergers[12],
Porte aux travailleurs l'eau-de-vie,
Que leurs forces soient en paix
En attendant le bain dans la mer à midi.

La vieillerie poétique[13] avait une bonne part dans mon alchimie du verbe.

Je m'habituai à l'hallucination simple: je voyais très franchement une mosquée à la place d'une usine, une école de tambours faite par des anges, des calèches sur les routes du ciel, un salon au fond d'un lac; les monstres, les mystères; un titre de vaudeville dressait des épouvantes devant moi.

Puis j'expliquai mes sophismes magiques avec l'hallucination des mots[14]!

11　roi de Babylone　早朝から働く大工の労働を、自らの享楽の糧とする富裕層のたとえ。「宴の宵の名残」をとどめる冒頭の家屋もそうした富者の住まいだろう。 **12　Reine des Bergers**　ギリシア神話で、「ヘスペリデスの林檎」をめぐって「最も美しい女神」を競った三女神のひとりアプロディーテー(ヴィーナス)のこと。彼女に軍配を挙げた裁定者パリスは牧童。ヴィーナスはまた、羊の群れを導く牧童

おお、あの素敵な〈職人たち〉
バビロン王の家来たちのために、
ヴィーナスよ！ 魂に後光差す
〈恋人たち〉のもとをしばし離れよ。

　　おお 〈牧童たち〉の〈女王〉よ、
あの働き手たちに気付けの酒をふるまってやれ、
その力が、正午の海水浴まで
平穏であるように。

詩の古道具が、私の言葉の錬金術のかなりの部分を占めていた。

私は単純な幻覚には慣れた。工場のある場所に、じつにまざまざと回教寺院を見ていた、天使たちの形成する太鼓の学校を、空に通じる街道を行く四輪馬車を、湖底のサロンを見ていた。怪物やら、神秘やらも。さる軽喜劇（ヴォードヴィル）の題が、私の眼前に数々の恐ろしい光景を現出させた。

ついで私は、自分の魔法の詭弁を語の幻覚によって説明した！

になじみ深い金星(宵の明星、明けの明星)でもある。この詩を書くランボーはこれらの含意をすべて踏まえている。 **13** 「言葉の錬金術」に引用される詩が具体例を提供するような「おめでたいリフレイン、無邪気なリズム」(第3段落)。 **14** 客観的に存在するものを見る知覚の錯乱(「単純な幻覚」「魔法の詭弁」)がまず開拓され、その説明または増幅の手段として言語の錯乱(「語の幻覚」)が企てられるという流れ。

Je finis par trouver sacré le désordre de mon esprit[15]. J'étais oisif, en proie à une lourde fièvre : j'enviais la félicité des bêtes, — les chenilles, qui représentent l'innocence des limbes, les taupes, le sommeil de la virginité !

Mon caractère s'aigrissait. Je disais adieu au monde dans d'espèces de romances :

CHANSON DE LA PLUS HAUTE TOUR[16]

Qu'il vienne, qu'il vienne,
Le temps dont on s'éprenne.

J'ai tant fait patience
Qu'à jamais j'oublie.
Craintes et souffrances
Aux cieux sont parties.
Et la soif malsaine
Obscurcit mes veines.

Qu'il vienne, qu'il vienne,
Le temps dont on s'éprenne.

「ヴォワイヤンの手紙」(注6参照)でまず「**五感すべて**の、長く大規模な理詰めの**攪乱**」が打ち出され、それを他人に分かちもたせる手段として「一個の言語を見つける」ことが要請された論理に適う。 **15** 話者は詩人としての営みを、自作引用を交えて紹介しながら、同時に心身の変容のプロセスを跡づける。**存在の錬金術**が「言葉の錬金術」の前提であるかのような提示の仕方。 **16** 同題の最初の版(1872年5

果ては、自分の精神の混乱を神聖とみなすにいたった。重苦しい発熱に囚われ、無為に過ごした。獣たちの至福を羨んだ、—冥府の無垢を表す毛虫や、純潔の眠りそのものたるモグラを！

私の性格はとげとげしくなった。さまざまなロマンスで世間に別れを告げた—

最も高い塔の歌

やって来い、やって来い、
人を夢中にさせる時よ。

あんなに我慢をしたのだから
もう永遠に忘れるのだ。
恐れも苦しみも
空に向かって飛び去った。
それなのに不健康な渇きが
ぼくの血管を翳らせる。

やって来い、やって来い、
人を夢中にさせる時よ。

月）では、世間からの隔絶の決意がより明確に表明されている（110–115頁）。その第1、6節を2行のリフレインに縮め、第2、5節を削除した版が、ここに用いられている。

Telle la prairie
À l'oubli livrée,
Grandie, et fleurie
D'encens et d'ivraies,
Au bourdon farouche
Des sales mouches.

Qu'il vienne, qu'il vienne,
Le temps dont on s'éprenne.

J'aimai le désert, les vergers brûlés, les boutiques fanées, les boissons tiédies. Je me traînais dans les ruelles puantes et, les yeux fermés, je m'offrais au soleil, dieu de feu.

« Général, s'il reste un vieux canon sur tes remparts en ruines, bombarde-nous avec des blocs de terre sèche. Aux glaces des magasins splendides ! dans les salons ! Fais manger sa poussière à la ville. Oxyde les gargouilles. Emplis les boudoirs de poudre de rubis brûlante... [17] »

Oh ! le moucheron enivré à la pissotière de l'auberge, amoureux de la bourrache, et que dissout un rayon !

---

17 地の文に組み込まれたこの引用は、話者が引く自作散文詩の趣をもつ。1872年の4部作「我慢の祭」の第1篇「五月の幟」とのテーマ上の類似が注目される――「ぼくが望むのは、劇的な夏が／奴の運命の戦車にぼくを結わえてくれること。／おお〈自然〉よ、すっかりお前の手にかかって／――ああ、これほど孤独でも無能でもなしに！――死ねたら。」(106-107頁)。

忘れ去られて
伸び放題、お香と毒麦の
花ざかり、
汚い蠅が獰猛な
羽音を立てて舞っている
草原さながら。

やって来い、やって来い、
人を夢中にさせる時よ。

私は荒地を、日差しに枯れた果樹園を、色褪せた店を、生ぬるくなった飲み物を好んだ。悪臭漂う路地から路地へ身を引きずりながら、両目を閉じて火の神太陽に身を捧げた。
「将軍よ、廃墟と化したお前の砦に古い大砲が一門残っているなら、乾いた土くれを詰めておれたちを砲撃してくれ。華やかな店々のガラスめがけて撃て！　サロンにぶち込め！都会におのれの塵芥を食らわせてやれ。樋を錆びさせろ。閨房を燃えるルビーの火薬で一杯にしろ…」
おお！　宿屋の男子小便所で酔っ払った小蠅、ルリジシャに恋しているのだが、一条の光にとろけてしまう！

FAIM[18]

Si j'ai du goût, ce n'est guère
Que pour la terre et les pierres.
Je déjeune toujours d'air,
De roc, de charbons, de fer.

Mes faims, tournez. Paissez, faims,
　　Le pré des sons.
Attirez le gai venin
　　Des liserons.

Mangez les cailloux qu'on brise,
Les vieilles pierres d'églises ;
Les galets des vieux déluges,
Pains semés dans les vallées grises.

Le loup criait sous les feuilles[19]
En crachant les belles plumes

18　「飢えの祭」(1872年8月、本書未収録)のもうひとつの版。後続の「狼は葉陰で啼いていた…」と組み合わせ、短縮したタイトルを総題とする。 **19**　「言葉の錬金術」に引用されている後期韻文詩7篇のうち、この詩だけは1872年の版が知られていない。

飢え

ぼくに好みがあるとして
せいぜい土くれと石ころさ。
食事はいつも空気と、
岩と、炭と、鉄。

ぼくの飢えたち、回れ。食(は)め、飢えたちよ、
　　音の牧場を。
昼顔の陽気な毒を
　　引き寄せろ。

お上がり、砕いた石を、
教会だった古い石を、
昔の洪水が遺した小石、
灰色の谷間に撒かれたパンを。

狼は葉陰で啼いていた
餌食に平らげた家禽の

De son repas de volailles :
Comme lui je me consume.

Les salades, les fruits
N'attendent que la cueillette ;
Mais l'araignée de la haie
Ne mange que des violettes.

Que je dorme ! que je bouille
Aux autels de Salomon.
Le bouillon court sur la rouille,
Et se mêle au Cédron[20].

Enfin, ô bonheur, ô raison, j'écartai du ciel l'azur, qui est du noir, et je vécus, étincelle d'or de la lumière *nature*. De joie, je prenais une expression bouffonne et égarée au possible :

Elle est retrouvée ![21]
Quoi ? l'éternité.
C'est la mer mêlée

---

20 エルサレムの町とオリーヴ山を隔てるセドロン渓谷を流れる川。
21 「永遠」(1872年5月)の注・解説を見よ。詩全体は、超越的な意味での「永遠」を否定し、苦痛や忍耐と無縁ではない、現世的で内在的な永遠への信を語っている。

きれいな羽根を吐き出しながら。
あいつと同じく、ぼくもこの身をすり減らす。

サラダ菜も、果物も
摘み取りを待つばかり。
けれど垣根の蜘蛛が食らうのは
すみれの花ばかり。

眠りたい！ 茹でられたい
ソロモン王の祭壇で。
肉汁は錆の上を走り、
セドロンの流れに混じる。

ついに、幸福よ、理性よ、私は空から青みを、黒っぽい青みを引き剝がした、そうして生きたのだ、**自然のまま**の光の金の火花となって。うれしさのあまり、極端に滑稽でいかれた表現を使った—

あれが見つかった！
何が？ 永遠が。
それは太陽に

Au soleil[22].

Mon âme éternelle,
Observe ton vœu
Malgré la nuit seule
Et le jour en feu.

Donc tu te dégages
Des humains suffrages,
Des communs élans!
Tu voles selon...

—Jamais l'espérance.
Pas d'*orietur*
Science et patience,
Le supplice esr sûr.

Plus de lendemain,
Braises de satin,
Votre ardeur
Est le devoir.

22　1872年の版「太陽と／行ってしまった海」がはらんでいた、遠ざかりのダイナミズムはここにはない。

混じった海。

ぼくの永遠の魂よ、
お前の誓いを守れ、
孤独な夜や
火と燃える昼に負けずに。

だから、お前は人々の賛同からも
だれにも共通する衝動からも、
身を振りほどく！
気の向くままに　飛んでいく…

──希望などあるものか。
　　何かが**到来スル**ことはない
我慢強く学問などすれば、
責苦は確実。

もう明日はない、
繻子の艶もつ燠よ、
　　お前たちの情熱こそが
　　義務。

Elle est retrouvée!
— Quoi? — l'Éternité.
C'est la mer mêlée
Au soleil.

Je devins un opéra fabuleux[23]: je vis que tous les êtres ont une fatalité de bonheur: l'action n'est pas la vie, mais une façon de gâcher quelque force, un énervement. La morale est la faiblesse de la cervelle.

À chaque être, plusieurs *autres* vies me semblaient dues[24]. Ce monsieur ne sait ce qu'il fait: il est un ange. Cette famille est une nichée de chiens. Devant plusieurs hommes, je causai tout haut avec un moment d'une de leurs autres vies. — Ainsi, j'ai aimé un porc.

Aucun des sophismes de la folie, — la folie qu'on enferme, — n'a été oublié par moi[25]: je pourrais les redire tous, je tiens le système.

Ma santé fut menacée[26]. La terreur venait. Je tombais

---

23 un opéra fabuleux　第2段落に「古めかしいオペラ」への言及があった。**fabuleux**=extraordinaire, à peine croyable bien que réel(リトレ・フランス語辞典)。下書きのなかでこの直後に引かれる予定だった「黄金時代」は、「ぼく」のなかに叱責し激励する声が次々に立ちのぼり、「ぼく」がそれらに応答する趣向を採る。その際「ぼく」は、いわばそれらの声の交差するオペラ空間と化す。　**24**　「単純な幻

あれが見つかった！
— 何が？ — 〈永遠〉が。
それは太陽に
　混じった海。

私はとてつもないオペラになった。あらゆる存在が幸福の宿命を負っているのを見てとった。行動とは生きることではなく、精力をいくらかむだにする方便、いら立ちなのだ。道徳とは脳みその弱さのことだ。

人それぞれにいくつもの**他の**生涯が当然備わっているように私には見えた。この紳士は自分のしていることがわからない、天使なのだ。この家族はひと腹の犬ころだ。何人もの人間を前に、彼らの他の生涯のひとときと私は大声で語り合った。— かくして私は一匹の豚を愛した。

狂気の — 監禁される狂気のことだが、— 詭弁はどれひとつ忘れてはいない。全部復唱することさえできる、からくりは握っているのだ。

私の健康は脅かされた。恐怖がやって来た。何日も途切れ

覚」に輪廻転生(りんねてんしょう)の観念を掛け合わせた記述。 **25** 「言葉の錬金術」の企図が、主体を文字どおりの狂気に陥らせかねない体験であったことを改めて言う。「そうして、狂気をさんざん弄んでやったのだ」(序文)を参照。自分が正気と狂気を自由に往還できることの自負。 **26** これ以下２段落にわたり、心身の疲弊を伴う詩的企図の破綻の確認が、ギリシア・ローマ神話とキリスト教的要素を混合した神話的表象をま

dans des sommeils de plusieurs jours, et, levé, je continuais les rêves les plus tristes[27]. J'étais mûr pour le trépas, et par une route de dangers ma faiblesse me menait aux confins du monde et de la Cimmérie[28], patrie de l'ombre et des tourbillons.

Je dus voyager, distraire les enchantements assemblés sur mon cerveau. Sur la mer, que j'aimais comme si elle eût dû me laver d'une souillure, je voyais se lever la croix consolatrice. J'avais été damné par l'arc-en-ciel[29]. Le Bonheur était ma fatalité, mon remords, mon ver : ma vie serait toujours trop immense pour être dévouée à la force et à la beauté.

Le Bonheur ! Sa dent, douce à la mort, m'avertissait au chant du coq, — *ad matutinum*, au *Christus venit*[30], — dans les plus sombres villes :

Ô saisons, ô châteaux[31] !
Quelle âme est sans défauts ?

J'ai fait la magique étude

とう。 **27** 下書きでは、この直後に「記憶」が引用される予定だった。 **28** **la Cimmérie** ホメロス『オデュッセイア』で、オデュッセウス一行が滞在する暗黒の国。そこは死者の国に隣接し、けっして太陽が差さないとされる。下書きでは、この直後に「この世の果て」« Confins du monde » という詩(詳細不明)が引用される予定だった。
29 「慰めの十字架」「虹」には明らかに宗教的含意がある。『旧約聖

ぬ眠りに落ち、起きては、極端に悲しい夢また夢を見つづけた。私の身罷るときは熟し、自分の弱さに導かれるままに、この世と、闇と旋風の国キンメリアとの境まで、危難の道をたどっていった。

私は旅に出て、脳髄に溜まった呪縛を散らさねばならなかった。自分のけがれをきっと洗い清めてくれるはずだと愛してやまなかった海の上に、慰めの十字架が立つのが見えた。私は虹によって地獄に落とされていた。〈幸福〉は私の宿命、私の悔恨の種、私を蝕む蛆(うじ)だった。私の生命はいつだって、力や美に捧げられるにはあまりに巨大なのだろう。

〈幸福〉よ！ 死ぬほどに甘美なその歯が、雄鶏の鳴く時刻に、―**アサニ、キリスト来タマヘリ**のときに、―このうえなく暗鬱な都会で私に警告した。

季節よ、城よ！
無疵な魂がどこにある？

ぼくはした　幸福の魔法めいた

書』「ノアの洪水」の直後の記述で、「虹」は神と人間の契約のしるしとされ、人間が犯した契約違反への告発の象徴ともなる(「創世記」9, 12-17。また「大洪水のあと」を参照)。 **30** 原文はラテン語。「**アサニ**」はまた、「朝課(夜半の祈り)の折に」の意でもある。「**キリスト来タマヘリ**」は、『ローマ聖務日課書』の水曜日の賛課(夜明けの祈り)の最後に歌われる賛美歌中のせりふ(プレイヤード版による)。 **31**

Du bonheur, qu'aucun n'élude.

Salut à lui, chaque fois
Que chante le coq gaulois[32].

Ah! je n'aurai plus d'envie:
Il s'est chargé de ma vie.

Ce charme a pris âme et corps
Et dispersé les efforts.

Ô saisons, ô châteaux!

L'heure de sa fuite, hélas!
Sera l'heure du trépas[33].

Ô saisons, ô châteaux!

Cela s'est passé. Je sais aujourd'hui saluer la beauté.

下書きでは「幸福」と題されている。1872年の版を参照。 **32** 「ガリアの雄鶏」**coq gaulois** については、1872年の版(129頁)の注6を参照。 **33** この2行は、1872年の原稿上で抹消された末尾6行中の3-4行の内容を、簡潔な形に改変している。Il faut que son dédain, las! / Me livre au plus prompt trépas!「あいつ(＝幸福)の侮蔑が、ああ！／ぼくをとっとと死に委ねてくれなくては！」

研究を、これはだれにも避けられぬ。

あいつに挨拶 ガリアの
雄鶏が鳴くたびに。

ああ！ もはや何をする気も起きるまい
あいつがぼくの人生を引き受けたのだから。

あの呪縛に身も魂も奪われて
精進などきれいに消え去った。

季節よ、城よ！

あいつが逃げていくときは、ああ！
まさに身罷るときだろう。

季節よ、城よ！

―――――

それも過ぎたことだ。私は今では美に挨拶ができる。

―――――

[33] L'IMPOSSIBLE

Ah! cette vie de mon enfance, la grande route par tous les temps, sobre surnaturellement, plus désintéressé que le meilleur des mendiants, fier de n'avoir ni pays, ni amis, quelle sottise c'était. — Et je m'en aperçois seulement!

— J'ai eu raison de mépriser ces bonshommes[1] qui ne perdraient pas l'occasion d'une caresse, parasites de la propreté et de la santé de nos femmes, aujourd'hui qu'elles sont si peu d'accord avec nous.

J'ai eu raison dans tous mes dédains: puisque je m'évade!

Je m'évade!

Je m'explique.

Hier encore, je soupirais: « Ciel! sommes-nous assez de damnés ici-bas[2]! Moi j'ai tant de temps déjà dans leur troupe! Je les connais tous. Nous nous reconnaissons toujours; nous nous dégoûtons. La charité nous est inconnue. Mais nous sommes polis; nos relations avec le monde sont

---

[33] **1 ces bonshommes** 「賤しい血」で「偽(にせ)ニグロ」と呼ばれた者たちのこと。 **2 ici-bas** 「下界(地上世界)には」に「地獄の底には」の意がかかる。「深キ淵ヨリ主ヨ、なんてばかなおれ!」(「賤しい血」)、および「神学の言うとおりだ、地獄はたしかに下にある——そして天国は上だ」(「地獄の夜」)を参照。

［33］ 叶わぬこと

ああ！ 子供のころのあの生活、天候などお構いなしの街道暮らし、飲食の慎み方は人間業ではなく、無欲さでは一番上等の乞食にも劣らず、故郷も友もないのが誇りだった。何と愚かだったのだ。―しかも今ようやく気づくとは！

―今どき、女どもがおれたちと意気投合することなどめったにないのに、女の清潔と健康に寄生して愛撫の機会はまず逃さないあの連中を、おれが軽蔑したのは正しかった。

おれの軽蔑はことごとく正しかった、何しろおれは逃亡するのだから！

おれは逃亡する！

こんなわけだ。

昨日もまた、おれはため息まじりにつぶやいていた。「天よ！ 下界にはわれわれ地獄落ちが相当います！ 私が奴らの仲間入りをしてからずいぶんになります！ どいつもこいつも知っています。われわれはいつだって互いを嗅ぎ分けます。それでいて互いにうんざりしています。慈愛などわれわれには無縁です。それでもわれわれの立ちふるまいは丁重で、

très convenables. » Est-ce étonnant? Le monde! les marchands, les naïfs! — Nous ne sommes pas déshonorés. — Mais les élus, comment nous recevraient-ils[3]? Or il y a des gens hargneux et joyeux, de faux élus, puisqu'il nous faut de l'audace ou de l'humilité pour les aborder. Ce sont les seuls élus. Ce ne sont pas des bénisseurs!

M'étant retrouvé deux sous de raison — ça passe vite! — je vois que mes malaises viennent de ne m'être pas figuré assez tôt que nous sommes à l'Occident. Les marais occidentaux[4]! Non que je croie la lumière altérée, la forme exténuée, le mouvement égaré[5]... Bon! voici que mon esprit veut absolument se charger de tous les développements cruels qu'a subis l'esprit depuis la fin de l'Orient... Il en veut, mon esprit!

... Mes deux sous de raison sont finis! — L'esprit est autorité, il veut que je sois en Occident. Il faudrait le faire taire pour conclure comme je voulais.

J'envoyais au diable[6] les palmes des martyrs, les rayons de l'art, l'orgueil des inventeurs, l'ardeur des pillards; je

---

3　話者は、「地獄」から「神のエリートたち」の住む「天国」への「逃亡」を想定している。**4**　ダンテ『神曲』「地獄」第7歌に出る地獄の沼「ステュクス」に基づくイメージか。**5**　自らの西洋批判がアリストテレス以来のほかならぬ西洋的思考範疇(形態、運動)に依拠していると解される危険を直感する話者は、急いでそれを否定する。**6 envoyais au diable**　文字どおりには「悪魔に送りつけた」

世間との関係はいたって良好です」と。驚くことかね？ 世間か！ 商人やばか正直な奴らさ！ ──おれたちは体面をなくしてはいない。──しかし、神のエリートたちはというと、どうして奴らがわれわれを歓迎してくれよう？ ところで、邪険で陽気な連中というのがいる、偽(にせ)のエリートだ、何しろ、お近づきになるには、こちらが大胆になるか卑屈になるかする必要があるからだ。奴らをおいてエリートなどいない。他人の幸福を祈るような連中じゃない。

安っぽい分別が戻ってきて──それもすぐに消えてしまう！──おれが味わっている居心地の悪さは、自分たちが西洋にいるということに気づくのがおそすぎたせいだと教えてくれる。西洋の沼！ とはいえ、光明が変質したとか、形態が弱まったとか、運動が軌道を逸れたとか思っているわけじゃない…よし！ 東洋の終焉以後精神が被ってきた無惨な展開を、おれの精神が何としてもそっくり引き受けてやろうじゃないか…そう望んでいるのだ、おれの精神が！

…おれの安っぽい分別はお陀仏だ！──今や精神が権威で、おれが西洋にとどまるよう望んでいる。こいつを黙らせねば、思いどおりの決着はつけられまい。

おれは殉教者の栄光の棕櫚の枝も、芸術の光輝も、発明家の誇りも、略奪者の情熱も厄介払いしてやった。おれは東洋

retournais à l'Orient et à la sagesse première et éternelle. —Il paraît que c'est un rêve de paresse grossière!

Pourtant, je ne songeais guère au plaisir d'échapper aux souffrances modernes. Je n'avais pas en vue la sagesse bâtarde[7]du Coran. —Mais n'y a-t-il pas un supplice réel en ce que, depuis cette déclaration de la science[8], le christianisme, l'homme *se joue*, se prouve les évidences, se gonfle du plaisir de répéter ces preuves, et ne vit que comme cela! Torture subtile, niaise; source de mes divagations spirituelles. La nature pourrait s'ennuyer, peut-être[9]! M. Prudhomme est né avec le Christ[10].

N'est-ce pas parce que nous cultivons la brume! Nous mangeons la fièvre avec nos légumes aqueux. Et l'ivrognerie! et le tabac! et l'ignorance! et les dévouements! —Tout cela est-il assez loin de la pensée de la sagesse de l'Orient, la patrie primitive? Pourquoi un monde moderne, si de pareils poisons s'inventent!

Les gens d'Église diront: C'est compris. Mais vous voulez parler de l'Eden. Rien pour vous dans l'histoire des peuples orientaux. —C'est vrai; c'est à l'Eden que je songeais! Qu'est-ce que c'est pour mon rêve, cette pureté

7　sagesse bâtarde　マホメットが神から受けた啓示の記録とされる『コーラン』が、『聖書』・キリスト教の教義(天使と悪魔、預言者の役割など)とアラブ土俗宗教との混淆である事実を踏まえる。ランボーの「東洋」は、イスラム教発生以前、キリスト教以前に位置づけられる。 **8**　キリスト教は、イエスへの神の具現、処女マリアの懐胎といった「神秘」の「証拠」を並べ、論証しようと躍起になる点で似非科

へと、始原の、そして永遠の叡智へと戻っていったのだ。
──どうやらこれはひどく怠惰な夢らしい！

けれども、現代の苦悩を逃れる快楽などほとんど思いもしなかった。『コーラン』の折衷的な知恵など念頭にはなかった。──それにしても、キリスト教というあの科学宣言以来、人間は**己を弄び**、自分に向かってわかりきったことを証明し、そんな論拠を繰り返す楽しみで膨れ上がり、それ以外の生き方をしていないのは、紛れもない責苦ではないか！ 手の込んだ、ばかげた拷問だ。おれの精神的彷徨の元凶だ。自然だって退屈しかねないぞ！ プリュードム氏はキリストとともに生まれたのだ。

それはわれわれが霧を栽培しているせいではないのか！ おれたちは水っぽい野菜といっしょに熱病を食らっているのだ。それからアル中とくる！ 煙草とくる！ 無知蒙昧に献身とくる！──何もかもが、原初の祖国、東洋の叡智の思想からはかけ離れていないか。こんな毒が次々と編み出されているのなら、何ゆえの現代世界か！

〈教会〉の連中はこう言うだろう──わかった。しかし、エデンの園のことを言いたいのですね。東方の諸民族の歴史などあなたには用がありませんよ。──そのとおりだな、おれの考えていたのはエデンの園だった！ おれの夢にとって古

学だという主張。「科学宣言」は「人権宣言」la déclaration des droits de l'homme のもじり。 **9** 実証主義科学により、神の手になる天地創造といった観念を払拭された生のままの自然は、あまりの素っ気なさに自ら退屈するかもしれない、の意。 **10** ジョゼフ・プリュードムは、小説家アンリ・モニエ(1799-1877)が創造した人物。雄弁な屁理屈で物事の原理を証明したがるスノッブなブルジョワ。証明など不

des races antiques!

Les philosophes: Le monde n'a pas d'âge. L'humanité se déplace, simplement[11]. Vous êtes en Occident, mais libre d'habiter dans votre Orient, quelque ancien qu'il vous le faille, — et d'y habiter bien. Ne soyez pas un vaincu. Philosophes, vous êtes de votre Occident.

Mon esprit, prends garde. Pas de partis de salut violents. Exerce-toi! —Ah! la science ne va pas assez vite pour nous!

— Mais je m'aperçois que mon esprit dort.

S'il était bien éveillé toujours à partir de ce moment, nous serions bientôt à la vérité, qui peut-être nous entoure avec ses anges pleurant[12]!... — S'il avait été éveillé jusqu'à ce moment-ci, c'est que je n'aurais pas cédé aux instincts délétères, à une époque immémoriale[13]!... — S'il avait toujours été bien éveillé, je voguerais en pleine sagesse!...

Ô pureté! pureté[14]!

C'est cette minute d'éveil[15] qui m'a donné la vision de la pureté! — Par l'esprit on va à Dieu[16]!

Déchirante infortune!

要の自明性を備えていないので、信じるための「証拠」を見つけようと躍起になる。その点で、キリスト教とプリュードムとは類似しているという主張。「賤しい血」以来指摘される、キリスト教とブルジョワ道徳との結託。 **11**　19世紀には、ヨーロッパ諸民族はアジアからの移住者と考えられた。 **12**　キリスト教の彼方に始原の「叡智」を見出す企ては、眠り込んだ「精神」のためにキリスト教的ヴィジョン

代の諸種族の純粋さなど何だというのだ！

哲学者はこうだ――世界には年齢がありません。人類は移動するだけです。あなたは西洋にいますが、どんなに古い東洋が必要でも、あなたの東洋に意のままにお住まいになれます、――それも快適にね。負け犬になっちゃいけません。哲学者諸君、君たちもお得意の西洋に属しているのだ。

おれの精神よ、用心しろ。手荒なすべで救われようはない。自分を鍛えろ！――ああ！ 科学の進み方は、おれたちにはのろすぎる！

――だが、おれは自分の精神が眠っていることに気づく。

もしもこいつが、今からずっと目覚めていてくれたら、おれたちはまもなく真理に行き着くだろうし、真理は涙に濡れた天使たちでおれたちを取り巻いてくれるかもしれない！… ――こいつが、今まで目覚めていたなら、記憶にもない遠い昔、よからぬ本能に屈することもなかったはずだ！… ――こいつがつねにしっかり目覚めていたら、今ごろおれは叡智に満ちて航行しているはずなのに！…

純粋さよ！ 純粋さ！

純粋さの幻影を見せてくれたのは、まさにこうした覚醒のひと時だ！――精神を通じて人は神へといたる！

胸を引き裂く不幸！

に回収される。 **13** 序文や「朝」と同じく、個人的過去を神話化し、現状の「地獄」をそこからの失墜とみなす。 **14** 分別に支えられた覚醒状態。エデンとも「東洋」とも無縁なはずだが、話者のなかでそれらと混同されがち。 **15** 「安っぽい分別」のひと時。 **16** 人間の「精神」esprit と、三位一体説の「聖霊」(Saint-Esprit)とを掛ける。

[34]　L'ÉCLAIR

Le travail humain! c'est l'explosion qui éclaire mon abîme de temps en temps[1].

« Rien n'est vanité[2]; à la science, et en avant! » crie l'Ecclésiaste moderne, c'est-à-dire *Tout le monde*. Et pourtant les cadavres des méchants et des fainéants tombent sur le cœur des autres[3]... Ah! vite, vite un peu; là-bas, par-delà la nuit, ces récompenses futures, éternelles... les échappons-nous[4]?...

—Qu'y puis-je? Je connais le travail; et la science est trop lente[5]. Que la prière galope et que la lumière gronde... je le vois bien. C'est trop simple, et il fait trop chaud[6]; on se passera de moi. J'ai mon devoir[7], j'en serai fier à la façon de plusieurs, en le mettant de côté.

Ma vie est usée. Allons! feignons, fainéantons[8], ô pitié! Et nous existerons en nous amusant, en rêvant amours monstres et univers fantastiques, en nous plaignant et en querellant les apparences du monde, saltimbanque,

---

[34]　**1**　**abîme**　話者が身を置く「地獄の夜」であり、また内面の闇でもある。地獄脱出の手探りが顕著になるこのパートでは、その二重の「深淵」に亀裂を入れる稲妻として「労働」が脳裏をかすめる。　**2**　『旧約聖書』「伝道の書(コヘレトの言葉)」(1, 2)の「なんという空しさ、すべては空しい」の転倒。現代の伝道者の説く科学的救済を、聖書の伝道者の説く宗教的救済になぞらえる。　**3**　「悪人」は宗教的

［34］ 稲妻

人間の労働！ それこそ、ときおりおれの深淵を照らし出す爆発だ。

「空しいものなどあるものか。科学に向かえ、前進だ！」そう叫ぶのは現代の〈伝道者〉、つまり〈**だれもかれも**〉だ。ところが、悪人や怠け者の死骸が他人の心に降りかかってくる… ああ！ 急いで、少し急いで。あそこ、夜のかなたに、未来の、永劫の報いが… あれをわれわれはみすみす逃すのか？…

―おれに何ができる？ 労働が何かは知っている。それに科学はのろすぎる。祈りは駆けめぐり、光はとどろく… 十分承知だ。単純すぎる話だ、それにここは暑すぎる。おれ抜きでやってくれ。おれには務めがある、少なからぬ連中がやるように、そいつを脇にやりながら鼻にかけてやろう。

わが命は擦り減った。さあ！ 人の目を欺いてやろう、なまくらを決めこもう、なんと情けない！ そうして浮かれたり、型破りの恋愛や奇怪な世界を夢見たりしながら、不平を漏らしたり世間の上っ面に文句をつけたりしながら、香具師(やし)、

救済から、「怠け者」は「労働」を介しての現世的救済から除外された者。 **4** 「現代の〈伝道者〉」の主張の模倣であり、「科学」による救済の約束の壮麗なイメージ。**échapper**=laisser échapper. **5** 「ああ！ 科学の進み方は、おれたちにはのろすぎる！」(「叶わぬこと」)を参照。 **6** 地獄の業火への暗示。 **7** 自分には別種の仕事があるので世間一般の仕事には従事しないという論法は、1871年5月13日付のイザン

mendiant, artiste, bandit, — prêtre[9]! Sur mon lit d'hôpital, l'odeur de l'encens m'est revenue si puissante; gardien des aromates sacrés, confesseur, martyr[10]...

Je reconnais là ma sale éducation d'enfance. Puis quoi!... Aller mes vingt ans, si les autres vont vingt ans[11]...

Non! non! à présent je me révolte contre la mort! Le travail paraît trop léger à mon orgueil: ma trahison au monde serait un supplice trop court. Au dernier moment, j'attaquerais à droite, à gauche...

Alors, — oh! — chère pauvre âme, l'éternité serait-elle pas perdue[12] pour nous!

バール宛書簡にも見られた。 **8**　実直の対極としての偽装、「労働」の対極としての怠慢。 **9**　主語 nous(実質的には je)の同格。注7の書簡で言われた「臆面もなく[社会に]養ってもらっている」者たち、社会的脱落者の列挙。まともな労働者の形成する「世間の上っ面」とは無縁の人々。「司祭」を付け加えるのは皮肉。 **10**　**gardien[...] martyr**　先行する列挙(saltimbanque[...]prêtre)の続き。prêtre の語

乞食、芸術家、追いはぎ── さては司祭にでもなって暮らすのさ！ 病院の寝台で、お香の匂いがひどく強烈に蘇ってきた ── 聖なる香の番人、証聖者、殉教者…

そこにおれは子供時代の汚らしい教育を認める。だからどうした！… ほかの連中が二十歳(はたち)まで生きるなら、おれの二十歳を生きてやる…

違う！ 違う！ 今やおれが刃向かう相手は死だ！ 労働などおれの誇りにはいかにも軽すぎるし、世間へのおれの裏切りは責苦としては短すぎよう。いまわの際には、右に左に襲いかかってやる…

そのときには、── おお！──いとしい哀れな魂よ、永遠はおれたちには失われていまいか！

を境に、宗教的美徳の体現者に限定される。**confesseur** は聴罪司祭ではなく、迫害のなかで信仰を告白し、かつ殉教を免れて聖別された人。カトリックの連禱では、聖人、証聖者、殉教者が並べられる。
11 **Aller mes vingt ans** は、一風変わった表現。18歳のランボーにとって、兵役義務が始まる20歳の年は困難に満ちたものに見えた。
12 **l'éternité[...]perdue** とは、l'éternité de la damnation と同義。

[35]　MATIN

N'eus[1]-je pas *une fois* une jeunesse aimable, héroïque, fabuleuse, à écrire sur des feuilles d'or, — trop de chance! Par quel crime, par quelle erreur, ai-je mérité ma faiblesse actuelle? Vous qui prétendez que des bêtes poussent des sanglots de chagrin, que des malades désespèrent, que des morts rêvent mal, tâchez de raconter ma chute et mon sommeil. Moi, je ne puis pas plus m'expliquer que le mendiant avec ses continuels *Pater* et *Ave Maria. Je ne sais plus parler*[2]!

Pourtant, aujourd'hui, je crois avoir fini la relation de mon enfer. C'était bien l'enfer; l'ancien, celui dont le fils de l'homme ouvrit les portes[3].

Du même désert, à la même nuit[4], toujours mes yeux las se réveillent à l'étoile d'argent, toujours, sans que s'émeuvent les Rois de la vie, les trois mages[5], le cœur, l'âme, l'esprit. Quand irons-nous, par-delà les grèves et les monts, saluer la naissance du travail nouveau, la sagesse nouvelle, la fuite des tyrans et des démons, la fin de la superstition,

---

[35]　**1　eus**　avoir の単純過去形。地獄に身を置く話者の現在から発される声が基調になる『地獄の一季節』ではまれな時制で、話者が詩人としての過去を振り返る「言葉の錬金術」の12回を除けば、序文、「賤しい血」、「地獄の夜」に各1回、「朝」に2回出るのみである。　**2**　「地獄」を語ることでそこからの脱出を図るパフォーマティヴな語りが、ある種の飽和状態に近づきつつあることの告白。　**3　le**

［35］朝

一度はこの私にもなかったか、愛すべき、英雄的な、とてつもない青春、黄金の紙片に書き記すべき青春が、──あまりに恵まれていた！　どんな罪ゆえ、どんな過ちゆえに、私は今の非力に陥ったのか。獣は悲嘆にむせび、病人は絶望し、死人は悪い夢を見ると言う君たちよ、私の堕落と眠りを語ってくれないか。私には、始終「父よ（パーテル）」や「アヴェ・マリア」を唱えている乞食とたがわず、自分の考えが説明できない。**もう話せないのだ！**

だが、今や私は、自分の地獄の物語を語り終えたと思っている。あれはまさに地獄だった、昔ながらの地獄、人の子が扉を開（あ）けた地獄だった。

同じ砂漠から、同じ夜に、相変わらず私の疲れた目が銀色の星に覚醒はするものの、生命の〈王たち〉、心、魂、精神というあの三博士は、相変わらず動きだそうとしない。いつになれば出発するのか、砂浜を越え、山を越えて、新たな仕事の誕生を、新たな知恵を、暴君や悪魔どもの逃走を、迷信の終焉を歓迎しに、地上の降誕祭を──だれよりも早く！──拝

---

fils de l'homme　「神の子」とも呼ばれるイエス・キリストのこと。イエスが、死後3日目に復活する前に地獄に下り、そこに囚われている霊たちに宣教をしたという信仰(「ペトロの手紙1」3, 18-19)を踏まえるか。元来は「ダビデの鍵」(天国の鍵)を開くはずの(「ヨハネ黙示録」3, 7)、または天国への門であるはずの(「ヨハネ福音書」10, 9)イエスに、堕地獄の斡旋人の役割を担わせているとも考えられる。**4**

adorer — les premiers ! — Noël sur la terre[6] !

Le chant des cieux, la marche des peuples ! Esclaves, ne maudissons pas la vie.

地獄の夜。東方の占星術の学者たちがエルサレムの空に見たイエス誕生を告げる星が輝く夜空(「マタイ福音書」第2章冒頭)に、この夜を重ねる。「稲妻」＝労働は、地獄の夜に一瞬もたらされる光とされたように、希望のしるしだった。しかし「朝」は待望されているにすぎず、いつ到来するとも知れない。2度繰り返される même と toujours が、地獄の出口への歩みの困難を印象づける。 **5**　人間の内面生活を

みに！

天に聞こえる歌、諸国民の歩み！ 奴隷どもよ、人生を呪うまい。

司る三つの能力を、東方の三博士になぞらえる。 **6 Noël sur la terre** 超越性を廃した現世的救済のヴィジョン。新旧の対照を強調しながら脱キリスト教的未来を素描する言葉が、キリスト教の観念やヴィジョンを転倒しながらもそれらに深く浸されている。『地獄の一季節』の重要な特徴である。

［36］ ADIEU

―――

L'automne déjà[1] ! — Mais pourquoi regretter un éternel soleil[2], si nous sommes engagés à la découverte de la clarté divine[3], — loin des gens qui meurent sur les saisons.

L'automne. Notre barque élevée dans les brumes immobiles tourne vers le port de la misère, la cité énorme au ciel taché de feu et de boue[4]. Ah ! les haillons pourris, le pain trempé de pluie, l'ivresse, les mille amours qui m'ont crucifié ! Elle ne finira donc point cette goule[5] reine de millions d'âmes et de corps morts *et qui seront jugés* ! Je me revois la peau rongée par la boue et la peste, des vers plein les cheveux et les aisselles et encore de plus gros vers dans le cœur, étendu parmi les inconnus sans âge, sans sentiment... J'aurais pu y mourir... L'affreuse évocation ! J'exècre la misère.

Et je redoute l'hiver parce que c'est la saison du confort[6] !

―――

［36］ **1**　元来無時間的世界である「地獄」が、1 日 24 時間のサイクル（夜から朝）と四季の巡りに規定されている。 **2**　「もう秋か！」という感慨とともに惜しまれる夏の太陽。「地獄」の業火や狂熱にも結びつく。**un éternel soleil** の不定冠詞は、願望される非現実の太陽を言う。 **3**　**la clarté divine**　東洋の「光明」や「始原の、そして永遠の叡智」（「叶わぬこと」）、容易に到来しない「朝」、さらには「海に

[36] 訣別

―――

もう秋か！――だが、なぜ永遠の太陽とやらを惜しむのか、われわれが神々しい光の発見に勤(いそ)しんでいるのなら、――季節のまにまに死にゆく人々から遠く離れて。

秋。澱んだ霧のなかに高く浮かんだわれらの小舟は、貧窮の港へ、火と泥にまみれた空を戴く巨大な都市へと向き直る。ああ！ ぼろぼろの衣服、雨に濡れたパン、酩酊、私を苛んだ数しれぬ恋！ あいつはいつまでも止めるまいよ、死んで**裁かれるはずの**無数の魂と肉体を統べる女王たるあの女吸血鬼は！ 泥と疫病に皮膚を蝕まれ、毛髪と腋の下には蛆(うじ)が湧き、心臓にはさらに大きな蛆が巣食っている自分が、年齢も心の内もわからぬ他人に交じって横たわっている姿が、瞼(まぶた)によみがえる… あそこで死んでいたかもしれない… 思い出すだにぞっとする！ 私は貧窮を憎む。

それに私は冬を恐れる、安楽の季節だからだ！

混じった太陽」が喚起した「永遠」に似て、定冠詞は時間を超えた精神的価値を想定させる。 **4** 「地獄」の最後の描写の始まり。地獄巡りはときに航海のイメージで表される。「われらの小舟」は、「西洋の沼」(「叶わぬこと」)や、地獄の渡し守カロンの舟を想起させる。「われらの」は個人的体験の普遍化。 **5** アラビア語起源の **goule** は、死の形象化とも、「巨大な都市」のアレゴリーともとれる。 **6** 安楽を享

— Quelquefois je vois au ciel des plages sans fin couvertes de blanches nations en joie. Un grand vaisseau d'or, au-dessus de moi, agite ses pavillons multicolores sous les brises du matin[7]. J'ai créé toutes les fêtes, tous les triomphes, tous les drames. J'ai essayé d'inventer de nouvelles fleurs, de nouveaux astres, de nouvelles chairs, de nouvelles langues. J'ai cru acquérir des pouvoirs surnaturels[8]. Eh bien! je dois enterrer mon imagination et mes souvenirs! Une belle gloire d'artiste et de conteur emportée!

Moi! moi qui me suis dit mage ou ange, dispensé de toute morale, je suis rendu au sol, avec un devoir à chercher, et la réalité rugueuse à étreindre! Paysan!

Suis-je trompé? la charité serait-elle sœur de la mort, pour moi[9]?

Enfin, je demanderai pardon pour m'être nourri de mensonge[10]. Et allons.

Mais pas une main amie! et où puiser le secours?

Oui, l'heure nouvelle est au moins très sévère.

Car je puis dire que la victoire m'est acquise[11]: les

受できない自分の惨めさが募るから。**comfort** の英語綴りは当時一般的。 **7**　話者が地獄から幻のように見る天国のヴィジョン。「大きな黄金の船」は「われらの小舟」と対照的。 **8**　「言葉の錬金術」の補遺のような芸術家としての自己総括。また、『イリュミナシオン』の散文詩(「花」「妖精譚」「ある理性に」「美しき存在」「冬の祭」など。「美しき存在」以外は本書未収録)を想起させる。 **9**　想像世界への執

—ときおり私には空に、歓喜に沸き立つ白い諸国民に覆われた果てしない浜辺が見える。一隻の大きな黄金の船が、頭上で、朝の微風に色とりどりの旗をはためかせている。私はありとあらゆる祝祭を、凱旋の式典を、ドラマを創造した。新しい花を、新しい星を、新しい肉体を、新しい言語を編み出そうとした。超自然的な諸能力を獲得できると思った。ところがだ！　自分の想像力と思い出の数々を葬り去らねばならない！　芸術家と物語作家のすばらしい栄光が奪い去られた！

この私、あらゆる道徳を免除され、道士とも天使とも自称したこの私が、探すべき義務と、抱きしめるべきごつごつした現実もろともに、土に還される！　百姓だ！

私はだまされているのか？　慈愛は私には死の姉妹とでも？

とにかく、嘘で身を養ってきたことの赦しを請おう。そして行こう。

だが、友の手ひとつない！　どこに助けを求めるのか。

そうとも、新しい時は、少なくとも峻厳だ。

勝利は得られたと私には言えるからだ。歯ぎしりも、業火

着を捨て、「土」に根を下ろした生き方をしようとすれば、人間相互の「慈愛」は不可欠である。同時に、「慈愛」の限界も話者は心得ている。ここは、最後にもう一度「慈愛」を本気で考える一瞬。それが「死」にしか行き着かないという考えが浮かんだ瞬間に振り払う(「骸骨になるために生まれてきたわけではありません！」、「愚かな乙女」)。 **10 mensonge** 現実から遊離したヴィジョンの開拓に身を

grincements de dents, les sifflements de feu, les soupirs empestés se modèrent. Tous les souvenirs immondes s'effacent. Mes derniers regrets détalent, — des jalousies pour les mendiants, les brigands, les amis de la mort, les arriérés de toutes sortes. — Damnés, si je me vengeais!

Il faut être absolument moderne[12].

Point de cantiques: tenir le pas gagné. Dure nuit! le sang séché fume sur ma face, et je n'ai rien derrière moi, que cet horrible arbrisseau[13]!... Le combat spirituel est aussi brutal que la bataille d'hommes[14]; mais la vision de la justice est le plaisir de Dieu seul[15].

Cependant c'est la veille. Recevons tous les influx de vigueur et de tendresse réelle. Et à l'aurore, armés d'une ardente patience, nous entrerons aux splendides villes.

Que parlais-je de main amie[16]! Un bel avantage, c'est que je puis rire des vieilles amours mensongères, et frapper de honte ces couples menteurs, — j'ai vu l'enfer des femmes là-bas; — et il me sera loisible de *posséder la vérité dans une âme et un corps*[17].

avril-août, 1873.

任せたこと。 **11**　前文との間に論理的飛躍がある。新しい時は峻厳だが、それを生き抜く自信がある、なぜなら自分は勝利した(地獄を越えた)から、の意。 **12**　**moderne**　ここは前衛性や先駆性を意味しない。明日が見えない「前夜」にあって、ともかくも「地獄」なる世界との「訣別」を図る態度。 **13**　**cet horrible arbrisseau**　『旧約聖書』「創世記」の「善悪の木」の矮小化。話者を苛んできた

のめらめらと燃え上がる音も、臭い溜息も静まっていく。一切の汚らわしい思い出が消えていく。私の最後の未練が、──乞食や、追いはぎや、死の友人たちや、あらゆる落伍者への羨望が──足早に逃げていく。──地獄落ちどもめ、復讐してやれるものなら！

断固として現代的でなければならぬ。

賛美歌は無用、獲得した足場を守るのだ。つらい夜だ！乾いた血が顔面でけぶり、背後にあるのはただあの恐ろしい灌木ばかり！… 精神の闘争は人間の戦に劣らず粗暴だ。しかし正義の眺めは神おひとりの楽しみだ。

だが今は前夜だ。身内に流れ入る生気と本物の思いやりをそっくり受け取ろう。そうして暁には、熱烈な忍耐に身を鎧い、壮麗な街々に入場しよう。

なぜ友の手の話などしていたのか！ ひとつ明らかな利点は、古い偽りの愛をあざ笑い、嘘つきのカップルを辱めてやれることだ。──私は向こうで女たちの地獄を見た。──だからいずれ私には、**ひとつの魂とひとつの肉体のうちに真実を所有する**ことが許されるだろう。

1873年4月-8月

道徳観の象徴。今や背後に位置するが、なお意識に現前している。**14** 『地獄の一季節』が「精神の闘争」の壮大なアレゴリーであることを明言する1文。**15** 「最後の審判」への暗示。**16** 前半部末尾の嘆き(「だが、友の手ひとつない！」)を否定する。Que=Pourquoi. **17** 「**真実**」は「古い偽りの愛」や「嘘つきのカップル」に対立する価値。

IV

Illuminations

『イリュミナシオン』
（1873-1875年？）

Départ.
Assez vu. La vision s'est rencontrée à tous les airs.
Assez eu. Rumeurs des villes, le soir, et au soleil, et toujours.
Assez connu. Les arrêts de la vie. — O Rumeurs et Visions!
Départ dans l'affection et le bruit neufs!

「出発」の手稿

[37] APRÈS LE DÉLUGE

Aussitôt après que l'idée[1] du Déluge se fut rassise[2],
Un lièvre s'arrêta dans les sainfoins et les clochettes mouvantes et dit sa prière à l'arc-en-ciel à travers la toile de l'araignée.

Oh! les pierres précieuses[3] qui se cachaient, — les fleurs qui regardaient déjà[4].

Dans la grande rue sale les étals se dressèrent, et l'on tira les barques[5] vers la mer étagée là-haut comme sur les gravures[6].

Le sang coula, chez Barbes-Bleue, — aux abattoirs, — dans les cirques, où le sceau de Dieu[7] blêmit les fenêtres. Le sang et le lait coulèrent.

Les castors bâtirent. Les « mazagrans[8] » fumèrent dans les estaminets.

Dans la grande maison de vitres encore ruisselante les enfants en deuil[9] regardèrent les merveilleuses images[10].

Une porte claqua, et sur la place du hameau, l'enfant

---

[37] 1 **l'idée** 過ぎ去った洪水の記憶とも、新たな洪水への期待とも解せる。 2 独立したこの第1句は、次文の従属節であると同時に、詩全体の時間を規定する。 3 **les pierres précieuses** 大洪水の名残の水滴。「すると宝石たちが目を凝らし[…]」(「夜明け」)を参照。 4 「最初の企ては、はやくも冷たく青白いきらめきに満ちた小道で、ぼくに名を告げた一輪の花だった」(「夜明け」)。 5 **étals, barques** 商

［37］ 大洪水のあと

〈大洪水〉の記憶が落ち着いてまもなく、
一匹の野うさぎが、イワオウギと風に揺れる釣鐘草のなかに立ち止まり、蜘蛛の巣を透かして虹に祈りをあげた。
おお！ 隠れつつあった宝石たち、――はや目を凝らしていた花たち。
汚い大通りには物売り台が立ち並び、あの高いところに版画さながら段々に積み上がった海に向かって、人々が小舟を曳いていった。
血が流れた、青ひげ公の家や、――屠殺場や、――円形闘技場で、そんな場所では神の印影が窓を白く照らした。血と乳が流れた。
ビーバーが巣を造った。「マザグラン・コーヒー」が大衆喫茶で湯気を立てた。
まだ水の滴る、ガラス窓の大きな家で、喪服姿の子供たちがすばらしい眺めに目を凝らした。
ひとつの扉がばたんと閉まり、村の広場で子供が両腕をぐ

業、漁労の再開を表す。 **6** 絵の解説のような世界表象。 **7 le sceau de Dieu** 虹。神と人間の契約のしるし(「創世記」9, 12-17)。人間の罪(契約違反)に対する神の怒りの暗示。 **8 mazagrans** 1840年のマザグラン攻囲戦(アルジェリア)以後フランスに導入されたコーヒー。 **9 enfants en deuil** 洪水で両親を失った子供たち。 **10 les merveilleuses images** 洪水後の窓外の光景。

tourna ses bras[11], compris des girouettes et des coqs des clochers de partout, sous l'éclatante giboulée.

Madame*** établit un piano dans les Alpes. La messe et les premières communions se célébrèrent aux cent mille autels de la cathédrale[12].

Les caravanes partirent. Et le Splendide Hôtel[13] fut bâti dans le chaos de glaces et de nuit du pôle.

Depuis lors, la Lune entendit les chacals piaulant[14] par les déserts de thym, —et les églogues en sabots grognant[15] dans le verger. Puis, dans la futaie violette, bourgeonnante, Eucharis me dit que c'était le printemps[16].

—Sourds, étang, —Écume, roule sur le pont, et par-dessus les bois ; —draps noirs et orgues[17], —éclairs et tonnerre, —montez et roulez ; —Eaux et tristesses, montez et relevez les Déluges[18].

Car depuis qu'ils se sont dissipés, —oh les pierres précieuses s'enfouissant, et les fleurs ouvertes ! —c'est un ennui ! et la Reine, la Sorcière qui allume sa braise dans le pot de terre, ne voudra jamais nous raconter ce qu'elle sait, et que nous ignorons.

11　tourna les bras　洪水招来の呪術的身ぶり。 **12**　2文は、有閑夫人の気まぐれと、宗教的日常の加速的回帰との戯画的誇張。 **13　Splendide Hôtel**　19世紀にはこの名のホテルが多数存在。1872年5月(ランボーの滞在中)に火事で焼失した同名のホテルが、パリのオペラ地区に実在した。文明の支配の極地への波及。 **14　piaulant**　残酷な存在の絶望。「言葉の錬金術」に引かれる「狼は葉陰で啼いてい

るぐる回した、すると、いたるところの風向計や鐘楼の風見鶏がその子の思いを理解して、激しい氷雨が降り出した。

＊＊＊夫人がアルプス山中にピアノを据えた。大聖堂の十万の祭壇で、ミサと初聖体拝領が執り行なわれた。

隊商が出発した。氷河と夜に覆われた極地の混沌のなかに、〈スプレンディッド・ホテル〉が建てられた。

以来〈月〉は聞いた、タイムの荒野でジャッカルがかぼそく啼くのを、――そして木靴を履いた牧歌が果樹園で唸るのを。やがて、芽吹きはじめた紫色の樹林で、ユーカリスがぼくに春だと告げた。

――湧き上がれ、池よ、――〈泡〉よ、橋の上を、そして林を越えて逆巻け。――黒い覆いよ、オルガンよ、――稲妻よ、雷鳴よ、――高まり轟け、――水よ、悲しみよ、高まれ、そして、また〈大洪水〉をいくつも起こしてくれ。

それというのも、〈大洪水〉が引いてしまってからこの方、――おお、埋もれかけていた宝石たち、そして開いた花たち！――退屈なのだ！　それにあの〈女王〉、陶製の壺の燠を掻き立てている〈魔女〉は、自分が知っていてぼくらの知らないことを、けっして語ろうとはしないだろうから。

た…」を見よ。 **15**　**églogues en sabots grognant**　牧歌的恋愛を、鈍重さと獣性において提示。あえて撞着的な主語と動詞を組み合わせた濫喩（chacals piaulant も同様）。 **16**　**Eucharis** はフェヌロン『テレマック』に登場するニンフ。詩中の人物が語り手を詩の内部に引き入れ、次節の祈願を準備する。 **17**　**draps noirs et orgues**　黒雲と風の怒号。 **18**　新たな大洪水は地中から噴き上げる。

［38］ CONTE

Un Prince était vexé[1] de ne s'être employé jamais qu'à la perfection des générosités vulgaires. Il prévoyait d'étonnantes révolutions de l'amour[2], et soupçonnait ses femmes de pouvoir mieux que cette complaisance agrémentée de ciel et de luxe. Il voulait voir la vérité, l'heure du désir et de la satisfaction essentiels. Que ce fût ou non une aberration de piété, il voulut[3]. Il possédait au moins un assez large pouvoir humain.

Toutes les femmes qui l'avaient connu[4] furent assassinées. Quel saccage du jardin de la beauté[5] ! Sous le sabre, elles le bénirent. Il n'en commanda point de nouvelles. — Les femmes réapparurent.

Il tua tous ceux qui le suivaient, après la chasse ou les libations. — Tous le suivaient.

Il s'amusa à égorger les bêtes de luxe. Il fit flamber les palais. Il se ruait sur les gens et les taillait en pièces. — La foule, les toits d'or, les belles bêtes existaient encore[6].

---

［38］ 1 **Un Prince était vexé** 昔話に典型的な « Il était une fois ... »「むかし、ひとりの…がありました」に準じる始まり方。vexé は強い意味(≒tourmenté)。 2 **d'étonnantes révolutions de l'amour** 「愛情は作りなおすべきだ」という地獄の夫のせりふ(「愚かな乙女」)を参照。 3 **voulut** 半過去の叙述のなかに屹立する単純過去形の主動詞は、〈君主〉の決意を際立たせる。 4 **connu** 性的交渉を含意す

［38］ おはなし

ひとりの〈君主〉が、それまでもっぱら俗っぽい鷹揚さに磨きをかけることに腐心してきたことに苦悩していた。彼は愛の驚くべき革命を予見し、自分の女たちには、天国やら贅沢やらで粉飾されたへつらいよりもましなことができるはずだと踏んでいた。彼が知りたいのは真実だった、本質的な欲望と満足の時だった。信心の道に外れようが外れまいが、彼は望んだ。少なくとも人間世界では相当な力をもっていた。

彼を知った女はことごとく殺された。美の花園の何という蹂躙だろう！ 剣の下で女たちは彼を祝福した。彼は新しい女を命じなかった。──女たちはふたたび出現した。

狩猟や酒盛りのあと、彼は従者を皆殺しにした。──全員が彼に付いてきた。

彼は高価な愛玩動物の喉を切って楽しんだ。宮殿を炎高く燃やした。人々に襲いかかって切り刻んだ。──群衆や黄金の屋根や美しい獣は、なおも存在していた。

る。 **5 jardin de la beauté** 東洋風コントを思わせる表現。この感嘆文は聴き手(読者)の驚きを増幅するための話者(作者)の積極的介入。口承文学としての「コント」の特質を踏まえる。**la beauté** は「美女たち」(les belles femmes)を意味する集合名詞。 **6** 先行する三つの行為の無効性を、順序を逆にして断言する。

Peut-on s'extasier dans la destruction, se rajeunir par la cruauté[7]! Le peuple ne murmura pas. Personne n'offrit le concours de ses vues.

Un soir il galopait fièrement. Un Génie apparut, d'une beauté ineffable, inavouable même. De sa physionomie et de son maintien ressortait la promesse d'un amour multiple et complexe! d'un bonheur indicible, insupportable[8] même! Le Prince et le Génie s'anéantirent probablement dans la santé essentielle[9]. Comment n'auraient-ils pas pu en mourir? Ensemble donc ils moururent[10].

Mais ce Prince décéda[11], dans son palais, à un âge ordinaire. Le prince était le Génie. Le Génie était le Prince.

La musique savante manque à notre désir[12].

7　注5の感嘆文同様、聴き手(読者)の疑問を刺激し、定式化する語り手(作者)の戦略。 **8**　〈精霊〉の「美」と、それが約束する「幸福」の形容語はすべて、否定の接頭辞 in- を冠して最上級的価値をもつ。 **9**　物語の中核をなす一文。自らの語るできごとの信憑性は保証しないと言わんばかりに話者は「おそらくは」probablement の一語を挿む。「本質的な健康」は、第1段落で願望態で語られた「本質的な欲

人は、破壊のなかで酔いしれ、残酷によって若返ることができるのだろうか！ 民衆は不平を洩らさなかった。進言する者はいなかった。

ある晩、彼は誇らかに馬で疾駆していた。何とも言えず、いや、口にするのもはばかられるほどに美しい、ひとりの〈精霊〉が現れた。その顔立ち、物腰からは、多様で複雑な愛の約束が、言いようもない、いや耐えがたいほどの幸福の約束が現れ出ていた！ 〈君主〉と〈精霊〉は、おそらくは、本質的な健康のうちに消滅した。これで二人がどうして死なずにすんだだろう？ だから二人はいっしょに死んだのだ。

しかし、この〈君主〉は、その宮殿で通常の年齢で逝去した。君主は〈精霊〉だった。〈精霊〉は〈君主〉だった。

精妙な音楽が、われわれの欲望には欠けている。

望と満足の時」を実現態で提示。 **10** これら二文は、ここまでの時系列に即した物語を、論理的展開にすり替える。これも物語への話者の積極的介入の一形式。 **11** 一般に「死ぬ」を意味する mourir に対して、「逝去する」**décéder** は行政用語。前段の「消滅する」**s'anéantir** は、肉体の滅びとは異質の死を暗示していた。 **12** 寓話や童話に添えられる「教訓」を模した結び。

[39] BEING BEAUTEOUS

Devant une neige un Être de Beauté[1] de haute taille. Des sifflements[2] de mort et des cercles de musique sourde font monter, s'élargir et trembler comme un spectre ce corps adoré ; des blessures écarlates et noires éclatent dans les chairs superbes. Les couleurs propres de la vie se foncent, dansent, et se dégagent autour de la Vision[3], sur le chantier[4]. Et les frissons s'élèvent et grondent et la saveur[5] forcenée de ces effets se chargeant avec les sifflements mortels et les rauques musiques que le monde, loin derrière nous, lance sur notre mère de beauté[6], ―elle recule, elle se dresse. Oh ! nos os sont revêtus d'un nouveau corps amoureux[7].

---

[39] 1 **Être de Beauté** Being Beauteous のフランス語訳。 2 **sifflements** 空気が洩れる音、風を切る音を言うが、全篇にちりばめられた[s]音が音韻的にこのモチーフを補強する。 3 **la Vision** この詩の対象は、実体のない幻影である。 4 **sur le chantier** 冒頭の Devant une neige の言い換え。 5 **la saveur** この語を境に、〈美しき存在〉の客観的描写から、その「われわれ」への効果へとシフ

［39］ 美しき存在（ビーング・ビューティアス）

雪を背景に丈高いひとりの〈美しき存在〉。死の摩擦音とくぐもった音楽の波紋が、この熱愛される肉体を、亡霊のように上昇させ、肥大させ、震わせる。真紅と黒の傷口が、すばらしい肉のなかにぱっくりと開く。生命に固有の色が、作業台上の〈幻〉のまわりで黒ずみ、舞いながら、浮き出してくる。やがて戦慄が高まり、とどろいて、さらにこうした効果の狂おしい味わいが、われわれの背後はるかかなたの世界がわれらの美しき母に投げかける、死を呼ぶ摩擦音と低く唸るような音楽とに包まれると、──彼女は後退し、すっくと立つ。おお！　われらの骨は恋する新しい肉体をまとっている。

トする。 **6　mère de beauté**　性別も「われわれ」との関係も不明であった〈幻〉は、女性でしかも「母」なる存在である。〈精霊〉同様、キリスト像を転倒した一種のメシア的形象。 **7　un nouveau corps amoureux**　「われらの美しき母」の死と再生に立ち会うことで「われわれ」も新しく生まれ変わるカタルシスの一形式。「新しい肉体」「新しい愛」という『イリュミナシオン』の二重の主題を束ねる。

[40] DÉPART

Assez vu. La vision s'est rencontrée à[1] tous les airs.

Assez eu. Rumeurs des villes, le soir, et au soleil, et toujours[2].

Assez connu. Les arrêts de la vie. —Ô Rumeurs et Visions!

Départ dans[3] l'affection et le bruit neufs[4]!

[40] 1 原稿では dans が消されて **à** に直された。 2 **le soir, et au soleil, et toujours** 文体的に不器用な印象を与える et の畳用(polysyndète)は、すべてを一括りにして斥ける断絶の意志の強調。 3 **Départ dans...** départ pour...「…に向けての出発」ではない。どこに向かうか不明なまま、出発の意志を反芻しているかのような表現。 4 **neufs** 結びの一語が、過去との断絶、出発の意志を際立たせる。

［40］ 出発

見飽きた。幻影にはどこの空でも出くわした。
聞き飽きた。都会のざわめきを、夜も、昼間も、いつであれ。
知り飽きた。人生の停滞を。── おお、〈ざわめき〉と〈幻影〉の数々よ！
出発だ、新しい愛情と音に包まれて！

---

affection は amitié と amour の間にあって唯一希望を託せるもののように価値づけられている。『地獄の一季節』末尾の、「身内に流れ入る生気と本物の思いやり(tendresse)をそっくり受け取ろう」を参照。

[41] VAGABONDS

Pitoyable frère! Que d'atroces veillées je lui dus! « Je ne me saisissais pas fervemment de cette entreprise. Je m'étais joué de son infirmité. Par ma faute nous retournerions en exil, en esclavage[1]. » Il me supposait un guignon et une innocence très bizarres, et il ajoutait des raisons inquiétantes.

Je répondais en ricanant à ce satanique docteur[2], et finissais par gagner la fenêtre. Je créais, par delà la campagne traversée par des bandes de musique[3] rare, les fantômes du futur luxe nocturne[4].

Après cette distraction vaguement hygiénique, je m'étendais sur une paillasse. Et, presque chaque nuit, aussitôt endormi, le pauvre frère se levait, la bouche pourrie, les yeux arrachés, — tel qu'il se rêvait! — et me tirait dans la salle en hurlant son songe de chagrin idiot.

J'avais en effet, en toute sincérité d'esprit, pris l'engagement de le rendre à son état primitif de fils du Soleil[5], — et nous errions, nourris du vin des cavernes[6] et du

[41] **1** 「哀れな兄貴」の言葉を「ぼく」の言葉に言いなおした自由間接文体を、引用符に入れている。 **2** **satanique docteur** 「不安を掻き立てるような理由をあれこれ」並べ立てて脅す態度の軽蔑的形容。ヴェルレーヌ自身が1878年8月シャルル・ド・シヴリー宛書簡で、この表現に自分への暗示を認めている。ただし、これが『地獄の一季節』の一節であると勘違いしている。 **3** **bandes de musique** 光と

［41］ 放浪者たち

哀れな兄貴！ 奴のおかげで幾度、無残な徹夜をしたことか！「ぼくが例の企てに熱心に取り組まないとか。奴の弱みを弄んでいるとか。ぼくの過ちから、ぼくらは流謫の身に、奴隷の境遇に舞い戻りかねないぞ、とか」 奴はぼくには、じつに奇妙な不運と無邪気が同居していると踏み、不安を掻き立てるような理由をあれこれ付け足した。

ぼくは鼻であしらいながらこの悪魔博士に応じていたが、しまいには窓辺に行った。めずらしい音楽の帯が横切る田園の向こうに、未来の夜の豪奢の亡霊を編み出していた。

この何となく衛生的な気晴らしのあと、ぼくは藁のマットに横になった。ところが、毎晩のように哀れな兄貴は、寝入るとまもなく、腐った口と刳り貫かれた目をして、— そんな自分を夢に見ていたのだ！— 起き上がっては、自分が見た愚かしい悲嘆の夢をわめき散らしながら、ぼくを居間に引っ張っていった。

実際ぼくは、じつに真率な気持ちから、奴を〈太陽〉の息子たる原初の姿に返してやると約束していた、— それでぼくら

影の織りなす濃淡に富む戸外の夜景の聴覚的表現。 **4 les fantômes du futur luxe** 「あの底なしの夜のなかなのか、おまえが眠り／隠れているのは、百万羽の黄金の鳥、未来の〈生気〉よ。—」(「陶酔の船」第87-88句)を想起させる表現。 **5 fils du Soleil** 「弱さ」に苦しみ、「愚かしい悲嘆の夢」に苛まれる「哀れな兄貴」に、太陽のもとで、本源的な健康を取り戻させる企て。 **6 cavernes** アルデンヌ地方

biscuit de la route, moi pressé de trouver le lieu et la formule[7].

の表現で「泉」の意。その水をワインにたとえる。 **7 le lieu et la formule** 「哀れな兄貴」を「〈太陽〉の息子」にする企ての環境と手段を抽象的に表現している。

は泉の水を酒とし、大道の堅パンを糧としながらさまよったが、ぼくは場所と方式を見つけることに躍起になっていた。

ロンドンの街を行くヴェルレーヌとランボー(レガメ画)

［42］ VILLES

L'acropole officielle outre[1] les conceptions de la barbarie moderne[2] les plus colossales. Impossible d'exprimer le jour mat produit par ce ciel immuablement gris, l'éclat impérial des bâtisses, et la neige éternelle du sol. On a reproduit dans un goût d'énormité singulier toutes les merveilles classiques de l'architecture. J'assiste à des expositions de peinture dans des locaux vingt fois plus vastes qu'Hampton-Court[3]. Quelle peinture! Un Nabuchodonosor[4] norwégien a fait construire les escaliers des ministères; les subalternes que j'ai pu voir sont déjà plus fiers que des Brahmas[5] et j'ai tremblé à l'aspect de colosses des gardiens et officiers de constructions[6]. Par le groupement des bâtiments en squares, cours et terrasses fermées, on a évincé les cochers. Les parcs représentent la nature primitive travaillée par un art superbe. Le haut quartier a des parties inexplicables: un bras de mer, sans bateaux, roule sa nappe de grésil bleu entre des quais chargés de candélabres géants. Un pont

---

［42］ 1 **outre**＜outrer 度を超す、誇張する。 2 **barbarie moderne** 古代ギリシア人が、意味不明の言葉を話す異民族を「バルバロイ」と呼んだことを踏まえる。 3 **Hampton-Court** ロンドン南西郊外にある旧王宮ハンプトン・コート・パレス。回廊にはヴェネツィアやフランドルの重要な絵画が収蔵され、広大な庭園は24万㎡に及ぶ。 4 **Nabuchodonosor** この名を冠する古代バビロニア国王は四人いるが、

［42］ 都会

公共施設の立ち並ぶアクロポリスは、現代の野蛮が思いつく巨大な構想の最たるものにさらに輪をかけたものだ。このいつも変わらぬ灰色の空が生み出すどんよりした光、石造りのばかでかい建物の堂々たる輝き、それに地面を覆う万年雪は、言葉にしようがない。建築の古典的傑作のことごとくが、奇抜な巨大趣味において再現された。私はハンプトン・コートの二十倍もある会場で開かれているいくつもの絵画展を観ている。何という絵だ！　省庁の階段を築いたのは、ノルウェーのネブカドネザル王とも言うべき人物だ。私が会うことのできた下級役人たちからしてすでにブラフマーたちよりも尊大だし、建物の番人や建築監督の巨像じみた姿には震え上がった。建物が寄り集まって、広場や中庭、それに周囲とは隔絶した高台を形成したので、御者たちは締め出しを喰らった。方々の庭園は、原始の自然が見事な技術で細工されたさまを見せている。山の手には不可解な場所がいくつかあるが、船など浮かべず、巨大な灯火の立つ埠頭と埠頭の間に青い霰（あられ）の水面をうねらせている入江もそのひとつだ。短い橋を渡る

土木・建築上の業績で有名なのはネブカドネザル2世(前605-562)。**5　Brahma** はヒンドゥー教の創造神。固有名詞を普通名詞のように複数形で用いている。**6　l'aspect de colosses des gardiens...**　清書を任されたG・ヌーヴォーが誤って、l'aspect des gardiens de colosses et officiers de constructions「巨像の番人や建築監督の姿」とした、とするプレイヤード版の判断に従って訂正した。

court conduit à une poterne immédiatement sous le dôme de la Sainte-Chapelle[7]. Ce dôme est une armature d'acier artistique de quinze mille pieds[8] de diamètre environ.

Sur quelques points des passerelles de cuivre, des plates-formes, des escaliers qui contournent les halles et les piliers, j'ai cru pouvoir juger la profondeur de la ville! C'est le prodige dont je n'ai pu me rendre compte : quels sont les niveaux des autres quartiers sur ou sous l'acropole? Pour l'étranger de notre temps[9] la reconnaissance est impossible. Le quartier commerçant est un circus d'un seul style, avec galeries à arcades. On ne voit pas de boutiques. Mais la neige de la chaussée est écrasée ; quelques nababs aussi rares que les promeneurs d'un matin de dimanche à Londres, se dirigent vers une diligence de diamants. Quelques divans de velours rouge : on sert des boissons polaires[10] dont le prix varie de huit cents à huit mille roupies[11]. À l'idée de chercher des théâtres sur ce circus, je me réponds que les boutiques doivent contenir des drames assez sombres[12]. Je pense qu'il y a une police ; mais la loi doit être tellement étrange, que je renonce à me faire une idée des aventuriers d'ici.

7　la Sainte-Chapelle　パリ、シテ島のサント・シャペルが出発点にあるかもしれないが、想像力で変形されて架空の巨大礼拝堂に変容している。 **8　quinze mille pieds**　ピエは長さの単位(フランスでは32.4 cm、英米では30.48 cm＝1フィート)。「約一万五千ピエ」は4500 m以上。 **9　l'étranger de notre temps**　古代風に見えてまた超現代的な「都会」にあって、話者は空間的なよそ者であるばかりか、

と、〈聖礼拝堂〉のドームの真下の間道に出る。このドームは技巧を凝らした鉄筋でできていて、直径は約一万五千ピエである。

銅製の歩道橋や、平屋根や、中央市場や列柱をぐるりと囲む階段のいくつかの地点から、街の深さが判断できると思った！　それこそ私の理解の及ばなかった不思議なのだ。アクロポリスよりも上や下にある他の地区の高さはどうなっているのだろう。今どきのよそ者には確認は不可能だ。商業地区は一様なスタイルの円形広場になっていて、アーケード街が何本も伸びている。店は見えない。だが、車道の雪は踏みつけられ、ロンドンの日曜の朝の散歩者と同じくらい数少ない富豪が何人か、ダイヤモンドの乗合馬車のほうへ歩いてゆく。赤いビロードの長椅子が何脚か。極地の飲み物がいろいろと出るが、その値は八百ルピーから八千ルピーまで幅がある。この円形広場で劇場を探すことを思いついたが、商店のなかにもかなり陰鬱なドラマが隠されているにちがいないと思いなおす。警察もあるとは思うが、法律はきっとひどく風変わりなものであろうから、この地の山師たちについて見当をつけるのはあきらめる。

時代的にもよそ者であらざるをえない。 **10 boissons polaires** 冷たい飲み物を言うのに、ある種のエキゾチズムを加味した表現。 **11 roupie** インド、パキスタンなどの貨幣。 **12** 原稿では、文末にかっこ付きの疑問符(？)がある。清書を引き受けたヌーヴォーが、不確かな箇所について留保を示したものと解される。

Le faubourg aussi élégant qu'une belle rue de Paris est favorisé d'un air de lumière. L'élément démocratique compte quelques cents[13] âmes. Là encore[14] les maisons ne se suivent pas ; le faubourg se perd bizarrement dans la campagne, le « Comté[15] » qui remplit l'occident éternel des forêts et des plantations prodigieuses où les gentilshommes sauvages chassent leurs chroniques[16] sous la lumière qu'on a créée.

13　quelques cents âmes は一般に、quelques centaines d'âmes(数百名)の古風な表現と解される。しかしこれについても、quelque cent âmes(約百名)とすべきところを、清書を任されたヌーヴォーが間違えたと見る説がある。 **14　Là encore**　パリの美しい通りにおけると同様にここでも、の意。フォブール・サン＝ジェルマンなど、豪壮な邸宅の並ぶ界隈が詩人の念頭にあるか。 **15　Comté**　英語の

パリの美しい通りに劣らず洗練された町外れは、光溢れる大気に恵まれている。民主主義分子は数百名を数える。ここでもやはり家屋はまばらだ。町外れは奇妙な具合に田園へと消えているが、そこは永遠の西方をふしぎな森や農園で満たす「伯領」であり、野性のままの貴族たちが、人間の創造した光のもとで彼らの年代記を狩り立てている。

ロンドンのクリスタル・パレス

---

county(これ自体古いフランス語の conté または cunté に由来)にあたる。この語は伯(count[英])の領地を原義とし、古来、イギリスの行政上の州を意味した。ランボーは原義に立ち戻り、貴族の生活空間を想起させる。ロンドン近郊の田園が自ずと喚起される。**16 chassent leurs chroniques** 「創造」された「光」(人工照明であるとともに新たな知)を拠り所とする未来の開拓者のイメージ。

[43]　AUBE

J'ai embrassé l'aube d'été[1].

Rien ne bougeait encore au front des palais. L'eau était morte. Les camps d'ombres ne quittaient pas la route du bois. J'ai marché, réveillant les haleines vives et tièdes, et les pierreries regardèrent, et les ailes se levèrent sans bruit[2].

La première entreprise fut, dans le sentier déjà empli de frais et blêmes éclats, une fleur qui me dit son nom.

Je ris au wasserfall blond[3] qui s'échevela à travers les sapins : à la cime argentée je reconnus la déesse.

Alors je levai un à un les voiles[4]. Dans l'allée, en agitant les bras. Par la plaine, où je l'ai dénoncée au coq. À la grand-ville elle fuyait parmi les clochers et les dômes, et courant comme un mendiant sur les quais de marbre, je la chassais.

En haut de la route, près d'un bois de lauriers, je l'ai entourée avec ses voiles amassés, et j'ai senti un peu son immense corps. L'aube et l'enfant[5] tombèrent au bas du bois.

---

[43]　1　以下で語られる冒険全体を予め提示する。　2　早朝にいち早く飛び立つ鳥の換喩、または、夜の帳の消滅の隠喩(« Le jour se lève »「日が昇る」という表現はごく一般的)。　3　「滝」はドイツ語 Wasserfall の小文字書き。「ブロンドの滝」が詩の空間に実在するというよりも、朝の光を液体のように捉える。　4　朝の光が徐々に強まる自然現象(se lever)を、話者の意志に根ざす行為として他動詞(le-

［43］ 夜明け

ぼくは夏の夜明けを抱いた。

館の正面にまだ動くものはなかった。水は死んでいた。野営した影たちは林の街道を離れてはいなかった。生き生きとして温かい息吹を覚ましながら、ぼくは歩いた、すると宝石たちが目を凝らし、翼が音もなく舞い上がった。

最初の企ては、はやくも冷たく青白いきらめきに満ちた小道で、ぼくに名を告げた一輪の花だった。

ブロンドの滝に笑いかけると、滝は樅の木立の向こうで髪を振り乱した。銀色に染まった梢に、ぼくは女神をみとめた。

それからヴェールを一枚、また一枚と剝ぎとった。並木道では両腕を振り回して。草原では雄鶏に彼女のことを告げながら。大きな町に入ると、女神は鐘楼やドームのあいだに逃げ込み、ぼくは大理石の河岸を乞食みたいに駆けながら、彼女を追いかけた。

街道を登りきった、月桂樹の林の近くで、取り集めたヴェールを彼女に巻きつけた、そのときぼくは、彼女の巨大な体をかすかに感じた。夜明けと子供は林のふもとに倒れた。

---

ver)で表現。lever は「めくる」(=soulever)とも、「剝ぎとる」(=enlever)とも解せる。 **5** 1人称「ぼく」が3人称「子供」に変わる詩の結節点。

Au réveil il était midi[6].

6　または「目覚まし時計を見れば正午だった」とも解せる。この結句(3/5)は、冒頭句(4/4)同様、8音節詩句に準じるリズムをもつ。

目覚めると正午だった。

Aube.
J'ai embrassé l'aube d'été.
Rien ne bougeait encore au front des palais. L'eau
était morte. Les camps d'ombres ne quittaient pas
la route du bois. J'ai marché, réveillant les
haleines vives et tièdes, et les pierreries regardèrent,
et les ailes se levèrent sans bruit.

「夜明け」の手稿(冒頭)

[44] GÉNIE

Il[1] est l'affection et le présent[2] puisqu'il a fait la maison ouverte à l'hiver écumeux et à la rumeur de l'été, — lui qui a purifié[3] les boissons et les aliments — lui qui est le charme des lieux fuyants et le délice surhumain des stations. — Il est l'affection et l'avenir, la force et l'amour[4] que nous, debout dans les rages et les ennuis, nous voyons passer dans le ciel de tempête et les drapeaux d'extase.

Il est l'amour, mesure parfaite et réinventée, raison merveilleuse et imprévue, et l'éternité : machine aimée des qualités fatales. Nous avons tous eu l'épouvante de sa concession et de la nôtre : ô jouissance de notre santé, élan de nos facultés, affection égoïste et passion pour lui, — lui qui nous aime pour sa vie infinie...

Et nous nous le rappelons et il voyage... Et si l'Adoration s'en va, sonne, sa Promesse, sonne[5] : « Arrière ces superstitions, ces anciens corps, ces ménages et ces âges[6]. C'est cette époque-ci qui a sombré ! »

---

[44]　**1　Il**　3人称代名詞(Il, le, lui)とその所有形容詞等は、すべてタイトルの語 Génie を指す。詩はひたすらこの語が名指すものを定義しようとする。　**2　l'affection et le présent**　〈精霊〉の定義として、情意に関わる語と時間に関わる語の組み合わせが3組用いられる(後出「愛情にして未来だ」、「愛だ[…]そして永遠だ」)。　**3　purifié**　司祭が聖別したパンと赤ワインをキリストの肉と血に見立てて信者に

［44］ 精霊

彼は愛情にして現在だ、泡立つ冬や夏のざわめきに向かって家を開け放ったからには、―飲み物と食べ物を浄めた彼―逃れ去る場所の魅惑にして、逗留地の超人的な喜びに他ならない彼。―彼は愛情にして未来だ、力にして愛だ、激昂と倦怠のなかに立つぼくらは、その彼が嵐の空を、恍惚の旗のはためくなかを通り過ぎるのを見る。

彼は愛だ、作りなおされた完璧な拍子にして、予期せざる驚異的理性に他ならぬ愛だ、そして永遠だ、運命的な資質に愛されている機械だ。ぼくらは皆、彼の譲与に、またぼくらの譲与に激しい恐怖を覚えた。おお、ぼくらの健康の享受、ぼくらの諸能力の躍動、自分本位な愛情にして彼―その無限の生にわたってぼくらを愛してくれる彼への情熱…

ぼくらが思い起こせば、彼は旅している…　そして〈礼拝〉が過ぎ去れば、鳴るのだ、彼の〈約束〉が鳴るのだ。「下がれ、それらの迷信、それら古い肉体、それらの世帯、それらの年代。そうした時代こそ消滅したのだ！」

授ける聖体の秘跡になぞらえる。 **4 la force et l'amour** 〈精霊〉が体現するのは、慈愛(弱者への憐憫)の対極に位置する「愛」である。後出「失われた慈愛よりも思いやりの深い誇り」を見よ。 **5 sonne, sa Promesse, sonne** イエスの説く「神の国」の約束のパロディ。主語の前後で同一動詞を反響させる特異な文体。 **6 Arrière[...]ces âges** 「退け、サタン」(「マタイ福音書」4, 10)を参照。また『地獄の

Il ne s'en ira pas, il ne redescendra pas d'un ciel[7], il n'accomplira pas la rédemption des colères des femmes et des gaîtés des hommes et de tout ce pêché : car c'est fait, lui étant, et étant aimé[8].

Ô ses souffles, ses têtes, ses courses ; la terrible célérité de la perfection des formes et de l'action.

Ô fécondité de l'esprit et immensité de l'univers !

Son corps ! Le dégagement rêvé, le brisement de la grâce croisée de violence nouvelle[9] !

Sa vue, sa vue ! tous les agenouillages[10] anciens et les peines *relevés* à sa suite.

Son jour ! l'abolition de toutes souffrances sonores et mouvantes dans la musique plus intense.

Son pas ! les migrations plus énormes que les anciennes invasions.

Ô Lui et nous ! l'orgueil plus bienveillant que les charités perdues.

Ô monde ! —et le chant clair des malheurs nouveaux[11] !

Il nous a connus tous et nous a tous aimés[12]. Sachons[13], cette nuit d'hiver, de cap en cap, du pôle tumultueux au

---

一季節』末尾の「古い偽りの愛」、「嘘つきのカップル」を見よ。 **7** 死後3日目に復活して昇天したキリストが世の終わりに再臨するという、四福音書、「使徒言行録」、「ヨハネ黙示録」の記述の否定。un ciel の不定冠詞はパロディへの目くばせ。 **8** 第2段落「その無限の生にわたってぼくらを愛してくれる彼」と対をなす一句。 **9** **violence nouvelle** 「それら古い肉体」(第3段落)に対立。 **10** **agenouillages**

彼は立ち去らないだろう、どこかの空から再臨することもないだろう、女々しい怒りや男たちの悪ふざけ、またその種の罪いっさいの償いを果たすこともないだろう、彼がいて、愛されていることで、それはもうなされているのだ。

おお、彼の息、彼の頭、彼の疾走。形態と行動が完成される恐るべき迅速さ。

おお、精神の豊饒と宇宙の広大さ！

彼の肉体！ 夢見られた解放だ、新しい暴力と掛け合わされた恩寵の破砕だ！

彼の姿、彼の姿！ 彼のあとから、古いいっさいの跪拝も労苦も起き上がらせられる。

彼の光！ 鳴り響き、動き止まぬ苦しみすべての、いっそう強烈な音楽への解消。

彼の歩み！ 古代の侵攻よりも大規模な移住。

おお、〈彼〉とぼくら！ 失われた慈愛よりも思いやりの深い誇り。

おお、世界よ！—そして新しい不幸を歌う清澄な歌声よ！

彼はぼくらのだれをも知り、だれをも愛した。この冬の夜、心得ようではないか、岬から岬へと、荒れ騒ぐ極地から城館へと、群衆から浜辺へと、まなざしからまなざしへと、力と

跪拝(agenouillements)に代わる新造語で軽蔑的。*relevés* は peines にもかかり、「取り除かれる」の意を兼ねる。 **11** 「天に聞こえる歌、諸国民の歩み！ 奴隷どもよ、人生を呪うまい」(「朝」)を参照。 **12** この部分は6音節ずつの半句で切れ、connus-tous-tous-aimés と過去分詞と代名詞をキアスムに配した格調高いアレクサンドランを模す。「神は[…]すべてをご存じだからです」(「ヨハネの手紙1」3, 20)／「神

château, de la foule à la plage, de regards en regards, forces et sentiments las, le héler et le voir, et le renvoyer[14], et sous les marées et au haut des déserts de neige, suivre ses vues, — ses souffles — son corps, — son jour.

は愛だからです」(同 4, 8)を参照。 **13 Sachons...** これ以下は、「…から…へと」の挿入句や同格を多数含んで蛇行する一文を展開しながら、あたかも巨人の足取りで広大な世界を踏破するようなイメージで〈精霊〉の存在様式を喚起する。「幼年 I」(本書未収録)冒頭の「偶像」の提示に類似する。 **14 le héler et le voir, et le renvoyer** 〈精霊〉とは、呼び寄せ、目の当たりにすることは可能だが、長くとどめてお

思いの涸れはてるまで、彼に呼びかけ彼を眺め、それからまた彼を送り出すことを、そして潮の下にも雪を戴く砂漠の高みにも、彼の姿、彼の息、彼の肉体、彼の日を追っていくことを。

くことのできない存在、しかし回帰しうる存在。後期韻文詩「永遠」を参照のこと。

[45] SOLDE

À vendre ce que les Juifs[1] n'ont pas vendu, ce que noblesse ni crime[2] n'ont goûté, ce qu'ignorent l'amour maudit et la probité infernale des masses : ce que le temps ni la science n'ont pas à reconnaître :

Les Voix reconstituées ; l'éveil fraternel de toutes les énergies chorales et orchestrales et leurs applications instantanées[3] ; l'occasion, unique, de dégager nos sens !

À vendre les Corps sans prix, hors de toute race, de tout monde, de tout sexe, de toute descendance[4] ! Les richesses jaillissant à chaque démarche ! Solde de diamants sans contrôle !

À vendre l'anarchie pour les masses ; la satisfaction irrépressible pour les amateurs supérieurs ; la mort atroce pour les fidèles et les amants !

À vendre les habitations et les migrations, sports, féeries et comforts[5] parfaits, et le bruit, le mouvement et l'avenir qu'ils font !

---

1 les Juifs　何でも商うと言われるユダヤ人でさえ、の意。**2 crime**　les criminels を意味する集合名詞。**3**　詩的創造の音楽的比喩(声、ハーモニー)に関しては、「人生 II」、「青春 II、IV」、「ある〈理性〉に」(ともに本書未収録)に実例が見られる。詩作の作業は、「青春 I、II」でも「計算」と呼ばれる。**4**　古い肉体の廃墟から新しい肉体が誕生するヴィジョンは、「美しき存在」「陶酔の午前」「野蛮人」

［45］ 特売品

売り出しだ、ユダヤ人も売ったことのないもの、貴族も罪人も味わったことのないもの、大衆の呪われた恋も恐るべき実直さも知らずにいるもの、時間も科学も認める必要のないもの、

構成しなおされた〈声〉だ。合唱や管弦楽の全エネルギーが睦まじく目覚めては、すぐさま応用に供される。われらの五感を解き放つ、またとないチャンスだ！

売り出しだ、高価極まりない〈肉体〉だ、どんな人種にも、どんな世界にも属さず、男でも女でもなく、どんな血筋とも無縁だ！ 一歩踏み出すたびにほとばしる豊潤さ！ 鑑定抜きのダイヤの特売品だ！

売り出しだ、大衆には無秩序を、高尚な愛好家には抗しがたい満足を、信者や恋人たちにはむごたらしい死を！

売り出しだ、さまざまな定住と移住、スポーツに、夢物語に、申し分ない設備一式、そうして、それらが作りだすざわめきと、運動と、未来！

(後2篇は本書未収録)に見られる。詩による存在の再生は『イリュミナシオン』の中心主題。人間の潜勢力への讃歌である「精霊」では、その具現者である〈精神〉が「作りなおされた完璧な拍子」と定義され、その肉体が「夢見られた解放だ」と称揚される。 **5 comforts** 『地獄の一季節』と『イリュミナシオン』ではこの語がしばしば英語綴りで記される(「訣別」「デモクラシー」〔本書未収録〕を参照)。

À vendre les applications de calcul et les sauts d'harmonie inouïs. Les trouvailles et les termes non soupçonnés, possession immédiate,

Élan insensé et infini aux splendeurs invisibles, aux délices insensibles, —et ses secrets affolants pour chaque vice—et sa gaîté effrayante pour la foule—.

—À vendre les Corps, les voix, l'immense opulence inquestionable[6], ce qu'on ne vendra jamais. Les vendeurs ne sont pas à bout de solde! Les voyageurs n'ont pas à rendre leur commission de si tôt[7]!

---

6 inquestionable 英語の unquestionable に基づく造語。 **7 voyageurs**=commis-voyageurs 行商人。

売り出しだ、計算の応用とハーモニーの途方もない飛躍。
掘り出し物や思いがけない言葉遣い、即刻あなたのもの、

目には見えない壮麗なものに向かっての、感覚では捉えられない悦楽に向かっての、狂おしくも果てしない躍動だ、——その衝撃的な秘密はどんな悪徳にもうってつけ——その恐るべき快活さは群衆にもってこい——。

——売り出しだ、〈肉体〉に、声に、非の打ちどころない莫大な富、今後は絶対に売り出されないものだ。売り子たちは品切れじゃない。旅商人たちは、そんなにはやばやと任務を放棄するには及ばない！

［Poème inclus dans la lettre du 14 octobre 1875 à Ernest Delahaye］

［46］ RÊVE[1]

On a faim dans la chambrée —
　　C'est vrai...[2]
Émanations, explosions[3]. Un génie[4] :
　　« Je suis le Gruère[5] ! —
　　Lefêbvre[6] : « Keller[7] ! »　　5
Le Génie : « Je suis le Brie ! —
Les soldats coupent sur leur pain :
　　« C'est la vie !
Le Génie. — « Je suis le Roquefort[8] !
　　　　— « Ça s'ra not' mort[9] !...　　10
　　　　— Je suis le Gruère
　　　　　　　　Et le Brie !... etc.
　　　　　　— Valse[10] —
　　On nous a joints, Lefèvre et moi...
　　　　　　　　　　etc. —　　15

---

［46］ 1 **Rêve**　兵士たちと精霊の複数の声による架空の寸劇を暗示する表題。 2　引用符はないが、冒頭2行は兵士一同のせりふ。 3 **Êmanations, explosions**　戯曲のト書きに近い。 4 **Un génie**　兵士の飢えを癒すはずの守護精霊。 5 **Gruère**　チーズの銘柄 Gruyère の方言的発音に即した綴り。 6 **Lefê[b]vre**　当時ランボー家の大家の息子で、ランボーと同い年。 7 **Keller**　王党派代議士エミー

［1875年10月14日付　ドラエー宛書簡に記された詩］

［46］ 夢

大部屋ではみな腹を空かせている——
　　そのとおりさ…
においの発散、ものの破裂。ある精霊いわく、
　　「われはグリュエールなり！」
　　ルフェーヴルいわく、「ケレールだ！」
　　〈精霊〉いわく、「われはブリなり！」
兵隊たちはパンをちぎり、
　　「人生こんなものさ！」
〈精霊〉いわく、——「われはロックフォールなり！」
　　　　　　——「おれたちゃ、お陀仏だ！…」
　　　　　　——われはグリュエールなり
　　　　　　　　またブリなり！…などなど
　　　　　　　——ワルツ——
　　ぼくらはペアにされた、ルフェーヴルとぼく…
　　　　　　　　　　　　　　　　などなど——

ル・ケレール。兵役期間の延長(2年から3年へ)を主導した。ルフェーヴルは、チーズを差し出す〈精霊〉の悪魔めいた正体を見抜いている。 **8 Roquefort** 山羊の乳から作るアオカビチーズ。3種のチーズの列挙は、軽いものから癖の強いものになる。兵役が3年目には耐えがたくなることの比喩。 **9** Ce sera notre mort の兵士なまり。 **10 Valse** 滑稽な幕間劇がバレエ(ダンス)で終わる慣例を模す。

作品解説

I
Poésies／前期韻文詩（1870-1871年）

［1］ Les Étrennes des orphelins（孤児たちのお年玉）

12音節詩句(アレクサンドラン)で書かれ、2句ずつ脚韻を踏む平韻(aabbcc...)を使用。

学校作文を除けば、公刊されたランボーの最初の詩。1869年12月、ランボーは自ら家庭向け週刊誌『みんなの雑誌』に投稿、3分の1ほど縮めるなら掲載するという編集部の要請を受けて手を入れた短縮版が、翌年1月2日号に載った(IVとVの破線以下が削除部分と推測できる)。孤児の主題は、コペ、ユゴーをはじめ19世紀の詩に頻出する。また、1878年にはエクトール・マロの小説『家なき子』が出る。

元旦の朝、状況が呑み込めない4歳の幼児二人(双生児らしい)が、暗く寒々とし寝室の絨毯のうえに転がるきらきら光るオブジェを見つけて、お年玉だと思い込む。じつは周囲の大人が遺児たちのために用意した、亡き母に捧げるガラス製花輪(ビーズを糸に通して編んだもの)であることが最終句で明かされる。

ランボーは幼児と母親の死別の主題に特別なこだわりをもっていた。約6カ月前の学校作文《ソシテ新シイ年ハ早クモ…》は、やはり正月やお年玉の書割のなかで、夭折の子供が天使となって母親の夢に現れるという筋をもつラテン語詩である。「孤児たちのお年玉」は、幼さと感傷性を残しながらも、抑圧的で仮借ない母親に象徴的な死を被らせ、それがもたらす苦痛を自分のなかに掻き立ててみようとする、少年詩人の想像的遊戯を示す。「他界した若い母親」(「幼年 II」、本書未収録)を見よ。

[2]　**Sensation**（感覚）

交叉韻(abab/cdcd)の12音節詩句4行2節からなる、ランボーの詩作と人生の「始まりの詩」と呼ぶにふさわしい1篇。なお「感覚」から「谷間に眠る男」までの6篇は、1870年秋、詩人ポール・デメニーに託された草稿群(「デメニー草稿」)に基づく。

全体が未来時制で書かれ、1人称単数主語「ぼく」が優勢である。夏の夕べの散策は、「夕暮れ」の複数形が示すように日常的に反復可能な、ありふれた行為である。それが、周到に準備されるべき計画のように語られる。冒頭の「夏の青い夕暮れ」の視覚性を除けば、歩行を通じて期待されている自然との感覚的接触はもっぱら触覚に特化されている(ちくちく刺す麦の穂、ひんやりする草、額に吹きつける風)。しかも感覚の起源(穂、草、風)よりも、感覚的刺激が自分に及ぼす効果、それが触発する夢想に注意が向けられる(「夢見心地で」Rêveur、「しあわせな気分で」heureux)。未来時に位置づけられた企図であるはずの感覚的経験は、まさに生きつつあるかのような生々しさを帯びる。感覚は内面化され、心理的陰影を付加されて感情へと転位される(第5-6句)。末尾2句ではふたたび歩行と夢想との結びつきが、卑近な日常的世界を宇宙的次元へと変容させる。

[3]　**Ophélie**（オフィーリア）

12音節詩句で書かれ、脚韻は交叉韻(abab/cdcd/...)。

オフィーリアはハムレットと並び、19世紀に好まれた「文学神話」。シャルルヴィル高等中学校の旧師イザンバールによれば、ラテン語課題作文でもランボーはオフィーリアを扱った。

ランボーはシェークスピアの人物像に、自在に手を加えている。『ハムレット』IV幕7場で王妃ガートルードの語るオフィーリア溺死の場面は、垂れた柳の枝に花輪をかけようとしたときに枝が折れ、花輪もろとも川に転落し、水面に裾を広げてしばらくは人魚のように浮かび、自分の不幸がわからないかのように歌を口ずさんでいたが、やがて服に水がしみ込んで、泥だらけの水底へ引きずられてしまった、というものだった。この場面は、ジョン・エヴァレット・ミレーはじめ少なからぬ画家に霊感を与えてきた。ランボーは、この溺死の瞬間を扱うのではなく、オフィーリアを、川の流れに浮かんで千年以上漂流しつづける神話的形象に仕立てた。未来永劫、詩人・芸術家の想像世界に生きつづけるオフィーリア像の先取りという含意があるかもしれない。

いずれにせよ、ランボーのオフィーリアは、単に気のふれた、若く純潔な貴婦人ではない。「えがらい自由」に惹かれ、「樹木の嘆きや夜の吐息」のなかに「〈自然〉の歌」を聴き取り、「狂おしい海の声」に「胸を引き裂(かれ)」、「壮大な幻」や〈無限〉に感応する詩的な魂のもち主である。翌71年5月にデメニーに書き送るいわゆる「ヴォワイヤン(見者)の手紙」のなかで、「女性が自分のために、自力で生きるようになったら[…]女性もまた詩人となるでしょう。未知なるものを見つけることでしょう。[…]われわれはそれを手に取り、理解することでしょう」と説かれるような、女性版ヴォワイヤン像を体現する面がある。

[4]　**Rages de Césars**（皇帝の憤激）

12音節詩句のソネ(4-4-3-3行)で、abab/cdcd/eff/eggの脚韻配置。

スダンでの降伏により普仏戦争に敗北したナポレオン3世は、ドイツ中部ヘッセン州カッセルのヴィルヘルムスヘーエ城で軟禁状態に置かれる。降伏の翌々日、パリで第3共和政が宣言されたことも当然聞き知っていた。この詩は、流謫の地で慚愧の思いを嚙みしめながら、かつての栄華を思い起こしているナポレオン・ボナパルトを描く。

ナポレオン3世は、1865年にユリウス・カエサルに関する書物を著し、自らの治世をカエサル流の、民衆の支持を基盤とする古代ローマの終身独裁制に重ねようとした。詩の表題にはそれを揶揄する意図がある。しかもCésarsの複数形には、カリギュラやネロのような悪例の反復という含意が伴う。「血の気の失せた〈男〉」「くすんだ目」「疲労困憊」「目は死んでいる」などの描写は、皇帝の悪しき健康状態を長年の放蕩のせいとみなす世間一般の揶揄を踏まえる。皇帝の衰弱を第2帝政の衰退のメタファーのように語るのも、もうひとつの紋切型だった。風刺作家たちは皇后ウジェニーと宰相エミール・オリヴィエ(「眼鏡をかけた〈協力者〉」)との密通の噂や、皇后が皇帝の流謫に同行しなかったのは夫を見かぎったからだという解釈を、好んで流布させた。

普仏戦争の敗北により8万人のフランス兵が捕虜になったとされるが、侍従を引き連れて幽閉中の皇帝は、倦怠をもて余し、のんきに葉巻など吹かす。栄華のさなかでの遊蕩の思い出に浸り、クーデタで皇帝に就任したときに自由の芽を根絶しておかなかったことを悔いている。ランボーは、まさに当時の反体制派の紋切型を踏まえた風刺画のタッチで、敗残の皇帝の愚昧を際立たせる。

[5]　**À la musique**（音楽会で）

12音節詩句で書かれ、第1節が抱擁韻(abba)、第2節以下は交叉韻(cdcd/efef/...)の変則的配置。

ランボー初期詩篇に顕著な風刺性を示す1篇。駅前広場で週に1度行なわれる軍楽隊の演奏は、当時の地方都市の住民には数少ない娯楽だった。そこに集うブルジョワや若者の生態を戯画的に描きながら、末尾では自分自身をも風刺の標的にする。揶揄が自己揶揄と不可分なランボーに特徴的な思考、冷徹な自己意識の片鱗が垣間見られる。

ブルジョワジーについて強調されるのは、肥満という身体的特徴である。一方、若者たちについては、異性の気を惹くための容姿への気配りや媚態が強調される。年配のブルジョワと若者に共通するのは、皮相な物欲、贅沢品や高級品への嗜好である。軍楽隊の演奏に集う人々を風景とともに具体的に喚起したあと、話者(詩人)はおもむろに自分を詩の情景に組み込む。優雅な自分を見せたい「伊達者」とは対照的に、また女中たちに取り入ろうとする「新兵たち」とも対照的に、「ぼく」は無造作に胸をはだけ、マロニエの下にたむろする娘たちを追う貪欲な視線と化す。その「ぼく」の凝視を多分に意識し、嫌悪を装いながら媚態を振りまく娘たちとの間に、ある種の共犯関係が生まれる。しかし詩を艶っぽい無言の駆け引きでは終わらせず、自分のなかにうごめく欲望をむき出しの形で表現しながら、自分をもまた揶揄の対象にする点がランボーらしい。

［6］ **Ma Bohême**（わが放浪）

12音節詩句のソネで、abba/cddc/eef/ggf の脚韻配置。

「感覚」が、身近な自然を突き抜けて無限の遠方をめざす出発を一個の計画として語る詩であるのに対し、「わが放浪」は、近い過去に位置づけられる放浪の経験を、奔放な夢想を混ぜて語る詩である。みじめな放浪者の身なりや仕草をめぐる卑近なイメージにロマンティックな想像(第6-12句)が掛け合わされ、詩的な語彙とくだけた表現が混合されて、独特の諧謔味を生んでいる。ボードレールは『悪の華』中の1篇「太陽」で、屑屋さながらステッキで都会の舗道をつつきながら韻を探し回る詩人としての自画像を歌っているが、詩作に没頭しながら片田舎を放浪する少年詩人は、さながらその田園版である。

実際、元来は首都パリの貧しくも自由な放浪芸術家グループを指したbohêmeに所有形容詞を冠して「わが放浪」とし、本文中の多くの名詞にも所有形容詞を付けることで(「(ぼくの)破れポッケ」「(ぼくの)半コート」「(ぼくの)一本きりのズボン」「わが宿屋」「わが星たち」等)、bohêmeはランボー個人の存在様式を定義する語となる。集団を指すタームのこの個人化は、卑近な放浪を夜空の星々との交感に変え、浮浪者同然の自分をギリシア神話の竪琴の名人にして詩人の元祖オルペウスに見立てる類推的夢想への傾斜と一体をなす。副題「ファンタジー」の意味はそこにある。

[7]　**Le Dormeur du val**（谷間に眠る男）

12音節詩句のソネで、abab/cdcd/eef/ggfの脚韻配置。

普仏戦争の一情景を想像裡に描いた詩。若い兵士が死んで谷間に横たわっている。遠回しに兵士の死を暗示する語り口が弾むように明るい点が、印象的である。谷間という場所も、そこを流れるせせらぎも、動的な活力と色彩に満ちあふれ、〈自然〉は擬人化されて万物を包み育む地母神的存在と感じられている。「太陽と肉体」「悪」(ともに本書未収録)、「七歳の詩人たち」「五月の幟」、「渇きの喜劇」(未収録)などにも、類似の自然把握が見られる。

他方、詩の末尾で明かされる脇腹の銃痕と、キリスト磔刑図におけるキリストの身体の傷とのアナロジーに着目する解釈がある。この兵士の死の描写に凄惨さが希薄であるばかりか、ある種の甘美ささえ漂っているのは、キリスト磔刑に復活への期待がこもるように、帝国国防軍兵士の死に共和国復活への期待が込められているからだという(ただし、一般に磔刑図ではキリストの傷は左脇腹にある)。そう見れば、「皇帝の憤激」で皇帝の病を帝政の衰退の隠喩と見る大衆的感性が踏まえられていたのとは逆に、活気あふれる〈自然〉が、あたかも共和国復活の希望を掻き立てるかのように、死んだ兵士の周りで運動と色彩の饗宴を繰り広げていることになる。

[8]　Le Cœur du pitre（道化の心臓）

8音節詩句で書かれている。三つの8行詩節で構成され、各節が2種類の脚韻を組み合わせる「トリオレ」(triolet)と呼ばれる詩形。各節の冒頭2句が末尾2句として反復され、第1句は第4句でも反復される。トリオレの各節は通常abbabbabの脚韻配置をとるが、ランボーはabaaababという変則的配置を行なっている。

1871年6月10日付デメニー宛書簡に清書された。同年5月13日付イザンバール宛書簡に清書された*Le Cœur supplicié*「責苦を受けた心臓」と、ヴェルレーヌ筆写による*Le Cœur volé*「盗まれた心臓」の二つの異本がある。軍隊生活、船旅、古代性、身体性、液体といった種々のテーマ、モチーフが錯綜する。ランボーが最初の家出の際に一時収容されたパリのマザス監獄、あるいはパリ・コミューンの最中に行なった可能性がある3度目のパリ滞在の際にバビロン兵舎で受けた性的凌辱(ともに伝記的確証はない)の表象を読む解釈から、粗野な乗組員一同＝公衆から愚弄される「あほうどり」(ボードレール『悪の華』)に近い詩人の受難の表象、さらには国家という船の上でヴェルサイユ政府の愚弄の的になるコミューン派残党という寓意を読む政治的解釈まで、種々の読み方がある。

デメニー宛書簡でこの詩を引く直前に、これが「キューピッドがはしゃぎ回り、炎形の羽根を付けた心臓(ハート)が飛び立つ[…]本の扉にあるような相も変わらぬ甘美な装飾模様とは逆のもの」という断りがある。また、イザンバール宛書簡(1871年5月13日)では、「おそろしく味気ないあなたの主観的な詩」に対立する「客観的な詩」または「ファンタジー」の実例として、異本「責苦を受けた心臓」を引いている。1871年春のランボーは、前年来の風刺や戯画の精神を保持しながら、「七歳の詩人たち」「ぼくのかわいい恋人たち」「座った奴ら」などに見られるように、愛や恋とは対極的な嫌悪を核とする詩を頻繁に書いている。

[9]　**Mes petites amoureuses**（ぼくのかわいい恋人たち）

8音節詩句と4音節詩句を交互に配した4行が1節をなし、合計12節からなる。8音節詩句が女性韻(無音のe)、4音節詩句が男性韻(無音のe以外)をもつ交叉韻である。冒頭2節と第7−12節では「恋人たち」の集団に呼びかけ、第3−6節では毛髪の色に従って個別に呼びかける。1871年5月15日付のポール・デメニー宛書簡中に、「本文から外れた詩篇」として挿入された。異本は存在しない。アルベール・グラティニーの詩「かわいい恋人たち」*Les Petites Amoureuses*(『黄金の矢』*Les Flèches d'or*〔1864年〕所収)の表題をもじり、一個のパロディ的応答のように書かれている。

「感覚」「ロマン」「緑亭で」(後二者は未収録)など前年の詩に歌われた女性像は、夢想と写実の間の振れ幅はあるにせよ、またしばしば皮肉や自己皮肉が加わるにせよ、「ぼく」に幸福感をもたらす形象であった。それに引き換え、この詩は、女性を終始醜い存在とみなし、よだれ、唾、ゴム、香油、芳香性蒸留水など一連の粘つくもののイメージで、性的交渉一般を不潔で嫌悪をそそるものとして断罪する。それでいてエロティックな牽引もくすぶっている。烈しい女性嫌悪（ミゾジニー）の背後に、自身を恥じる感情、深い自己嫌悪をうかがわせる。

もっとも、この詩のランボーは、押韻や重層的イメージの創出のために、語彙や語法の面で相当な無理をしており、その分、意味やイメージが取りにくくなっている。また、同じ手紙の少し先で、ランボーは次のような一種の女性解放論を唱えている──「女性の無限の隷従が破られ、[…]女性が自分のために、独力で生きるようになるときには、女性もまた詩人になるでしょう！　女性もまた、未知なものを発見するでしょう！　女性の想念の世界はわれわれのそれと違っているでしょうか。[…]われわれはそれらを取り上げ、理解することでしょう。」「**本文から外れた詩篇**」という断りに反して、同一の手紙のなかで矛盾した女性観が披露されているだけに、読者の戸惑いは大きい。いずれにせよ、この詩の基調をなす女性的なもの、いや性的なものの嗜虐的断罪は、単なるポーズや文学的実験にではなく、作者の実存的感情に由来するものだろう。

なお、最終節は第２節を一部改変しながら、リフレインのように反復する。円環、旋回の印象は、ronds、laiderons の語の反復、ronds、laideron、mouron、giron、front といった[rɔ̃]の音の頻出、第36句 « Tournez vos tours! » によって強められる。

［10］ Les Poètes de sept ans（七歳の詩人たち）

12音節詩句で書かれ、脚韻は平韻(aabbcc...)。

1871年6月10日付ポール・デメニー宛書簡に清書された。末尾に制作日が「1871年5月26日」と記されている。16歳の少年詩人が自分の7歳時を復元する自伝的色彩の濃い詩で、7歳の子供の印象と16歳の詩人の批評的視線との「重なり／ずれ」が読みどころである。表題の「詩人」を複数形にすることで、幼い自画像に普遍性をもたせる意図がうかがえる。

表題が示すように、7歳の子供のなかに詩人がいかに胚胎されたかがこの詩の第一の主題である。ここならざる場所、現実ならざる世界を思い描き、架空の物語(「もろもろの小説」)を紡ぐことに喜びを見出すいわば想像力の天職が、7歳の子供に芽生えていたと16歳は語る(第31-35句、52-54句、55-64句)。それに劣らず重要なのは、7歳の子供の母親との関係(第1-7句、27-30句)である。7歳は、強圧的な母親に逆らえずに従順な秀才を演じながら、「内心の苦い偽善」に苛まれていた。近所の貧しい家庭の子供たちと交わる息子を見て母親が示す驚きは、一見わが子の身を案じているようでありながら、じつは不潔さや不衛生を子供が家の中にもち込むことを恐れているにすぎない。それは7歳には見えなかったけれども16歳には見抜ける偽善である。16歳は、偽善者である点において母親と自分が切り離しようのない共同体を形成しているように思い、母親から受け継いだ「嘘つきの青い眼」を宿命の絆の明白な符牒のように感じている。

この詩はさらに、自然のなかに女性的生命を感じとる汎神論的ないしアニミズム的感性(「感覚」や「夜明け」のそれに近い)、幼く粗暴なエロスの味わい、社会階層の差異の感覚、孤独なひとり遊び、日曜日の倦怠、無意識の仕草など、7歳が生きた微妙な感覚を16歳の詩人が忘れることなく、日々の断片としてみずみずしく切り取って見せる。

[11]　Les Assis（座った奴ら）

12音節詩句で書かれ、脚韻は交叉韻(abab/cdcd/...)。

自筆原稿は知られておらず、ヴェルレーヌ筆写の原稿のみが存在する。友人のドラエーによれば、1871年前半の作。

1883年『リュテース』誌連載の「呪われた詩人たち」でヴェルレーヌが行なった紹介によると、シャルルヴィル高等中学校の学生であったランボーは、市立図書館に足しげく通い、東洋のコント、ファヴァールのオペレッタ台本、古い珍奇な科学書等の閲覧を頻繁に要求した。不機嫌になった主任司書が、ギリシア・ローマの古典を読むようにと説教を垂れたことへの腹いせのためにこの詩が生まれたという。出発点はそうかもしれない。しかしランボーの筆致は、単なる私怨の表現には収まらない。座位の司書たちと彼らの椅子との性的交わりという奇怪な幻想を通じて、司書に象徴される地方ブルジョワジーのありようを、「音楽会で」とは桁違いの辛辣さで徹底的に断罪している。「音楽会で」におけるような語り手の自己揶揄はここにはない。« Les Assis » という表題そのものが侮蔑を含んでいる。

解剖学や医学の語彙、また既存の語から派生させた造語を多用しながら、老司書たちの痩軀を強調し、隆起物やこぶを列挙して、彼らの身体を奇形化しモノ化する。「ひき蛙」「ぶたれた猫」「野獣のような鹿毛色の瞳」「殴られた雌犬の苦しげな目」など一連の動物的比喩も、同じ効果をもつ。椅子は逆に擬人化され、「いろいろと親切」で、座る者の「腰の角度に従順にへこむ」と言われる。両者はつねに脚を絡み合わせ、切り離せないほど一体化しているのだが、司書たちの夢のなかで、彼らと椅子との交合から椅子の子供たちが生まれる詩の末尾にいたっては、閲覧室の空間はヒト＝イス(椅子人間)が生息する不気味な幻想空間に変容する。

［12］ **Les Chercheuses de poux**（虱を探す女たち）

12音節詩句で書かれ、脚韻は交叉韻(abab/cdcd/...)。原稿には日付がないが、「デメニー草稿」には含まれず、第17、19句のParesse-caressesの単数と複数による脚韻の不規則性からして、1871年春から夏の作と推測される。

1870年8月末の最初の家出でパリに到着したランボーは、有効な切符を所持していないことが発覚してマザス監獄に留置される。イザンバールに救い出され、ドゥエのイザンバールの養家ジャンドル家に約20日滞在し、同家の三姉妹から歓待を受けた。この詩はそのときの体験に基づくという解釈が、戦後長く定説になっていた。子供の額が赤いのは、虱のせいでかゆい頭をしきりと搔いたためとされた。しかも、イザンバール自身がこの解釈を支えるような証言を遺していた。実母からはその種の情愛を受けることの少なかったランボー少年が、不衛生な監獄でうつされた虱を優しいおばさんたちにとってもらっている情景は、いかにもほほえましい構図として受け取られた。

しかし、ジャンドル姉妹のなかで最年少のカロリーヌも当時すでに38歳になっており、若い女性をイメージさせる「すてきな姉さん」という表現は、少年の感じ方としてしっくり来ない。またジャンドル家の三姉妹に対し、詩に登場する姉妹は二人である。そもそも、冒頭2行で姉さんたちの出現は、「赤い悪夢」にうなされる子供が救いを懇願したことへの応答として起こる。最初は不分明な白い群がりにしか見えなかったものが、徐々に輪郭を鮮明にして、やがて「すてきな二人の姉さん」の姿をとるのである。むしろ、詩全体が子供の夢のなかに位置づけられていると考えるべきだろう。

この詩は、ランボーが現実に体験した特定の卑近な逸話の写実的再現などではなく、思春期の男子のエロスへの目覚め、女性的世界の魅惑と危険を、家庭的枠組のなかで、いわば普遍的位相において表象したものである。それと並んで重要なのは、「虱」が象徴する不衛生、反社会、反画一性を詩の子供が体現する点である。この時期のランボー自身に引き寄せれば、それは「放埒のかぎりを尽くす」s'encrapuler（1871年5月13日イザンバール宛書簡）ことであり、それが特別な詩人、「ヴォワイヤン」になる道と信じられた。ところが、エロスの魅惑に身を任すことは、社会的隔絶の矜持と抵触する。子供が感じる「泣きたいような衝動」は、「姉さんたち」の愛撫がもたらす魅惑と不安のゆえであるが、また、これら相反的な二つの欲求に引き裂かれているからでもあろう。

［13］ Le Bateau ivre（陶酔の船）

12音節詩句で書かれ、脚韻は交叉韻(abab/cdcd/…)。

ランボーの最も有名な韻文詩のひとつ。自筆原稿の存在は確認されておらず、ヴェルレーヌ筆写の原稿が唯一の根拠である。高等中学校在学中以来の友人ドラエーによれば、この詩はパリ上京直前の「1871年9月末」、首都の詩人たちに披露するために書き上げられ、出発に先立ってランボーが朗読するのを聴いたという。9月30日に開催された高踏派詩人を中核とするサークル「醜い好漢たち」の夕食会でランボーはこの詩を朗読し一同を驚嘆させた。

ホメロス以来近代にいたるまで、船旅は、そこで主人公が成長し変容を遂げる冒険の特権的な舞台であった。「陶酔の船」も、出発－冒険－帰還という冒険譚の基本型を踏まえている。船の冒険を人生のたとえとする例は、ランボーの同時代の詩にもしばしばみられる。なかでもこの詩の発想源として、ボードレール「旅」*Le Voyage*、ヴェルレーヌ「不安」*L'Angoisse*、ディエルクス「孤独な老人」*Le Vieux Solitaire*(後二者はともに、ランボーが一時自作の掲載を切望した『現代高踏詩集』に発表された)が有力である。執筆の時点で1度も海を見たことがなかったランボーは、これらの先例やユゴー『海で働く人々』、ヴェルヌ『海底二万海里』といった小説をヒントに、想像と夢想を駆使してこの長詩を書き上げた。先例となった詩はどれも、船旅が人生のたとえであることを明示する書法に則っている。「われわれの魂はおのれの理想郷(イカリア)を探し求める帆船だ」(ボードレール)、「潮の満ち引きに弄ばれる迷子のブリッグのように／わが魂は…」(ヴェルレーヌ)、「私はさながら、帆桁もマストもなくしたおんぼろ船」(ディエルクス)といった具合である。「陶酔の船」では、この種の説明句は一切抜きで船がいきなり語りはじめ、最後まで語り手の役割を担う。詩人は船の背後に貼りついて表には出ず、海原を行く船のダイナミズムに同化する。このアレゴリー的書法が、「陶酔の船」の独創である。

とはいえ、アレゴリーの2層構造はたえず見え隠れする。船が大海原に向かうように、詩人は〈海の詩〉(第21-22句)をめざす。船は「浮きよりも軽やかに」波の上で踊り、「船尾舵も錨も」失い、「疾風に鳥さえいない天空へ吹き飛ばされ」、海と空の間を垂直に移動する。果ては「狂おしい板切れ」となって駆ける。背後の人間(詩人)は、詩の前半では、「ぼくは見た」「ぼくは知っている」「ぼくは夢みた」等、知覚と想像力の主体としてのみ、その存在を垣間見せるだけである。しかし旅が佳境に入り、船に疲労が生まれ、冒険に終止符を打つ欲求が切実になる後半では、「極地や諸地帯をめぐり疲れた殉教者」と自己慰藉への傾斜を見せ、「ぼくは震えていた」「ぼくは泣きすぎた」「えがらい愛」「心酔わせるけだるさ」など、パセティックな内面を吐露せずにはいない。

船としての機能を喪失し「狂おしい板切れ」となって駆けることに自由の極限があるとすれば、自由の追求は破滅への邁進でもある。自由が増大するにつれ、危機の情動も高まり、冒険からの離脱の欲求は避けられない。第24節の、落胆した様子の子供がおもちゃの船を放つ水たまりは、船と詩人が一体となって生きた熱狂的冒険を反転させた静謐な小世界、安全だが退屈な昂揚のない世界である。詩人は子供に退行し、船は「かぼそい」小舟にしぼみ、何より子供は船と一体にはなれず、水際からそのゆくえを見守るだけである。船に言葉を付与し、そのダイナミズムに自分を同化することを図るアレゴリーの詩学は、その論理のなかに破綻をはらんでいる。しかしランボーはこのパラドックスを積極的に引き受け、あらゆる旅は空しいという主題を、先輩詩人たちの修辞的手法とは異なるいわば身体的なやり方で、熱烈かつ悲愴に変奏して見せる。

[14] **Voyelles**（母音）

12音節詩句で書かれたソネで、脚韻はabba/cddc/eef/ggfの配置で、すべて女性韻である。

自筆原稿に執筆時期は記されていないが、パリ上京後まもなくの時期(1871年秋から冬)に書かれた、ランボー最後のソネと推測される。

各母音に固有の色を付与し、母音の形態と色の結びつきに触発されるイメージを列挙していく、自由な連想の詩。色の順は、まず無彩色の黒と白を使い、続いて太陽光線をプリズムに当てた際にできるスペクトルの両端に位置する赤と青(紫)を配し、その間に、スペクトルでも中間に位置する緑を配置するというふうに、一定の論理に従っている。ただし、Aに黒を、Eに白を…といった、各母音と特定の色との組み合わせは、無根拠である。ランボー自身、『地獄の一季節』「言葉の錬金術」でこの詩に言及する際、「私は母音の色を発明した！」と記している。

「黒いA」からハエを連想するのは、ひとつの可能性であるが必然ではない。ほかに無数の連想がありえ、また、かりにハエを思いついても、その後のイメージの展開は無数にありえる。この詩でランボーが試みているのは、母音の形態と色が触発する連想のサンプルの提示であって、その網羅ではない。そうは言っても、Oをオメガ(Ω)とみなしてギリシア字母のアルファからオメガまでを、また光のスペクトルの端から端までを踏破しながら、詩の末尾を終末のヴィジョンに重ねる詩人の手つきには、自在な連想の行使を通じて想像界の造物主たらんとする自負がうかがえる。

「母音」はランボーの詩のなかでも最も頻繁に論議の対象となったもののひとつであるが、有力な発想源とされるものに、アルファベット教本がある。アルファベット26文字に色が塗られ、その文字から始まる単語の実例が挿絵とともに数個列挙される幼児向けの教材である。もうひとつの源流と想定されるものに、ボードレールが韻文詩「万物照応（コレスポンダンス）」で「夜のように、光のように広大な／暗く深い統一性のなかで、香りと、色と、音とが応えあう」と歌ったような「共感覚」理論がある。

ランボーは1871年5月の「ヴォワイヤンの手紙」で、本物の詩人たるには「**五感すべて**の、長く大規模な理詰めの**攪乱**」が必要で、「香り、音、色、すべてを凝縮するような」言語の発明の必要を力説していた。ただしそれは、異なる次元の感覚が響き合い、調和のなかでひとつの「統一性」へと収斂するようなボードレール的照応ではない。雑多なものを雑多なまま取り込む遠心的推力、貪欲な生命力に貫かれている。物の世界と内面世界、物質世界と知的世界を、感覚的印象のなかに一元化してしまう想像力の力業こそが、ランボーの特徴である。

このような奔放な連想のパフォーマンスは多分に遊戯的である。ランボー作品の最初の本格的読者かつ紹介者となったヴェルレーヌは、1895年刊の初の『ランボー全詩集』への序文で、「母音」について、「この少々ふざけた、しかし細部はかくも見事なできばえの「母音」のソネ」と記している。

[15] **Les Mains de Jeanne-Marie**（ジャンヌ＝マリの手）

8音節詩句で書かれ、脚韻は交叉韻(abab/cdcd/...)。

手稿の末尾に「72年2月」の日付がある。1871年5月末のパリ・コミューン壊滅から数カ月を経た時点で、コミューンの女性闘士の理想的肖像を熱烈に描いた一篇。1871年9月に街頭戦で火炎瓶を投げた「火付け女たち」(pétroleuses)の裁判があり、12月には代表的女性闘士ルイーズ・ミシェルの裁判が行なわれたことが、あらためてコミューン熱を掻き立てた可能性はある。しかしランボーのなかでコミューン崩壊後もその理想への期待が消えなかったことは、《おれの〈心〉よ、何なのだ…》や「大洪水のあと」が示すところである。コミューン末期、陰惨きわまる戦闘の時期に書かれた「ヴォワイヤンの手紙」でも、女性解放の展望が語られ、「女たちの地獄」をめぐる思考が『地獄の一季節』の主軸のひとつをなしている。アンヌ＝マリ・ムナールという実在した「火付け女」をモデルとするという説もあるが、ジャンヌ＝マリはランボーの想像力から生まれた架空の人物と考えるべきだろう。

詩はもっぱら手のモチーフを軸に展開する。これは当時よく知られていたゴーティエの「手の習作」を踏まえているという見方が一般的であるが、ゴーティエの詩は娼婦の白い手を歌うのに対し、ジャンヌ＝マリの手は日に焼けた庶民の女のたくましい手である。手の表情を通してジャンヌ＝マリの人となりと運命を定義するのに、詩の前半(第1-8節)では「否(ノン)」を前提とした反語疑問文(第4-14句／第17-24句)およびそれと等価な否定文(第25-32句)を畳みかけながら、ジャンヌ＝マリの手**ではないもの**が語られる。後半(第9節以下)では、彼女の手のありさまがストレートに語られるが、感嘆文を多用した文体は説明的であるよりも讃歌の調子に近く、各要素は列挙されるだけで相互の関連は明示されない。

この詩の最も顕著な特徴は、語彙とモチーフをめぐる多数の対立関係を織る書法である。貴族の女性や娼婦の白い肌(第4句、第3節)に対するジャンヌ＝マリの褐色の肌(第2節)。化粧、作為、死(第2、3節、第29句)の対極としての太陽(第2句)、自然(第15-16句、第5節)、生命力(第1句、第9節)との親近性。詩の後半は、世の女性たちが被っている種々の社会的疎外(女工の労働、乳呑児を抱えた母親の義務、宗教への隷従、等)を超越した彼女が、頑強だが情愛に溢れ(第9-11節)、生のままの官能性で魅了する(第12-13節)人物として称えられる。冒頭第2-3句で「夏の日差しになめされた浅黒い手」と言われながら、同時に「死んだ手のように生気のない」と言われるのは、矛盾ではない。第14節では彼女は砲撃戦で憔悴し、最終節にいたると、ヴェルサイユ軍に逮捕され、沿道のブルジョワから痛めつけられながら連行されていく運命にあるからだ。彼女のなかには生と死が同居している。

第8、11、12節は、ヴェルレーヌが加筆したことが知られている。この加筆がランボーの口頭での指示によるのか、ヴェルレーヌが通常の版とは別種のヴァージョンを参照したのかは不明だが、この種の事後的加筆を許容する柔軟さは列挙的書法に負うものだろう。

Album zutique
『ジュティストのアルバム』(1871年10-11月)への寄稿

パリ上京後まもなくランボーは、コミューン・シンパの若い詩人・芸術家たちが作った「ジュティスト」のサークルに参加し、その寄せ書き帖『ジュティストのアルバム』に22篇のパロディや猥褻詩を寄稿した。「ジュティスト」は罵りの間投詞 Zut「くそ!」に由来する新造語である。

[16]　Vieux de la vieille (古参兵諸君)

7、7、4、7、12と音節数が雑多な5行からなり、句末に同じ語(Mars)を配した第3、4句以外は脚韻を踏まない無韻詩。最終句はアレクサンドランの格調を模して、滑稽味を増幅する。

詩人で熱烈な帝政派代議士(ボナパルティスト)ルイ・ベルモンテ(1798-1879)が、夭折したナポレオン2世(1811-32、大ナポレオンの嫡男)の命日にあたる1856年3月20日、選挙区のタルヌ=ガロンヌ県で主宰した宴席で、亡き皇太子を称えるとともに、4日前に生まれたナポレオン3世の嫡男、皇太子ルイの誕生を祝福するために行なったスピーチ(1858年刊『好戦詩集』に収録)を下敷きに、ランボーが卓抜なパロディを仕立てたことが最近の研究で明らかにされた。

ベルモンテのスピーチは、まさに帝国軍隊古参兵に差し向けられたもので、結句は「軍神の三月という月に！／軍神＝三月の二人の息子に！」である。また、同じ詩集に収められた「百姓たち」に向けられた別のスピーチは、「百姓たちの皇帝に！　皇帝の百姓たちに！」の1句で結ばれている。ランボーのパロディの冒頭は、この1句の前半と後半を入れ替えたものである。さらに同じ詩集中の「帝国の息子、または平和のプリンス。頌歌」と題された詩には、「いかなる伝聞がわれらの畑や城壁を震撼させたことか／神がウジェニー妃の母胎を祝福し給うたのだ」という表現がある。皇太子ルイの誕生日とパリ・コミューンの公布日の近接を踏まえて、皇妃をコミューンの母めいた存在に転倒するパロディである。

［17］　**État de siège?**（戒厳令？）

12音節詩句で書かれ、平韻(aabbcc...)を踏む10行詩。

タイトルに込められた言葉遊びの両義のうち、「戒厳令」は普仏戦争敗北に伴うプロシア軍によるパリ占領の記憶を呼び起こし、「座り具合」のほうははるかに卑近な身体的状態を暗示する。第4句「熱く火照る股座(またぐら)」が何の暗示かについて、過度の性行為、性病、自慰、重度の霜焼け、などの解釈がある。

定型韻文詩のしくみ

フランス近代の定型韻文詩は、音節数と脚韻を軸とする作詩法に基づく。前期韻文詩「谷間に眠る男」(46–47 頁)をモデルに、その概要を見てみよう。冒頭第 1 節を引く。

C'est un trou de verdure où chante une rivière
Accrochant follement aux herbes des haillons
D'argent ; où le soleil, de la montagne fière,
Luit : c'est un petit val qui mousse de rayons.

詩句と音節

韻文の各行は、詩句または句(vers)と呼ばれる。句頭は大文字になる。構文的には、4 行で単一の文を形成している。4 句の長さは一見まちまちだが、各句とも 12 の音節(syllabe)からなる。音節とは 1 個の母音(voyelle、以下 V)を核とする音素(phonème)のまとまりである。音節には発音上単一の母音のもののほか、子音(consonne、以下 C)との種々の組み合わせ(CV、VC、CCV、CVC など)がある。4 句を音節ごとに区切って発音記号で示せば、以下のとおり。

sɛ-tœ̃-**tru**/ də-vɛr-**dyr**//u-**ʃɑ̃**/ty-nə-ri-**vjɛr**　3/3//2/4
a-krɔ-**ʃɑ̃**/ fɔ-lə-**mɑ̃**//o-**zɛr**/ bə-de-a-**jɔ̃**　3/3//2/4
dar-**ʒɑ̃**/ u-lə-sɔ-**lɛj**//də-la-mɔ̃-**ta**/ ɲə-**fjɛr**　2/4//4/2
lɥi/ sɛ-tœ̃-pə-ti-**val**// ki-**mu**/sə-də-rɛ-**jɔ̃**　1/5//2/4

12 音節詩句(アレクサンドラン)は、通常、句末と中央(//)にリズム上、構文上の小休止を含み、後者(//)を句切れ(césure)と呼ぶ。句切れによって二分されるそれぞれを半句(hémistiche)と呼ぶ。半句の内部にはさらに小さな切れ目があり(/)、二分されるそれぞれを韻律単位(mesure)と呼ぶ。

韻律単位と抑揚

音読の際には、句末と中央の切れ目の直前の音節(第12音節、第6音節)に必ず強勢が置かれる(固定強勢 accent fixe)。半句の内部の切れ目の直前にも軽い強勢が置かれるが、その位置は詩句ごとに変化する(変動強勢 accent mobile)。

したがって、各韻律単位の最後の音節(太字部分)は、やや長め、かつ強めに発音される。なお、アクセント記号を伴わない語尾の e には強勢が置けないので、直前の音節に置かれる。第2句 herbes、第4句 mousse のような単語の途中に韻律単位の切れ目がくるのは、そのためである。また、句末のアクセントなしの e は「無音の e」または「脱落性の e」と呼ばれ、独立した音節を組織できないため、直前の音節に組み込まれる(第1句、第3句)。各句4カ所の強勢と無強勢部分との交代が、リズムと抑揚を生む。

脚韻

音節数と並ぶ、定型韻文詩の重要な要素は、句末の規則的な音の配置、すなわち脚韻(rime)である。第1句と第3句はともに[jɛr]で終わり、第2句と第4句はともに[jɔ̃]で終わる。abab の交叉韻(rime croisée)が形成される。「谷間に眠る男」第2節も cdcd の交叉韻、続く二つの3行詩節は ee/f ggf という配置で、はじめの2句 ee が平韻(rime plate)、続く4句 fggf は抱擁韻(rime embrassée)と呼ばれる配置である。

脚韻は、同一音の規則的反復によって音楽的効果を生む技法であるが、上記の区別のほかに、女性韻(rime féminine、以下F)と男性韻(rime masculine、以下M)の区別がある。Fは無音の e が句末に来る脚韻、Mはそれ以外のすべての脚韻であり、FとMを交互に配置するという規則がある。a がFなら、

b は M、c は F で、d は M…でなければならない。事実、「谷間に眠る男」の脚韻配置 abab cdcd eef ggf には、第二の規則 FMFM FMFM FFM FFM が正確に対応している。

句またがり、送り語、逆送り語

「谷間に眠る男」の第 3 句冒頭 D'argent は、前行 des haillons を修飾するはみ出し部分である。同じく第 4 句 Luit は第 3 句の le soleil を主語とする述語動詞で、二例とも、はみ出し部分の直後が切れ目になる。第 7 句 Dort、第 14 句 Tranquille も同様である。第 9–10 句 Souriant comme/Sourirait un enfant malade は、一部がはみ出すというよりも 2 行にまたがっている。これらはみな「句またがり」(enjambement)である。定型性が崩れたものだが、最後の例以外は一語ないしごく短い語句が次行に送られているので、「送り語」(rejet)と呼ばれる。「送り語」は、はみ出した語を印象づける技法でもある。この詩では、活力あふれる自然に抱かれて仮眠しているかに見える兵士がじつは死んでいる、という主題、また、それを明言せずに推測させる修辞と密に結びついて、読者をサスペンスのなかに引き留める効果を担う。

送り語とは逆に、前句の末尾に文や表現の冒頭部を置くことでこれを印象づける技法は、「逆送り語」(contre-rejet)と呼ばれる。「虱を探す女たち」第 11 句 salives(72 頁)、「記憶」第 26 句 Joie(142 頁)などがその例である。また、ひとつの句の内部で、句切れを超えて句の後半部へはみ出す「句内送り語」(rejet interne)や、逆に後半部の最初の語が句切れの直前に先出しされる「句内逆送り語」(contre-rejet interne)も、同様の効果を生む。前者の例として、「谷間に眠る男」最終句の « rouges »(« Tranquille. Il a deux trous// **rouges** au côté droit. »)、後者の例として、「感覚」最終句の « heureux »(« Par la Nature, — **heureux** // comme avec une femme.)が挙げられる。

送り語や逆送り語は、規範的枠組の存在が、逸脱を通して新たな表現可能性を拓くという逆説を示す。

詩句の種類

詩句に含まれる音節の数は、12、10、8が大半である。

12音節詩句(アレクサンドラン alexandrin)は16世紀末のプレイヤード派から19世紀半ばまで最も好まれ、最も格調高い詩句。ランボーの前期韻文詩の多くもこれである。

10音節詩句(décasyllabe)は、中世抒情詩で最も用いられた詩句で、近代詩でも頻出する。ランボーは後期韻文詩の「若夫婦」(*Jeune ménage*)や〈鶏頭の花壇が並ぶ…〉(*« Plates-bandes d'amaranthes... »*)でこれを用いている(収録詩篇中には適例がない)。4//6という句切れが最も多い。

8音節詩句(octosyllabe)は起源の最も古い詩句。中世のあらゆるジャンルで好まれた。「道化の心臓」「ジャンヌ＝マリの手」「五月の幟」などが実例。4//4の句切れが一般的。

多くの韻文詩は、同一数の音節の詩句からなるが(poème isométrique)、音節数が異なる詩句を組み合わせた詩(poème hétérométrique)もある。「ぼくのかわいい恋人たち」では、8音節と4音節を交互に配置した4句が1節を形成している。

II
Derniers vers／後期韻文詩（1872年）

[18]-[21]　Fêtes de la patience（我慢の祭）

本連作を構成する4篇は、個別に書かれたあと、「我慢の祭」の総題でまとめられ、詩人ジャン・リシュパンに贈られた。前3篇には1872年5月の、第4篇には同年6月の日付がある。

［18］ Bannières de mai（五月の幟）

後続の3篇が5音節詩句で俗謡のリズムをもつのに対し、この第1篇だけは8音節詩句で書かれ、やや重厚な、別種の韻律に依拠している。脚韻を完全に放棄している点では、後期韻文詩中最も極端である。

春を迎えた外界が、不充足を抱えながら屋内に逼塞（ひっそく）していた「ぼく」を、生命の再生の祭に参加するように誘う。「ぼく」はそれに応じる衝動に駆られるが、万物と同じく自分にも春が活力を蘇らせてくれるのを単純に希求できない。「ぼく」の願いは、太陽に身を委ね、はげしく焼かれる昂揚を生きたすえに死にいたることである。宇宙の運行に同化することで、深刻な孤独と無価値の感覚が克服できるように思えるのだ。

表題中の「幟」は、中世以来、戦闘を率いる王または領主の旗印を指す。ここでは第一義的には、世界を生命の躍動に染める春の顕現を意味する語である。加えて、自らを太陽に捧げ、劇的な死を遂げる願望の戦闘的側面が暗示されている。

しかも「ぼく」の願望は、詩の展開のなかで屈折を見せる。ともに « Je veux que » で始まる第13-16句（「ぼくが望むのは、劇的な夏が／奴の運命の戦車にぼくを結わえてくれること」）と、第19句（「めぐる季節がぼくをすり減らしてくれればよい。／お前にこの身を委ねよう、〈自然〉よ」）を比べると、死にまでいたる生の昂揚の積極的意志から生命力の磨滅に惰性的に身を委ねる消極的意志への、明らかな弱まりが見られる。さらに末尾では、何に対してもいかなる期待も寄せまい、いっさいの幻想に惑わされまい、という拒否に転じる。春が回帰した世界に自分を開く願望は、いっさいを斥け、不幸のなかの自由だけを守ろうとする頑なさに行きつく。

［19］ Chanson de la plus haute tour（最も高い塔の歌）

5音節詩句6行詩節六つからなり、最終節は第1節を反復する。脚韻はすべて女性韻(無音のeで終わる)で、どの節もababccの配置で統一されているが、単数形と複数形が頻繁に組み合わさる(8と10、13と15、14と16、17と18、20と22、23と24、25と27)。

「シャンソン」というジャンル名を表題に冠する唯一の詩。語り手「ぼく」は、自身を「最も高い塔」になぞらえる。中世の領主の館を彷彿させるこの形象は、周囲を睥睨する見張りや待機の観念を喚起する。また、「象牙の塔」のように、思索や瞑想に好都合な隔絶の場所でもある。表題は、「最も高い塔」で歌われた歌、「最も高い塔」を歌った歌、「最も高い塔」が歌った歌など、複数の解釈を許容する。

まだ若いはずの語り手は、「あれこれに屈従した／無為な青春」を過ごしたせいで、すでに「人生を台なしにした」と悔やんでいる。「厳粛な隠遁」、つまり世間からの隔絶が、語り手に心身の麻痺状態をもたらしたと、第3、4節は語る。それは宗教的修行者が到達するような解脱の境地ではなく(「しかもいっそうすばらしい喜びが／約束されているわけじゃない」)、期待されて当然の魂の平穏でさえなく、たとえ精神的苦痛は鈍くなっても、「不健康な渇き」が「血管を翳らせる」と言われる。雑草が繁茂し、強烈な草いきれを発して無数の蝿が飛び回る野原は、「最も高い塔」に続いて語り手を象徴する第二の形象である。しかもこちらは、過去の「無為」の結果として生起した現在時の荒廃のイメージである。

リフレインのような2行(5-6、35-36)は、「青春」が「無為」で、「人生」が「台なし」になったのは心を通わせる相手の不在、愛の不在に起因することを、シャンソンの軽みの中で告白する。全篇に哀歌(エレジー)の調子がにじむが、第5節ではそのトーンが宗教的感情に増幅され、「かくも哀れな魂」« la si pauvre âme » の自己憐憫と相まって、ヴェルレーヌふうの口調の模倣となる。自己主張が弱気に転じ、宗教的感情に染まる動きは、「恥」末尾や「愚かな乙女」末尾にも見られる。ランボーは、「言葉の錬金術」でこの詩を引くとき、短縮し、意味づけを改変している。

［20］ **L'Éternité**（永遠）

5音節詩句4行からなる六つの詩節で構成され、前詩と同じく最終節は第1節を反復する。交叉韻は大きく崩れ、脚韻の代わりに sentinelle-nulle、élans-selon のように子音が共通で母音が異なる近似脚韻(contre-assonance)が多用される。L'Éternité-soleil には音の呼応の要素は皆無で、無韻詩への傾きが顕著。

「最も高い塔の歌」と同じく、「永遠」も自分との対話、自己説諭の形式を踏む。しかも前者では、「ぼくは自分に命じた」のような前置きを伴うのに対し、ここでは冒頭から前置きなしに「見張り番の魂」との対話が始まり、最後まで続く。なお、「言葉の錬金術」に引用される版は大きく改変されている。

永遠ははじめて「見つかった」« trouvée » ではなく、失くしていたものが見つかったときのように « retrouvée » と言われる。つまり、永続的ではなく、中断されては再開され、失われては取り戻される何かである。ここで問題になる「永遠」とは、永遠ならざるもの、むしろ間歇的なものということになる。事実ランボーは、『地獄の一季節』の下書きで、「永遠」と「黄金時代」の引用指定に続けてこう書いている―「この[時期]には、書かれも歌われもしない、私の永遠の生活があった、―人が信じてはいるがそれ自体は歌わない何か〈摂理〉[世界の法、本質]のようなものが。[それら]何度かの高貴なひと時のあと、完全な[愚鈍が訪れた]」。ランボーの永遠とは、特権的な瞬間に回帰する「永遠の生活」、例外的に充実した生活の質を指す。中間4節(第2-5節)は、今や遠のき、消え去った「永遠」を再度呼び寄せるために、充実の瞬間に先立つ苦しい待機を思い起こせと「見張り番の魂」を鼓舞する。

「我慢の祭」は、深刻な不充足を脱していかに充実したポジティヴな生を見出すか、その模索を段階づける形而上的連作と言える。「五月の幟」で「ああ、これほど孤独でも無能でもなしに！」と二重の嘆きを表明した「ぼく」は、続く「最も高い塔の歌」では、「厳粛な隠遁」を意志的に引き受けようとしていた。しかしそこで歌われたのは、孤独がもたらす荒廃である。「永遠」では、孤独を自由に変えることが、

「永遠」の再来、それへの回帰の条件とされる(第3節)。「最も高い塔」が含意していた見張りのモチーフが、「見張り番の魂」によって顕在化されるが、前者では「人の心が燃え上がる時」がどこか外から到来することが期待されていたのに対し、後者ではその種のオプティミズムは放棄されている――「希望などない／何かが**到来スル**こともない」(第5節)。すべては「魂」の問題、内的体験であり、「永遠」の成就は絶えざる努力(「我慢強く学問」すること)にかかっている。しかも「永遠」は到来しては過ぎ去り、また回帰しうるものなので、この〈義務〉には際限がない(「「ついに」などと言わないのだから」第4節)。

ランボーのテクストでは、平板な人生の持続のなかにときおり実現される突出した瞬間が再三称揚される。とくに「精霊」(『イリュミナシオン』)との類似が注目される――「彼は愛だ[…]そして永遠だ」(「精霊」の解説を見よ)。

[21]　Âge d'or（黄金時代）

全体が5音節詩句で書かれているが、交叉韻(abab/cdcd/...)を形成する八つの4行詩節に、eféff/gghgh という崩れた脚韻配置の二つの5行詩節が続く。第5節は第3節を反復する。脚韻は貧しく、voix-moi、questions-fond、l'instant-Allemand のように母音のみが共通で子音が異なる半諧音(assonance)や、tour-flore、facile-elle、château-tu のように子音のみが共通の近似脚韻(contre-assonance)になる。第4節 Ô-nu は無韻。

人生の問題に思い悩む「ぼく」の内面に、「天使のように澄んだ」、しかし「きびしい調子」の声が次々と立ちのぼり、叱責と励ましを差し向けながら、ともに歌うように誘う。「黄金時代」ではそうした声たちのせりふと歌が、一個のシャンソンを作る。別の手稿では、第3節の余白にラテン語で「三、四度」、第7節の余白に「何度も」、最終節の余白に「際限なく」という、いわば演奏指示が添えられている。

内なる複数の声が、語り手に忠告を差し向ける設定は、「渇きの喜劇」(本書未収録)にも見られる。「黄金時代」の語り手は、ある種の道徳的夢想のなかにあり、内面の声たちの誘いを拒まない(「――声といっしょにぼくも歌う」)。声のうち、実際に引用されるのは二つである。それらはともに、まずは「ぼく」の理性に訴える説教を垂れ、あれこれ自問しわが身を嘆くことの愚を説く。第一の声(第1-5節)は、世間や自我を忘れ、自然と融和することを勧める。第二の声(第6-9節)は、世間の邪悪さなどに驚かないこと、世知を身に着け、不幸の意識を払拭することを説く。やがて二つの声は、理性ではないものに訴えるかのようにともに歌いだし、「ぼく」を歌に引き入れる。

ランボーはしばしば、原初の無垢からの失墜神話、黄金時代から鉄の時代への流謫者の神話を素描する(『地獄の一季節』序文冒頭、「朝」冒頭、『イリュミナシオン』中の「青春II」〔本書未収録〕を参照)。

『地獄の一季節』「言葉の錬金術」の下書きには、「永遠」引用の直後に、「喜びのあまり、私はとてつもないオペラになった。*黄金時代」という記述があり、そこで総括される狂気(錯乱)の詩学とも呼ぶべきものの頂点を例証する詩として引かれる予定であった。しかし印刷版では導入句だけが残され、詩の引用は断念された。

［22］ ***Est-elle almée ?...*** 《あれは舞姫か…》

全句が11音節詩句、リズム(韻律)は句ごとに異なる。脚韻は平韻(aabb/ccdd)で、すべて女性韻(無音のe)。冒頭bleus-feuesは、母音のみ共通のアソナンス。手稿上に「1872年7月」の日付があり、ベルギー滞在中の作と推測される。

冒頭第1文のelleは、指示対象が定かでない存在を断言する『イリュミナシオン』に特徴的な書法を先取りしている。これが何を指すと考えるかが、詩を捉えるポイントになる。

話者は夜の終わりに位置し、目の前にある「彼女」＝「舞姫」がやがて消滅する時刻、「空が青みを帯びる朝まだき」に思いをいたす。また、「彼女」の消滅に先駆けて死に絶えるであろう「花々」の境遇も、視野に入っている。「彼女」とは月、「すでに亡き花々」とは、月が姿を消すころにはすでに消滅している星の擬人化と推測できる。「朝まだき」は、夜の死と朝の再来とが、「夜宴」の終了と生産的な都会の生活の「息吹」とが並行して進行する時刻である。月は、都会と向かい合う形で、夜と朝の交代、宴と生活の継起を見守る存在、しかも自らもまもなく消滅する運命にある存在である。

第2節は、より静的な時空の構造をもち、夜宴の終了の時刻と情景に詩を引き戻す。夜空にかかる月を愛でるのはナイーヴかもしれないが、それは不可欠だ。なぜなら、まずは夜宴の書割としてそれを盛り上げるために。さらに、水面に映る月の反映は、夜宴が閉じたあと、それに執着する人々に夜宴の継続の幻想を授けてくれたのだから。ざっと以上が後半の流れである。

微光のオーラに包まれ、雲間に見え隠れする月を天空の舞姫に擬すたとえは、多分にロマンティックである。ランボーは広大幽玄な自然を前にした詩的感興を歌いながら、「すでに亡き花々」「巨大にして富み栄える」といった表現、「美しすぎる！　美しすぎる！」の感嘆の反復、末尾2句の幻想にうかがえるように、自己揶揄を滲ませている。ただし、パロディや戯画と呼べるほどあからさまでも攻撃的でもない。夜と朝のはざまの自然の景観に触発される、恥じらいまじりの嘆賞である。

〈女漁師〉〈海賊〉は、「仮面」「夜宴」とともに、何らかのスペクタクル(芝居、オペラ、舞踏など)を踏まえている可能性があるが(たとえば、バイロンの詩に想を得たアドルフ・アダン作曲のバレエ「海賊」、1856年初演)、正確なソースは突き止められていない。

［23］　*Ô saisons, ô châteaux...*《季節よ、城よ…》

リフレインを形成する第1、2、3、14の4句は6音節詩句、それ以外は7音節詩句である。第3、14句はそれぞれ単独で1節をなす。それ以外は2句ずつの組み合わせで平韻を形成する。六つの2行詩節の大半は半諧音の微弱な脚韻。

『地獄の一季節』「言葉の錬金術」で本篇が引かれる直前の記述はこうである――「〈幸福〉は私の宿命、私の悔恨の種、私を蝕む蛆(うじ)だった[…]//〈幸福〉よ！　死ぬほどに甘美なその歯が、雄鶏の鳴く時刻に、――アサニ、キリスト来タマヘリのときに、――このうえなく暗鬱な都会で私に警告した」 また、『地獄の一季節』の下書きのなかでこの詩が引かれるべき個所に、「幸福」というタイトルが記されている。

大文字書きの〈幸福〉(第5句)が、詩の主題をなすことはたしかであるが、その内実に関しては解釈が分かれる。大別して、同性愛が「魂」と「肉体」にもたらす幸福といった特殊な意味を読む解釈と、人は生きているかぎり幸福を追求せずにはいられない、詩や芸術もその手段にすぎないといった、一般的真理のレベルで「宿命」としての幸福を読む解釈とがある。『地獄の一季節』のなかで引かれるヴァージョンには後者の意味合いが強いのに対し、ここでは前者の解釈を許容する余地が大きい。版と文脈によって詩の力点がずれを見せる一例である。

第4-11句は特定の〈幸福〉が成就したと語る。特徴的なのは、3人称代名詞 il とその強勢形 lui、また所有形容詞 son が、〈幸福〉(第10句ではその〈呪縛〉)を受けながら、同時にその贈与者である人物を暗示するという両義性を帯びている点である。〈幸福〉とその源泉である人物が不可分であるかのように、3人称代名詞の屈折のなかに、また〈呪縛〉の1語に、両者が重ねられている。他方、詩の両端(第1-3句、14句)は、こうした〈幸福〉の称揚に憂愁の暈を着せる効果がある。第1、3、14句はリフレインとして、人間がつねに変化生成する世界で夢を紡ぎながら生きざるを得ない存在であることを言い、これと組み合わさった第2句は、「季節」の変化生成は必然的に人間の不完全性を規定し、だからこそ人は夢を紡がずにはいられないという論理を暗示する。

『地獄の一季節』の「言葉の錬金術」の終盤でこの詩を引くとき、ランボーは結びに2行を補い、否定的トーンを強調する。

L'heure de sa fuite, hélas !
Sera l'heure du trépas.

あいつが逃げていくときは、ああ！
まさに身罷るときだろう。

詩とはまさに〈幸福〉追求の手段であったので、それが無力であることが露呈すれば、あとは沈黙と死しかないという論理が前面に出てくる。

［24］ Honte（恥）

7音節詩句で書かれているが、第19句だけは8音節。脚韻は交叉韻(abab/cdcd/...)であるが、oreilles-merveille、Rocheux-Dieu のように単数と複数を組み合わせ、bête-traître が厳密な脚韻をなさないなど定型詩の規範は崩れている。

詩人は自分を断罪する他者の口調を介して自画像を描く。あるいは、自分を断罪する他者の語り口をもじりながらその人物を揶揄する。かっこに入った第2節とそれ以外の部分で異なる声音を演出しながら、詩人は糾弾される自分について心ひそかに「ああ恥ずかしい！」とつぶやく。それが表題の意味であるが、また「あいつに恥を！」という断罪の声の代弁とも解せる。

第1節と第3節以下は、怒りから憐憫(宗教的感情)に反転しがちなヴェルレーヌの心理(ランボーが「ロヨラぶり」と揶揄した面)のパロディ。同じくヴェルレーヌ的人物を登場させる「愚かな乙女」(『地獄の一季節』)の末尾にも、類似の転換が見られる——「いつの日か、あの人は見事に姿を消すでしょう。だけど、あの人がどこかの空に昇っていかなければならないのなら、私はそれを知らねばなりません、私のいとしい彼氏の昇天を、この目でちらりとでも見届けなければなりません!」「最も高い塔の歌」第5節でも、ランボーは自ら陥っている袋小路を語るのに、窮地における自己憐憫が信仰心に染められるヴェルレーヌ的心性のパロディを実践していた。

第2節では、詩人は自分を罵倒する者の口調を誇張しながら同調を装い、ひいてはその人間を揶揄している。

他人の目に映る自分の像を描き出すのみならず、自分を断罪する者を剽窃によって嘲笑する、だからといって、わが身を「恥じる」感情が消えるわけではない——詩はこうした心理の屈折を上演している。ランボー詩の倫理性を照らし出す1篇。

[25]　*Qu'est-ce pour nous, mon Cœur ...*
《おれの〈心〉よ、何なのだ…》

12音節詩句で書かれているが、最終句のみ9音節。脚韻は第1、3、5、6節が交叉韻、第2、4節が抱擁韻という変則的配置。furieux-feux、disparaissez–écrasés、allons-fond は、脚韻に代わるアソナンス。

1871年5月末のパリ・コミューン壊滅の数カ月後、同年秋から冬にかけてパリで書かれたという説と、翌年ベルギーでコミューン残党の政治亡命者たちと交わった際によみがえった記憶と情熱の産物という推測がある。古い秩序(「古い大地」)の復活を踏まえ、その想像上の破壊をテーマとする。散文詩「大洪水のあと」と類似の枠組をもつ。

ただし、この詩の特徴は、革命や復讐への情熱の持続を鼓舞する声(A)と対をなす形で、そうした一切を空しいとみなす、あるいはそれに二の足を踏む消極的な声(B)を配し、内的対話の形式を採る点である。内面に立ち昇る複数の声が交わす議論として詩が展開される例は、「渇きの喜劇」(本書未収録)「永遠」「黄金時代」「恥」など後期韻文詩には頻繁である。

詩の大半を占める(A)の声は、陰惨きわまる戦乱の光景を喚起しながら、コミューンを壊滅させた旧勢力への復讐を訴える。迫真法(イポティポーズ)(「地獄という地獄から立ちのぼる嗚咽のような長い雄叫び」)や神話的擬人化(〈北風〉)の修辞をちりばめ、一貫して演説調の雄弁で仮想敵を断罪しながら、「同胞」間の結束を呼びかける。他方、寡黙な(B)の声は、詩のなかで2度だけ、革命や復讐の企図への留保ないし恐怖を表明する(第5句「無意味だ！」／第19-20句「きっとぼくらは粉砕される！／火山は噴き上げ！　海は打たれ…」)。それは(A)の声への異議申し立てというほど強い主張ではなく、むしろその昂揚を刺激し増長する逆の効果しかもたない。

しかし(A)の声がはらむ全否定の運動は、「皇帝」や「連隊」や「植民地開拓者」にとどまらず、擁護すべき「民衆」をも断罪の対象としてしまう。そのアナーキーな昂揚は、世界そのものの崩落に巻き込まれる恐怖に転じる(「何たる不幸！　体が震えるのがわかる、古い大地が、／ますます君らに寄り添うぼくの上に！　大地が崩れてくる」)。最終句に読むべきは、恐怖をものともしない革命家の勇気ではなく、世界の崩落の恐怖に行きついた革命の空想からわれに返った「おれ」の、破滅はただの空想だったというほろ苦い安堵、しかもその皮肉交じりの告白だろう。

伝統的なアレクサンドランに則り、力強い雄弁を繰り広げる一方で、句またがりを多用し、寸足らずの9音節詩句を末尾に配して破調を生み出すなど、この詩には定型性を内側から揺さぶる意図が顕著である。定型詩のこうした破壊的書法は、詩にちりばめられた破壊のイメージを詩形に反映させたものと言える。

[26]　**Mémoire**（記憶）

アレクサンドランの4行詩節二つが1-5の各部を形成する。句頭は文頭と一致する場合を除いて小文字書きで、散文化への傾斜が顕著である。また、脚韻は抱擁韻(abba/cddc//effe/ ghhg//...)であるが、女性韻(無音のe)で統一されている点が特徴である(類例は《あれは舞姫か…》)。

21世紀に入ってから、この詩の前段階を示す別の手稿「呪われた家族」が公開された。その表題上部に「エドガー・ポーふうの」という副題が添えられている。そこでは句頭はすべて大文字で韻文詩の体裁を保っているので、「記憶」

以前のヴァージョンと推測される。ボードレールの仏訳を通じてランボーがポーを読んでいたことがわかるが、この詩とポー作品との関係の解明は、今後試みられるべき作業として残っている。二つの版ともに、句またがりを多用し、第20-21句のように2節にわたる句またがりもある。『地獄の一季節』の「言葉の錬金術」の下書きでは、心身の疲弊の極まりを例証する詩とみなされていた(「私は何日も眠りつづけた、そして[起きては]いたるところで[極端に悲しい]夢また夢を見つづけた。*記憶」)。しかし、結局引用されなかった。

詩は、早朝から日没後にいたる1日の時間の推移につれて変化する川の様相をたどりながら、そこに女性なるもの、母なるものの運命を透視し、その否定性が「ぼく」自身に憑依する過程を語る。それは、奔放な夢想と高度な構築性とが合わさった一連の形象化のプロセスである。

水→花→女の変容とパラレルに、「ぼく」が自らを投影する分身として「薔薇色のいとしい〈天球〉」(第16句)、〈彼〉(第21句)が登場し、詩の終盤にいたって〈ぼく〉は、動きの取れない小舟で難渋する老浚渫夫に、続いて不動の小舟に自分を重ねる。詩は、巨大な目と化した「水の眼」の底に沈殿するうかがい知れない「泥」につなぎ留められている感覚で結ばれるが、それは愛の不能という、水＝女が抱えた不幸が及ぼす呪縛に他ならない。その意味で、「呪われた家族」という異本の表題はきわめて暗示的である。

［ Dizain de l’album de Félix Régamey フェリックス・レガメのアルバムに記された十行詩 ］

［27］ *L’Enfant qui ramassa les balles...* 《砲弾を拾い上げた〈子供〉は…》

12音節詩句で平韻を踏む10行詩。

ロンドンに渡って間もない1872年9月、当地に滞在中の旧知の画家フェリックス・レガメをヴェルレーヌとともに訪ねたランボーが、レガメのアルバムに書き残した1篇。高踏派の詩人で戯曲や小説も書いたフランソワ・コペが好んだ10行詩の形式で、コペの偽署名を添えたパロディである点では、「戒厳令？」など『ジュティストのアルバム』に寄稿した「コペ物」10篇に類する。2年前の8月2日、普仏戦争の口火を切った「ザールブリュッケンの戦い」での優勢を皇后に伝える電報に、ナポレオン3世は随行した皇太子が「戦火の洗礼」に動じることなく、近くに落ちた砲弾を勇敢にも拾い上げ、その健気さにフランス軍将校たちが涙した、云々と誇張的に書き綴った。これが世間に広まり、反体制派(共和派)に戯画やパロディの格好の素材を提供することになった。前期韻文詩「ザールブリュッケンの華々しい勝利」(本書未収録)はベルギー版画のカリカチュアをなぞる体裁を採っていたが、ここでは皇太子に照準を当てて同じ素材を取り上げている。

ランボーは、思春期を迎えた皇太子が、父親の後継者として軍事的勲功を夢見ながら、現実には戦場に赴くことも女性と交渉をもつことも恐がり、もっぱら孤独な快楽(自慰)の〈習慣〉に閉じこもっているとほのめかす。brèches(突破口＝女性器)、Enghien(アンギャン水)＝engin(ペニス)などの猥雑な言葉遊びや、jouet(おもちゃ)、œil[…]/Approfondi(深い色をたたえた目)、solitude(孤独)、Habitude〈習慣〉など性的暗示に満ちた一連の両義的表現を重ね、末尾2行におけるsolitude-l'Habitude の韻で、「孤独」な〈習慣〉の内実を意味と音の両面で決定づける。ランボーの自注は、アンギャン水を噴霧状にして吸い込む器具を売り出す当時の宣伝文句の借用であることの説明を装いながら、皇太子が自慰行為に耽るあまり衰弱して療養中であることを、「深い色をたたえた目」＝疲労困憊して落ち窪んだ目への言及とともに暗示する。何ひとつ明言せずにすべてを語るパフォーマンスである。

定型からの脱却

「定型詩のしくみ」で確認したように、一般にフランス詩は、12、10、8 という 3 種の偶数音節のどれかからなる詩句で書かれた。しかし 19 世紀の後半になると、従来の定型韻文と詩的感情との齟齬が感じられるようになる。

奇数音節詩句

その表れのひとつが、奇数音節詩句の奨励と実践である。ヴェルレーヌは、ブリュッセル事件(389 頁を見よ)後に服役していたモンス(ベルギー)の監獄で、17 世紀の高名な詩論家ボワローの「詩法」の向こうを張って(あるいはそのパロディのように）、彼独自の「詩法」*L'Art poétique* を書いた。それはこのように始まる。

> De la musique avant toute chose,
> Et pour cela préfère l'Impair
> Plus vague et plus soluble dans l'air,
> Sans rien en lui qui pèse et qui pose.
>
> 何よりもまず音楽を、
> それには、よりおぼろげに大気に溶け込み、
> 重苦しさや気取りのみじんもない
> 〈奇数脚〉を好んで用いよ。

ヴェルレーヌはまれな9音節詩句（ennéasyllabe）を用い、奇数音節詩句を推奨する詩をまさにその形式で実践している。

奇数音節詩句は、古くは16世紀プレイヤード派のロンサールが用い、19世紀前半には、ランボーが発見し、ヴェルレーヌにその存在を教えた女性詩人マルスリーヌ・デボルド＝ヴァルモールが好んで使った。ランボーは「我慢の祭」4部作中の第2-4篇で5音節詩句（pentasyllabe）を、「恥」や「季節よ、城よ」（リフレイン部分を除く）では7音節詩句（heptasyllabe）を用いている。「言葉の錬金術」（『地獄の一季節』）冒頭には、「近代詩の御大家など取るに足らぬと見下し」、「間抜けなリフレイン、無邪気なリズム」を「愛した」という記述がある。短い奇数音節詩句の選択は、今や形骸化したと感じられる高尚な形式から詩を引き離し、民衆的俗謡に近づける企てだった。ただし、ランボーの後期韻文詩が、その形式的単純さに反して、あるいは単純さゆえに、難解であるのは見てのとおりである。

母音のみの押韻(アソナンス)と子音のみの押韻(コントル・アソナンス)

定型からの脱却が脚韻の面でも起きている様子を、「永遠」(116–119 頁)を例に見てみよう。この詩の脚韻配列は abab/cdcd/... の交差韻であるが、その厳密さは相当に緩和されている。第 1 節の 4 句の末尾には、retrouvée / L'Éternité / allée / soleil の語が並び、第 1 句と第 3 句は[e]1 音素だけの貧しい脚韻(女性韻)を形成するが、第 2 句と第 4 句は押韻せず、いかなる類似音ももたない無韻句(vers blanc)である。第 2 節の 4 句の末尾には、sentinelle / l'aveu / nulle / feu の語が並び、第 2 句と第 4 句は[ø]1 音素だけの貧しい脚韻(男性韻)を踏む一方、第 1 句と第 3 句は[nɛl]-[nyl]と、両端の子音は共通であるものの(CVC の音節)、核となる母音が異なる。後続節の élans / selon、seules / s'exhale も類似の例である。

母音 1 音だけが共通でそれに伴う子音が異なる貧しい脚韻は、アソナンス(assonance)とも呼ばれる。逆に、子音が共通で母音の異なる句末の類似音はコントル・アソナンス(contre-assonance)と呼ばれる。ランボーの後期韻文詩では、science / patience のような遊戯的とも言える豊かな句内韻(rime intérieure)が例外的に残存する箇所もあるが、一般に脚韻が弱まり、アソナンスやコントル・アソナンスにとって代わられる傾向が顕著である。偶数音節の堅固な枠組を崩すばかりか、硬直的脚韻からも詩句を解放し、真率なリズムと、句末のニュアンス豊かなハーモニーを実現する狙いがある。

自由詩

詩句の自由化がさらに進む 19 世紀末には、ジュール・ラフォルグやギュスターヴ・カーンらによる自由詩(vers libre)が出現し、広く流布する。各行の音節数はまちまちで、脚韻を踏まないだけでなく、アソナンスやコントル・アソナンスへの配慮もなくなり、規則的な詩節(strophe)分けも行なわれなくなる点で、従来の韻文の特徴を失う。反面、行頭が大文字書きで、1行の長さが散文の1フレーズよりも短く、改行されるので、句またがりが起きる点に、韻文の名残が認められる。これがなお韻文と呼べるとすれば、一句が意味・リズム上のひとつのまとまりをなす点、言いかえれば、詩人の呼吸や内的リズムに呼応するかぎりにおいてである。ただし、文節ごとに改行した形式的操作にすぎない場合も多い。『イリュミナシオン』中の「運動」と「海景」の2篇(ともに本書未収録)は、しばしば自由詩の先駆けとみなされる。

Le mouvement de lacet sur la berge des chutes du fleuve,
Le gouffre à l'étambot,
La célérité de la rampe,
L'énorme passade du courant,
Mènent par les lumières inouïes
Et la nouveauté chimique
Les voyageurs entourés des trombes du val
Et du strom.

(*Mouvement*, début)

大河の落下の土手に描き出すジグザグ模様が、
船尾のうず潮が、
傾斜路の猛烈な速度が、
行きつ戻りつする巨大な水流が、
未知の光のなか、
化学の新しい発明の力を借りて、
谷の竜巻と奔流(シュトローム)に翻弄される
旅人たちを運んでゆく。

「運動」冒頭

> これに対し、『イリュミナシオン』の大半を占める散文詩は、もともと散文で書かれる詩であり、定型詩が徐々に崩れて自由詩にいたるプロセスとは別のコンテクストにおいて捉えるべきものである。

III
Une saison en enfer（texte intégral）
地獄の一季節（全文）（1873年）

1854年10月生まれのランボーは、『地獄の一季節』の執筆時にはまだ19になっていなかった。ここには幼少期への言及もあるが、執筆の直接の動機となっているのは、パリに出てからブリュッセル事件にいたる2年間の経験である。しかも作品の執筆は、それに素材を提供する実存と一部パラレルに進行する。これは、並外れて早熟な10代の若者が書いた精神的自伝であるには違いないが、きわめて特異な自伝である。

それはまず、作者の近い過去、遠い過去から素材を汲み、自作の引用まで含みながら、過去の表象を目的とするものではないからだ。9篇の散文からなる物語は、この世から「地獄」に落ちた「私」──ときに「おれ」、ときに「ぼく」がふさわしい──が、オルペウスのように、あるいはダンテのように、地獄の出口を求めて苦しげに彷徨する「地獄巡り」の虚構的枠組をもつ。そしてこの「地獄」はおおむね、救済の可能性から見放された死者たちが永遠の劫罰を受ける場所、というキリスト教が流布したヴィジョンを踏まえるが、一部には、古代ギリシア・ローマ神話の表象する地獄（ハーデス）の要素も混じっている。

こうした虚構化する自伝、あるいは自伝性の濃い虚構は、「地獄」が1個の隠喩であることを示している。「地獄」とは、地獄のような生、生のなかの地獄、つまり実人生のある種の様相のたとえに他ならない。地獄の内も外も、すべては人生、現世なのである。「地獄の一季節」« une saison en enfer » とは、「地獄で過ごした一季節」« une saison passée en enfer » である。元来は、神から見放された人間が劫罰を受けながら永遠にとどまるはずの「地獄」に、「一季節」だけとどまるという設定である。この表現は、話者の人生の一時期が地獄のような苦難に満ちていた、の意に解するのが最も一般的だろう。しかし、「一季節」の限定性にアクセントを置けば、話者の経験した地獄のような生活も今や終わった(終わろうとしている)、とも読める。第二の含意は、作品を書くことが人生の新たな局面を拓くという、この作に固有のパフォーマティヴな性格に直結する。

［**28**］　＊＊＊＊＊

序文は、「地獄」に落ち、「サタン」への隷従を強いられるようになった「私」が、疲弊の極で、今の境遇にいたった道程を回顧し、堕地獄以前の楽園的世界に戻りたいという衝動に囚われるものの、サタンに諫められ、地獄にとどまるように諭されるやり取りが上演される。サタンの怒りを当面なだめるために、「地獄落ちの手帳」から引きちぎって献呈される「無残な何枚か」の紙葉が、以下の8篇の物語にあたるとされる。

この序文は、本文が書かれたのちに、それを包括的に展望しながら読者に提示する序文の役割を担うと同時に、サタンへの献辞にもなっている。序文と献辞が合わさった先例として想起されるのは、『パリの憂鬱』の序文＝献辞「アルセーヌ・ウーセに」である。しかしボードレールのそれを含む序文＝献辞一般に比して、この序文は二つの点で特異である。第一に、献辞の受け手が、実在の作品外人物ではなしに、架空の作中人物「サタン」である点。第二に、序文が備えているはずの、本文を包括する展望を十分に備えていない点である。「訣別」の末尾で語り手は、「地獄」の出口に立ち、「地獄」に関わるすべてに対して感情的に超脱し、来るべき「暁」、「地獄」以後を見据えている。一方、序文の「私」は、「地獄」脱却の可能性について絶望し、一瞬「昔の宴」への回帰を夢見たことでサタンの叱責を受けている。脱「地獄」の展望において、序文は「訣別」の手前に位置しているのだ。作品の内的整合性からすれば、破綻ともいえるこの非論理をどう受け止めるか。それが読解のひとつのポイントになるだろう。

反抗が本格化する局面における「私は人間らしい希望の一切を、精神のうちで気絶させるにいたった」(第５段落)の記述には、ダンテ『神曲』「地獄篇」第３歌に登場する地獄の門の銘、「われを過ぎんとするものは一切の望みを捨てよ」(平川祐弘訳)への目くばせが認められる。

［29］　**Mauvais sang**（賤しい血）

序文に続く最初の物語において、話者はキリスト教的価値

(救済、慈愛)に惹かれる「異教徒」としてふるまう。キリスト教以前のガリアの先祖への帰属を標榜し、中世以降ヨーロッパ社会の中枢からつねに排除されてきた第三身分(近代では「民衆」)の境遇を思い返す。また、改宗を強制された「ニグロ」のドラマ、進軍を強制される脱落兵士の悲惨を演じる。そうかと思えば、「何度も監獄の扉の向こうに連れ戻される手に負えない徒刑囚」を追いかけてその聖性を嗅ぎ回る子供の一体化願望を、自らの思い出として披露する。1873年5月のドラエー宛手紙で、ランボーは執筆中の『異教徒の書』または『ニグロの書』に言及している。「賤しい血」は、「地獄」というトポスに必ずしも結びつかない思索によって、「異教徒の書」または「ニグロの書」のタイトルに最も適うパートである。

その『異教徒の書』または『ニグロの書』についてランボーは、「こいつはばかげて無邪気なものさ。ああ、無邪気！無邪気、無邪気、無邪…、うるせえ！」と自嘲していた。「賤しい血」でも、「無邪気」innocenceの語は両義的価値をまとってしばしば話者の口にのぼる(第4、7節)。この手紙から『地獄の一季節』が書き上げられる同年8月までの3カ月間に、ヴェルレーヌとの決定的破局(ブリュッセル事件)を経験し、作品の構想自体が大きく変わったとしても、「賤しい血」こそ『地獄の一季節』の構想の起源をとどめるパートと考えられる。ここに読まれるのは、『地獄の一季節』の前提条件となる、「おれ」の存在基盤をめぐる思索である。

「賤しい血」とは、「獣の皮を剝いで草を焼く、当時最も無能な民」で「偶像崇拝に、瀆聖への好み」をもっていたガリアの先祖から、話者が受け継いだ生来の劣等性である。「異教徒」の血、「劣等種族」の血である。しかしこの「賤しい血」のもち主は、キリスト教が説く精神的感情的昇華に憧れを抱いている。同時に、宗教権力の行なう迫害、選別、強制的洗礼を、政治的社会的権力の行なう弾圧や植民地搾取と同列のものとして――あるいは両者の結託を――告発する。異教徒ないしニグロの自分は獣のように粗暴かもしれない、しかし異教徒であるからこそ原罪を負わず、無垢(無邪気)なのだ、それに引き換え、粗暴なだけで無垢ではない、「お前らは偽(にせ)ニグロだ、偏執的で、獰猛で、強欲なお前らは」――という論法で、自らの劣等意識の反転を図る(「地獄の夜」には「地獄は異教徒を攻撃できない」という1句がある)。

しかしこうした思考は、しばしば堂々巡りに陥る。ひとつの想念が断言されるたびに超脱が起こり、揶揄が向けられる。そしてだれに語るともなく繰り広げられるモノローグの言葉は、しだいに飽和し、単語の列挙や叫びへとほつれる。それがとくに顕著なのは、第4節(「さあ！　前進だ、重荷だ、砂漠だ、倦怠だ、そうして憤怒だ」)と、第8節(「撃て！　おれを撃て！　ここを狙え！[…]ああ！…」)である。8節中、偶然この2節のみ下書きが現存している。下書きと印刷版を比較すると、話し言葉の解体を演出するのに、ランボーがいかに推敲に心を砕いたかがわかる。思考の劇であると同時に言語変質の劇でもある『地獄の一季節』の特徴を、この最初の物語が例証している。

［30］ Nuit de l'enfer（地獄の夜）

タイトルが示すように、話者は「地獄」の時空間に身を置き、そこで経験する感覚、感情、想念を実況中継さながらに語る。「賤しい血」における「異教徒」とは違って、ここでの話者は「洗礼の奴隷」である。経験と言説の同時進行は、物語を舞台上の独り芝居のように響かせる。しかし、地獄の業火に焼かれる擬態にもかかわらず、話者がいるのは**生のなかの地獄**である。サタンはまた、話者をこの「地獄」に留め置きながら、彼の脳裏に一種の楽園のヴィジョンを繰り返し明滅させる(第2、5、6段落)。しかもそれが手の届かない幻想であることも同時に思い知らせる―「なのに依然この世だとは！」／「この世だ、なおも！」いよいよ苦悩を募らせる話者は、地獄でも天国でもない第三項を探し求める。それは「虚無」である(「罪をひとつ犯させてくれ、さあ早く、人間の法によって虚無に落ちていくように」)。死んでしまえば、**もはやこの世ではない**からだ。

ほぼ全体が話者のモノローグで占められる『地獄の一季節』で、話者以外に発話の機会を与えられるのは、サタン(悪魔)と〈愚かな処女〉のみである。序文で話者の意志薄弱を叱責していたサタンは、「地獄の夜」前半部に再登場し話者と対峙しつづけるが、直接には一言も発さない(その言葉は間接話法で伝えられる)。しかしたえず誘惑者、嘲弄者としてふるまう。しばしば行なわれてきたように、サタンをだれか実在の人物(たとえばヴェルレーヌ)と無条件に同一視するモデル小説めいた読み方は、この作品には通用しない。サタンはあくまで、話者の「生のなかの地獄」の地平で力を奮う虚構の人物、ファウストにとってのメフィストフェレスに似た、そして何より、イエスを試す悪魔に近い存在である。

事実、キリストとの類比における自己描写は、『地獄の一季節』を通じて見られ、とくに「地獄の夜」で顕著である。第5段落後半の試練の描写は、悪魔の誘惑を受けるべく〈霊〉に導かれて荒れ野に赴くキリストの試練(「マタイ福音書」4, 1-11ほか)との強い類似を感じさせる。物語後半の第10段落以降、話者は不意に、世界の奥義を極めた学者か、大道で大規模なショーを披露する手品師のような口上を始めるが、観衆の反応が不在のまま、まもなく彼の口上は傷ついた贖い主のそれに転調する——「皆さんを慰めてあげたい、私の心を皆さんに振りまいてやりたい、——すばらしい心を！——哀れな男たち、労働者よ！　私は祈りを求めない。皆さんの信頼さえあれば、私は幸せだ」　このせりふは、いわゆる聖心(サクレ・クール)信仰への暗示であるだけでなく、たとえば、「疲れた者、重荷を負う者は、だれでもわたしのもとに来なさい。休ませてあげよう」(同書11, 28)に酷似している。さらに、贖い主の慈愛が自己愛に根差していることが露呈するとき(「皆さんの信頼さえあれば、私は幸せだ」)、口上のパロディ性が明白になる。『地獄の一季節』を書くランボーがキリストに強い関心を寄せていたことは、下書きと同じ紙葉の裏面に記された「福音書に基づく散文」(本書未収録。このタイトルは後世の便宜的命名)の示すところでもある。

この物語では話者は、決定的な虚無(本物の地獄)にいたることも(「おれに喰らわせろ。喰らわすのだ！　刺股(さすまた)のひと突きを、火のひとしずくを」)、生の「宴」に向かって再生することも叶わないまま、彼を消尽することなく焼きつづける「火」に囚われ、疑似的な「地獄」の「夜」の底にとどまる。「おれ」は完全に「サタン」の手中に落ちている。

[31] Délires I　Vierge folle
(錯乱 I　愚かな乙女)

『地獄の一季節』の中心部には、「錯乱」の副題で束ねられた二つの長い物語が配されている。一方は実存のレベルで、もう一方は詩作のレベルでランボーが行なう二重の自己総括である。「錯乱」délire とは、高熱や悪夢に起因するうわごとでもあり、2篇がともに狂気と苦痛のしるしのもとに展開することを暗示している。どちらも独立性の高い物語で、一見したところ、地獄巡りの歩みには直接関わらないように見える。「愚かな乙女」は話者が一時的に語り手の役を他人に譲ることで繰り広げられる幕間劇で、「言葉の錬金術」は過去の自作を遡行的に評価する物語だからである。しかしともに、『地獄の一季節』全体のなかにそれらを組み込むための冒頭句と結句を備えている。

「愚かな乙女」は、カップルの間の愛(慈愛)の問題を扱う。テクストは戯曲のように書かれ、演劇的な構造をもっている。冒頭「地獄の道連れとなったひとりの男の告解を聞こう」により、〈地獄の夫〉なる人物がいきなり狂言回し役で、自分の連れ合いの懺悔を導入する。そのあとは終始舞台の袖で聞き役に回り、最後の最後に「おかしな夫婦だ！」の1句を放つ。「道連れ」compagnon が男性形であるにもかかわらず、女の声が語りはじめるので読者＝観客は面食らう。

〈愚かな乙女〉に、受動的で感傷的で淫蕩で優柔不断なヴェルレーヌ的人物を透かし見るとともに、「子供同然」で「お国言葉」をしゃべるが精神的には大人で、道徳的、形而上的なことがらに心を砕き、「魔法がかっ(た)」慈愛、で相手を翻弄する〈地獄の夫〉にランボー的人物を見るのは、自然な類推である。ちなみに、ヴェルレーヌ自身、そのように直感していたことを示す手紙を残している。しかも〈愚かな乙女〉が引用する〈地獄の夫〉のせりふには、野蛮で逞しい先祖への一体化願望(「賤しい血」)や労働拒否(「稲妻」)のように、『地獄の一季節』の他の物語で反復変奏される言辞が少なくない。

本篇の発想源は、「マタイ福音書」(25, 1-13)に読まれる、五人の賢い乙女と五人の愚かな乙女のたとえ(パラボル)とされる。しかし、そこには「地獄の〈夫〉」は登場しない。このたとえとランボーのテクストとの共通点をあえて挙げれば、迂闊さゆえに花婿に拒まれた愚かな乙女という点にとどまる。しかもランボーは、容易に興奮し恍惚となるヒロインを造形しながら、「愚かな乙女」vierge folle の語義を「身をもち崩した女」のほうへずらしている。むしろ注目すべきは、ありきたりのカップルの痴話喧嘩にも似たメロドラマが、大文字書きの物々しい名前とともに、神話の巨人族の闘争さながらに上演される滑稽さである。揶揄の標的は、滔々とヒステリックな懺悔を続ける〈愚かな乙女〉だけではない。彼女の懺悔を通じて、懺悔を演出する〈地獄の夫〉その人の肖像が描き出され、彼もまた滑稽を免れない。子供の素朴さと超人の不可解さを合わせもち、優しいかと思えば粗暴になり、民衆の救い主を買い被りながらじつは無能なほら吹きにすぎない男のように印象づけられる。揶揄の主体に揶揄が跳ね返ってくる構造は、後期韻文詩中の「恥」にも認められた。また、〈地獄の夫〉と対置される〈神なる夫〉も、この巨人劇の登場人物に仕立てあげられる。〈愚かな乙女〉の懺悔は、瀆聖の極みでもある。

一貫して話者の視点から語りが展開される『地獄の一季節』にあって、このパートでは例外的に、他者を演出する話者の視線と、話者を捉える他者の視線とが交錯して、意識と視線のプリズムが生まれる。「魔法がかった慈愛」の意志的実践と相手方の完全な無理解という齟齬の劇を上演しながら、ランボーは他者の意識を鏡として新たな自己定義を試みていると言える。

［32］ Délires II　Alchimie du verbe
（錯乱II　言葉の錬金術）

「錯乱」2部作の後篇の冒頭で、『地獄の一季節』の話者は、前篇で他人に委ねていた語り手の役割を取り返す（「私が話す番だ」）が、その際彼は詩人を名乗る。彼は自分の美的嗜好の形成を語り、実作の歩みを総括する。散文の記述を例証すべく5カ所に挿入された計7篇の韻文詩は、ランボー自身の作である。これらの事実は、「言葉の錬金術」の虚構性を弱め、これを詩人ランボーの自伝とみなす根拠を与えるかに見える。

反面、この物語は、本物の自伝であるにはあまりに構築性が高い。散文と韻文を交互に配し、劇的抑揚をはらませた展開は、オペラにおけるレチタチーヴォとアリアの交代を思わせる。もともとランボーは、「ヴォワイヤンの手紙」に見られるように、しばしば詩を手紙中に清書して師や先輩詩人に送っている。「言葉の錬金術」にはそれに類似したアンソロジー的提示をみることができる。散文と韻文の5回の交代は、ラシーヌ悲劇5幕物とのアナロジーさえ想起させるうねりを含む格調高い構成であるが、最後にコーダのように付け足された散文の記述「それも過ぎたことだ。私は今では美に挨拶ができる」により、その調和があえてかき乱されているかのようである。詩的実践を跡づける記述は、「手始めは」→「ついで私は」→「ついに、幸福よ、理性よ[…]」のように段階づけの明確な指標とともに、詩的冒険の放物線の登り坂を描いている。絶頂を画すのが「私はとてつもないオペラになった」の1句である。

散文が話者の現在に対応する批評的視点から発されているのに対し、韻文はその時点では完結した時間に属している。また、散文の記述が、話者の幼少までさかのぼる広い時間をカバーする(「久しい以前から私は、ありうるかぎりの風景を手中にしていると自負し[…]」)一方で、引用されている詩の日付は1872年春から夏に集中している。散文の拡散と韻文の凝縮との鮮明な対照は、何を物語るだろうか？――ここに引用された韻文詩は、まさに詩人の「地獄の一季節」において生み出され、それを照射するものではあるが、今や詩人はその「一季節」を憎み、そこからの脱却を望んでいる以上、これらの詩自体が忌むべきもの、唾棄すべきものとして引き合いに出されている。

「言葉の錬金術」は一詩人の個人的文学史にとどまらない。多分に様式化された詩的営為の回顧の大部分は、それを担った主体の肉体と精神の変容の記述に充てられている。詩作の総括を行なう以上に、主体の心身の変調をたどることに力点を置いている。「単純な幻覚」とは、あるものの代わりに別のものが見える現象であるが、それがまずあり、それを言葉で翻訳し増幅するのに「語の幻覚」、すなわち「言葉の錬金術」を駆使するという順序がある。「言葉の錬金術」は、**存在の錬金術**を前提とする企てである。

ランボーの短い詩作のキャリアの中核をなす位相に、1871年5月15日の「ヴォワイヤンの手紙」をマニフェストとし、2年後の「言葉の錬金術」を決算とする、「狂気の詩学」と呼べる企図を想定することができる。「手紙」は、詩人が「ヴォワイヤン」になるには「**五感すべて**の、長く大規模な理詰めの**攪乱**」に身を委ねなければならないと説いていた。「ありとあらゆる形の愛、苦しみ、狂気」が奨励され、「えも言われぬ拷問」に身を委ねなければならないと言われた。その拷問を乗り越えるには、「ありったけの信念と、ありったけの超人的力を必要とし」、それを経れば、「偉大な病人、偉大な罪人、—そして至高の〈学者〉になる」と言われた。それは決算の「錯乱」「愚行(気違い沙汰)」「幻覚」「生きたのだ、**自然のまま**の光の金の火花となって」「脳髄に溜まった呪縛」等々と響き合う。それはランボーが、詩作を通じてそのような「狂気」を実際に生きたことの証拠にはならない。たしかなのは、彼が自らの営みを狂気のしるしのもとに表象しようとしたことである。

逆に、「母音」への言及を除いて1870–71年の前期韻文詩への言及がなく、とりわけ『イリュミナシオン』の散文詩への言及がないのは、それらが話者の(ひいては作者の)実存における「地獄の一季節」とは無関係で、断罪の対象にはならないからである。

［33］ L'Impossible（叶わぬこと）

これ以降、終盤の四つの物語では、地獄の出口に向かう手探りが描かれる。それは直線的な前進にはほど遠く、脱線、足踏み、意気阻喪、後退が頻繁な、苦しいジグザグである。

「叶わぬこと」では、「賤しい血」同様、観念的な思弁が展開される。ただし、「下界にはわれわれ地獄落ちが相当います！」の1句が示すとおり、この物語は、「賤しい血」とは違い、生のなかの地獄(地獄のような生)の時空に緊密に結ばれている。自分自身との対話を基調に、不在の人物との架空のやり取り(活喩法(プロゾポペ))を挟みながら、東洋の「始原の、そして永遠の叡智」への回帰の夢が、西洋のキリスト教と哲学によって回収され、西洋的属性に還元されるさまが演出される。

しかし、この夢にとって最大の障害は、話者自身の「精神」である。それは西洋的カテゴリーにがんじがらめに規定されているからだ。識別力を授ける能力であるはずの「精神」esprit と、大文字書きの同一語〈聖霊〉Esprit との混同を自嘲的に演じながら話者が発する「精神を通じて人は神へといたる！」の1句に集約されるように、「叶わぬこと」とは、東洋の叡智への回帰の不可能、より正確には、その回帰を阻む西洋的思考範疇からの脱却の不可能である。

［34］ L'Éclair（稲妻）

あたかも、漆黒の「地獄の夜」に亀裂を走らせる可能性を秘めた「稲妻」のように、地獄落ちの話者の脳裏を掠めるのは「人間の労働」、19世紀の一大宗教となった科学と進歩への信仰に基づく生産活動である。しかしこの稲妻は、そのつど一瞬にして消え、持続的な導きの灯明にはならない。ここにいたるまでも、「生業と名のつくものはすべてぞっとする」(「賤しい血」)、「絶対に働いたりしないぞ」(「愚かな乙女」)と、労働の拒否が一度ならず表明された。同時代人一般の信仰を提示するのに、「伝道の書」の「すべては空しい」を転倒して「空しいものなどあるものか」と言うのは、パロディによる揶揄の意図にとどまらない。「地獄」脱却の手段として「労働」を思い浮かべてはたちまち追い払う話者にとって、「労働」は「祈り」の対極に、科学は宗教の対極に位置するからだ。

労働は勤勉と忍耐を前提とし、科学は日進月歩である。一方、祈りは即座に聞きとられ、神は光のなかに瞬時にして顕現する(「ヨハネ福音書」冒頭)と宗教は説く。しかし「おれ」は、前者の緩慢さにも、後者の奇跡めいた迅速にも信を置けない。そして選びとるのは、第三の項「なまくらを決めこ」むことである。それも、他に重要な任務を負っているかのように装う狡智を自ら告白する。ところが、扮すべき怠惰な人物の列挙は、宗教の磁場に引き込まれていく。「司祭」の想起を起点に、「聖なる香の番人、証聖者、殉教者…」と宗教的偉人像の列挙が続く。否定したつもりのカテゴリーに否応なしに回収されてしまう思考の袋小路である。この運動は「叶わぬこと」でも見られた。それを幼時に植えつけられた教育のせいにするのも、ここがはじめてではない。「地獄の夜」では、「公教要理の執行だ。おれは洗礼の奴隷だ」と言われた。

ここでは、そうした原因論的な自己分析には拘泥せず、無頓着に怠惰の道を続けるそぶりを見せる。しかし話者を切実に捉えているのは死の問題であり、それに比べれば「労働」の苦労も、怠惰に対する世間の処罰も軽微に見える(「労働などおれの誇りにはいかにも軽すぎるし、世間へのおれの裏切りは責苦としては短すぎよう」)。「病院の寝台で、お香の匂いがひどく強烈に蘇ってきた」に、ブリュッセル事件への暗示を読む必要はない。『地獄の一季節』では、しばしば死の切迫や恐怖が語られる。「つい最近のこと、**ギャー**！と絶命の叫びを上げそうになってから[…]」(序文)、「死を愛する勇気を欠くとは、なんと老嬢じみてきたことか！」(「賤しい血」)、「私の身罷るときは熟し、自分の弱さに導かれるままに、この世と、闇と旋風の国キンメリアとの境まで、危難の道をたどっていった」(「言葉の錬金術」)等々。

『地獄の一季節』の語りを特徴づける、もうひとりの自分との内的対話(対話的モノローグ)が、末尾3段落でとくに顕著である。身体所作を多分に交えた感情的語りを繰り広げる「稲妻」は、結局「地獄」脱却の端緒を素描することもなく、堕地獄の永遠性の再確認で結ばれる。

［35］ Matin（朝）

「地獄の夜」と対照的な「朝」というタイトルは、地獄巡りの終わりが近いことを告げる。一時的に後退することでタメを作り、新たな前進のエネルギーとするのが『地獄の一季節』の語りに特徴的な様態であるが、話者はここでもう一度、序文冒頭のような、黄金時代からの失墜神話を変奏して見せる。単純過去形の修辞疑問文に、童話特有の「**一度は**」を挟み(N'eus-je pas *une fois*...?)、「青春」を修飾する三つの形容詞(「愛すべき、英雄的な、とてつもない」)をクレッシェンドの効果が出るように並べ、さらにだめ押しのように「黄金の紙片に書き記すべき」の1句を加える。第1文は、話者の「青春」を歴史化するにとどまらず、神話化する。

「稲妻」までの語りと比べて、「朝」冒頭では、地獄巡り終盤の重要な局面にふさわしく、格調高い雄弁口調が支配的である。「どんな罪ゆえ、どんな過ちゆえに」の反復も、「[…]と言う君たちよ、[…]を語ってくれないか」(Vous qui prétendez que[...], que[...], que[...], tâchez de raconter[...])の論争的口調も、この文体的効果に与っている。これは、序文でサタンに差し向けられたせりふ「作家には描写や教訓の才がないのがお好きなあなただから、[…]を進ぜましょうぞ」(vous qui aimez...)を想起させる。

ところが、「朝」の題や高尚な文体にもかかわらず、ここで話者が訴えているのは、語りつづけること、語りきることの不能である。彼は今後の語りを他人に肩代わりさせようとするかのようである。しかしまた、これ以上語りつづけられないけれどもほぼ語り終えた、とも言っている(「だが、今や私は、自分の地獄の物語を語り終えたと思っている。あれはまさに地獄だった」)。「地獄」を語ることでそこからの脱出を図るスピーチ・アクト的語りが『地獄の一季節』の最も重要な特質のひとつであるが、「朝」はその種の語りの典型である。地獄の物語(la relation de l'enfer)の終焉をもって、地獄との関係(la relation avec l'enfer)の終焉にしたいというのが話者の意図である。

しかし「朝」では最後まで朝は到来しない。世界はこれまでと変わらぬ「地獄の夜」のなかにあり、「私」の内にあっては、導きの三つ星であるはずの「心」「魂」「精神」も動く気配がない。話者はいつ出発するのかと自問している。物語の結びは、沈滞、疲弊の印象が強い。しかしその澱みのなかで、「新たな仕事」「新たな知恵」に基づく「地上の降誕祭」という脱宗教的な夢が標榜される。実現態にはほど遠い「朝」のヴィジョンを見据えながら、単調な歩みを忍耐強く引き受けようとする語りは、鬱屈と昂揚の混じり合う独特の文体的魅力を生んでいる。

なお、第3段落は、キリスト像の破壊的書き換えにして内在的メシアニズムの色濃い『イリュミナシオン』中の1篇「精霊」との、とくにその最終段落との、語彙、モチーフ、文体の強い類似を示している。

［36］　**Adieu**（訣別）

結びの物語「訣別」は横線で区切られた2部からなるが、前半部から後半部への移行のなかで、最後の大きな認識論的変化が演出される。

前半部の話者は、長く逗留した「地獄の夜」をついに抜け出して地上の光のなかに出た人が、季節の移ろいに驚いているかのようである(「地獄の夜」で、「ああ、そうだ！ 人生の時計は先ほど止まってしまった。おれはもうこの世にはいない」と言われたのとは逆の状況)。「秋」の到来の感慨は、冒頭2段落で反復される。「地獄」は劫罰の火や夏の灼熱に結びついていた。「秋」の確認は「地獄」の終焉を暗示する。同時にそこには、生命が燃え盛る夏をむだに過ごし、収穫の秋になっても刈り取るべきものが何もないという悔い(regret)が滲んでいる。「秋」はまた、「1873年4月-8月」という作品の執筆期間の末尾にも対応する。地獄巡りの虚構が、作者の自伝と浸透し合う一瞬である。

ここでも、作品を特徴づける「私」の分裂による対話的モノローグが作動しており、時の流れに左右されない価値(「神々しい光」)を追求しているのであれば、過ぎ去った夏を惜しむ必要などない、と説諭するもうひとりの「私」がいる。第1部の「私」をなお「地獄」に引き留めるものが二つある。ひとつはまさに「最後の未練」(derniers regrets)であり、もうひとつは「友の手」の欲求、すなわち孤独への不安である。

未練の克服は、地獄の悲惨と恐怖を最後にもう一度生々しく呼び起こしたうえで、決定的に唾棄するという形で企図される(第2段落)。そこには、諸家の指摘するように、「ヨハネ黙示録」第18-19章で神に焼き払われる大淫婦＝バビロンの都や、ダンテの『神曲』「地獄篇」第8歌において、悪魔が重罪人たちを支配する、永劫の火に包まれた町ディースのイメージが投影されている可能性がある。同時に、「ああ！ぼろぼろの衣服、雨に濡れたパン、酩酊、私を苛んだ数しれぬ恋！」といった記述は、「賤しい血」第5節冒頭や「叶わぬこと」冒頭に読まれた話者の、ひいては作者の、往時の放浪の記憶が変奏されているように見える。問題は、悲惨や挫折の記憶が陶酔の部分を含んでいることである。記憶の抹消は容易なことではない。

詩人の営みも、その舞台となった「地獄」もろとも清算しなければならない。「言葉の錬金術」で試みられた総括がふたたび問題になるのは、芸術家の自負と実践を断念することへの抵抗の根強さのためである。ここでもランボーは、未練を劇的に演出することで、言葉に遂行力を担わせようとする。「歓喜に沸き立つ白い諸国民に覆われた果てしない浜辺」や「朝の微風に色とりどりの旗をはためかせている」「一隻の大きな黄金の船」は、これまた「ヨハネ黙示録」の第21章で語られる、天から降りてくる聖なる都エルサレムを思わせる。しかし、「神々しい光」に包まれたこの天上的ヴィジョンそのものが詩人の幻覚にすぎなかったと断罪される。詩人として自分は造物主さながらに世界を創りなおそうとした、花も星も肉体も言語も新しく創造しようとした、しかしすべては壮大な幻想にすぎなかった、今や「地獄」と同じ資格で、これらの幻覚も清算しなければならない。──そう考える話者には、たとえ惨めきわまりない失墜のように感じられても、現世的な生、今まで軽蔑してきた百姓の出自への回帰しか残されていないように思えるのだ。

そのとき、あらためて切実に提起されるのが、孤独の問題、好意的な他者（「友の手」）の必要である。ただし話者は、「慈愛」が「死」に直結する危険を恐れてもいる。「慈愛」は、「賤しい血」では思弁的に、「愚かな乙女」では実践的に論じられた。とくに後者では、〈地獄の夫〉が、わざと粗暴にふるまうことで相手を覚醒させようとする「魔法がかった慈愛」を実践していた。それは裏返せば、無条件な憐憫は真の愛情ではない、それを施す者と受ける者を共倒れにしかねない悪しき慈愛、偽の愛情だという考えである。ここで危惧されているのも、安易な憐憫に堕しかねない慈愛である。

「地獄」への未練と孤独への危惧という、**地獄以後**への二重の懸念が執拗に反芻されたあと、後半部に入ると、話者のトーンはがらりと変わる。「私の最後の未練が[…]足早に逃げていく」、「なぜ友の手の話などしていたのか！」と、前半部の話者を捉えていた二重の逡巡の乗り越えが明言されるからである。少なくとも言葉遣いのうえでは、いや何より言葉遣いにおいて、作者は前半部と後半部の差異を際立たせようとしている。「地獄」には古さと虚偽が（「落伍者」「古い偽りの愛」「嘘つきのカップル」）、来るべきときには新しさと真実が（「断固として現代的」「**ひとつの魂とひとつの肉体のうちに真実を所有する**」）付与され、二つの世界、二つの時間を分かつ溝を強調する。しかし話者の立ち位置は、いぜん夜明け前である。朝は依然として待たれている（「暁には、熱烈な忍耐に身を鎧い[…]」）。

「地獄」の出口で素描される地獄以後は、脱宗教的、脱因襲的であることが強調されるが、その一方でそれを語る措辞やヴィジョンは多分に聖書的な壮麗さに彩られている。とくに「ヨハネ黙示録」第21-22章で描かれる「新しいエルサレム」のヴィジョンとの類似は、多くの注釈者が指摘するとおりである。この両義性は、いわば作品の核として最後まで維持される。「訣別」の曖昧さは、また、言葉が思考を牽引することに由来している。物語る行為を通じて話者に、ひいては作者に、展望を開き、決意を固めさせるパフォーマティヴな作品としての『地獄の一季節』は、末尾に近づくにつれてますますその特質を明らかにする。

IV
Illuminations／『イリュミナシオン』(1873-1875年？)

［37］ Après le Déluge（大洪水のあと）

『旧約聖書』「創世記」のノアの洪水の挿話を下敷きに、洪水後の世界における旧秩序と生活の回帰を踏まえ、新たな大洪水を希求する。〈大洪水〉をパリ・コミューンのアレゴリーとみなす読み方が有力である。大洪水を革命のアレゴリーとする例は、ランボー以前にもある。

聖書の大洪水は、自ら創造した世界の堕落を受けて、神が世界を浄化し作りなおす企てである。洪水が引き、被造物の意識からも稀薄になるとは、浄化の効果が薄れて世界がふたたび乾き、古い秩序が回復することであり、人類がまたも堕落の道を歩みはじめかねないという含みがある。この詩の独創性は、聖書では起こらない2度目の〈大洪水〉を呼び求める発想にある。しかも1度目のように空から降るのではなく、地中から噴き上げる洪水である(第11段落)。世界の運命が話者の倦怠という極私的動機に還元されることで、書き換えによる創造の印象が増幅される。

短い段落の列挙により、洪水後の世界の同時進行的で雑多な動きが喚起されるが、ラ・フォンテーヌの寓話におけるような動物象徴(「野うさぎ」「ビーバー」)、アニミズム的擬人法(「隠れつつあった宝石たち」「はや目を凝らしていた花たち」)、童話の人物の借用(「青ひげ」)等を通じて、各段落は固有のシンボリズムを担い、それぞれある種の人間類型を喚起する。喪服を着た子供が広場で両腕を回すのは、周囲の「風向計」や「鐘楼の風見鶏」の擬人的同調と相まって、洪水再来を祈願するまじない的身ぶりであり、その意味で子供は話者の分身である。アルプスにピアノを据える夫人や十万の祭壇で執り行なわれるミサや初聖体拝領はブルジョワ趣味の戯画的誇張、隊商の出発や極地の混沌のなかでの豪華ホテルの建設は植民地主義拡大のイメージ、といった具合である。〈月〉と「ジャッカル」と「木靴を履いた牧歌」(木靴を履いた農民または羊飼いのカップルが口ずさむ歌、の圧縮表現か)とニンフとの同一平面上での交流は、すべてを一元化する童話的世界をなぞっている。

最後から二つ目の段落で、詩の語り口が描写から祈願に転じる。その直前の一文「ユーカリスがぼくに春だと告げた」が、話者を詩の内部に引き入れ、一個の登場人物にする。それまでは子供の呪術的動作に託されていた願望を、話者がじかに表明することが可能になる。この動きは、夜から昼に向かう世界の運行を自らが司っていると感じる「夜明け」の話者が、末尾で３人称の「子供」に変化するのと方向が逆である。しかしともに、自然や世界をめぐる幼児的感性が『イリュミナシオン』の一部の詩の強力な源泉になっていることを明かす実例である。

なお、最終段落の〈魔女〉(la Sorcière)は、中世以来、一般の人々が知らない薬草の知識を備え、自然界の秘密に通じ、死者の魂と交信する霊媒の能力を有するとされた。ここでも、埋もれた「宝石」の噴出の鍵を秘匿する、人間と自然の神秘との媒介的形象として名指されている。ランボーが読んだ可能性の高いミシュレ『魔女』への暗示に限定する必要はないだろう。

［38］ Conte（おはなし）

「コント」というジャンル名をタイトルに冠した詩。コントとは「気晴らしのため、または教訓を楽しく理解させるための架空の冒険譚」(『フランス語宝典』)であるが、この詩はそのようなコントとして読まなければならないと、タイトルが読者を誘導する。事実、出だしの一文は昔話のようで、〈君主〉と〈精霊〉という主要登場人物、「宮殿」や、狩猟や騎行の舞台としての森や田園、破壊されたはずの人や物の超自然的残存ないし蘇生、聴き手(読者)の疑問や好奇心を掻き立てるための語り手(作者)の戦略(注5、7、9、10を参照)、童話の教訓を模したアレクサンドラン風の結句など、コントの装いは多面的である。その反面、このように昔話や童話の体裁を借りながら扱われるテーマは、形而上的で抽象的である。形式と内実、外観と精神を結ぶアレゴリー性の解明が読解の鍵となる。

よき君主の務めを果たしながら深刻な不充足に苛まれてきた〈君主〉は、ある時、自分を取り巻くすべてを破壊することで、それを解消しようと決意する。ローマ皇帝ネロや百年戦争期の貴族ジル・ド・レといった残虐で知られる歴史上の人物、あるいはペローの童話の主人公「青ひげ」やボードレールの散文詩「英雄的な詩」の暴君のような架空の人物を喚起する人物像である。しかし、殺されたはずの人も動物も消滅せず、焼き払われたはずの宮殿はなおそこにある。客観世界の悪夢めいた残存は、「本質的な欲望と満足の時」追求の手段をめぐる〈君主〉の錯覚を炙り出す。

「ある晩」、〈君主〉は日々の平板な時間の流れの外に出る。〈精霊〉は一個の啓示ないし救済のように出現する。両者の遭遇はエロティックな昂揚に包まれた体験として語られる。〈精霊〉とは何者なのか。二人が「本質的な健康のうちに消滅した」とは何を意味するのか。

――ホモセクシュアルな体験が問題になっているのか、それとも、もうひとりの自分の発見といった意識のドラマのアレゴリーなのか。この「消滅」と次段落の「逝去」とは異質な二つの死を指すが、それに呼応して、物語は2種の生を内包している。一方には、〈君主〉が善政を実践しながら不充足に蝕まれた年月、そして〈精霊〉との遭遇のあと、ふたたび宮殿で過ごしたであろう苦悩の日々がある。その対極には、〈精霊〉との遭遇が可能にした一夜かぎりの極度に昂揚した生がある。話者は遭遇の仔細を説明せず、ただ両者の融合を、主語と属詞を入れ替えて説話的に反復するだけである。

ランボーの作品中、単数形で大文字書きの〈精霊〉は、文字どおり「精霊」と題された詩にも登場する。そちらには、キリスト像を下敷きにそれを転倒した救済者像的性格が濃厚であるために、「おはなし」のアラビアンナイトふうの〈精霊〉とは異質のものとして、大方の注釈者は両者を同列に論じることを避ける。しかし、かりに「おはなし」の〈精霊〉を、〈君主〉が発見するもうひとりの自分と解する場合には、両者の比較は必須になる。「精霊」は人間存在に潜在する可能性を称え、その現働化へと誘う詩であるからだ。

［39］ **Being Beauteous**（美しき存在（ビーング・ビューティアス））

ロングフェローの詩「天使の足音」から借用した英語題はまず、un Être de Beauté とフランス語で言いなおされ、さらに「この熱愛される肉体」、「すばらしい肉」、〈幻〉と言い換えられるが、その段階ではまだ性別さえ不明である。それが「われらの美しき母」と呼ばれるにいたってはじめて、その相貌が具体化しはじめる。ただし、〈幻〉の１語、それに先立つ「亡霊のように」という直喩は、この形象の実体性とこの場面の現実性を疑わせる。

傷つき、死に瀕した〈美しき存在〉を「われわれ」が見守り、さらに外側から「世界」が取り囲む同心円的三重構造が言われる。この「世界」とは旧来の法、キリスト教的でブルジョワ的な道徳に則った世界であり、「死を呼ぶ摩擦音と低く唸るような音楽」とは、それが「われらの美しき母」に投げつける呪詛である。しかし「彼女は後退し、すっくと立」ち、苦痛をものともせぬ再生を体現する。この儀式に立ち会い、感情的に中心形象と一体となることで、「われわれ」も疑似的な死と再生を生きる。

この詩は、「イエスの悪臭放つ接吻」(「最初の聖体拝領」、本書未収録)に象徴されるような、キリスト教による肉体の貶め、生の抑圧を超えて、新たに再生する存在のアレゴリーである。新しい生も苦痛を免れないが(「新しい不幸を歌う清澄な歌声よ！」)、それを「失われた慈愛よりも思いやりの深い誇り」で引き受ける意志の表明である点で、『地獄の一季節』末尾や「精霊」と強い親近性を示す。

［40］ **Départ**（出発）

簡潔で敏捷な筆致のなかに、人生をめぐる感慨と決意を浮かび上がらせる。一見、走り書きのようであるが、じつは語の配置や音韻的効果をめぐって、周到な計算が払われている。最初の三つの段落の冒頭は、[J'ai]assez＋過去分詞の形を省略的に反復し、いずれの過去分詞も[y]音で終わるので(vu/eu/connu)、首句反復と句中韻(リーム・アンテリユール)(または半諧音(アソナンス))の効果が相乗的に発揮される。これらの首句に続く名詞[句]は、どれも意味上、過去分詞の目的語にあたる。eu は vu よりも抽象的だが、続く Rumeurs の語によって聴覚的な意味へと方向づけられる。connu は前二者を束ねる。第1段落 La vision と第2段落 Rumeurs は、第3段落で Ô Rumeurs et Visions! と逆の順序で(キアスム状に)、またともに大文字書きで束ねられるが、この手つきには、振り返られる過去への超脱がこもる。

話者にはすでにおびただしい遍歴の蓄積がある。人生の一時期が幕を閉じ、今や新たな時期が始まろうとしているのだが、ここで語られているのは詩人としてのひとつの脱皮の時点なのか、それとも文学それ自体との訣別の時点なのか。どちらかだと断定する決定的な根拠はないが、結句には新たな生き方への要請が強く刻印されている。この短詩はさりげない形で、ランボーにおける文学と非文学の境を画しているのかもしれない。

［41］ **Vagabonds**（放浪者たち）

ヴェルレーヌとのベルギー、ロンドンでの放浪生活に関わる詩であることはたしかだが、自伝的着想と詩的様式化の間に緊張が働いている。二人の関係、「ぼく」の意図を本質的な相において炙り出すための緊密な構成、文体的練り上げが注目される。しかもその練り上げは、「愚かな乙女」のような演劇的枠組を借りず、もっぱら語り方の工夫による。第1、第3段落は「哀れな兄貴」が画面の中心を占めるが、第2、第4段落では話者が自らの行為、想念を直接語る。「ぼく」は全篇を通じ、一貫して語りの主導権を掌握している。「兄貴」のせりふを引用しながら、生の再現ではなく自由間接文体を選んでいるのは、「兄貴」に自分のことを「お前」tu とは呼ばせない、とくに「おれ」je の自称では語らせない、という意図が働いている。「腐った口」「刳り貫かれた目」といった大胆な隠喩には、あからさまな揶揄がこもる。第4段落にいたって「ぼく」と「奴」は一瞬「ぼくら」に結合されるが(「ぼくらは泉の水を酒とし、大道の堅パンを糧としながらさまよったが」)、「ぼく」はたちまち身を振りほどき、探索の孤独を強調して締めくくる(「ぼくは場所と方式を見つけることに躍起になっていた」)。

〈愚かな乙女〉は〈地獄の夫〉が自分を強くしてくれる、自分たちを取り巻く世界を刷新してくれると期待する一方で、それは幻想にすぎない、〈夫〉にはそんな能力はないという懐疑も強くもっていた。同じく「放浪者たち」の語り手も、「哀れな兄貴」に本来備わっているはずの健全な本性と活力を取り戻させてやると約束したものの、それを可能にしてくれる場所と方法を見つけかねている。「それでぼくらは泉の水を酒とし、大道の堅パンを糧としながらさまよったが」の蛇行するリズムと、「ぼくは場所と方式を見つけることに躍起になっていた」moi pressé de trouver le lieu et la formule の完璧なアレクサンドランの締まったリズムの対比が、「ぼくら」から「ぼく」の離脱と同じく、この困難を映し出している。

[42]　**Villes**（都会）

『イリュミナシオン』の草稿中、この詩に関しては、1874年春、ランボーとともにロンドンに滞在していたジェルマン・ヌーヴォーが作者に代わって清書したことが知られている。他人の手が入ることで、注に示したような、テクスト校訂上の不確実性が残った。

この詩のランボーは、現実のロンドンやパリのイメージをもとに、また2都市に明示的に言及しながら、巨大趣味と混淆性に特徴づけられる架空の都会を描き出す。

第1段落では、描かれる「都会」の山の手のお役所街を構成する建造物の巨大さと誇張的な言葉遣いとが、分かちがたく結びついている。第2段落では下町の繁華街が対象となるが、巨大さは、深さ、垂直性において強調される。「街の深さ」すなわち「アクロポリスよりも上や下にある他の地区の高さ」は、「理解の及ばなかった不思議」と言われ、「今どきのよそ者には確認は不可能」とされる。

巨大化への志向に劣らず顕著なのは、歴史的、地理的混淆である。「現代の野蛮」が生んだ巨大建築を、古代ギリシアの高台に位置して城砦の役目も果たした「アクロポリス」に見立てる冒頭からしてそれは顕著である。「ノルウェーのネブカドネザル王」は、混淆を誇示する。「このいつも変わらぬ灰色の空が生み出すどんよりした光」「地面を覆う万年雪」「青い霰（あられ）」「極地の飲み物」など、詩全体が北方の風土を暗示する一方で、インドの「富豪（ナバブ）」が登場し、飲み物の支払いはインドの貨幣「ルピー」で行なわれる。ヒンドゥー教の神への言及もある。

巨大化と混淆の結果、現出する都会は、語り手自身にも把握できない迷宮的様相を呈する。「言葉にしようがない」「山の手には不可解な場所がいくつかある」と、語り手は自らの認識能力の限界を一度ならず告白する。街の外観さえ捉えきれないのに、それが蔵している「陰鬱なドラマ」や「風変わりな」「法律」、「山師たち」の奸計にまで想像を広げようがない（「この地の山師たちについて見当をつけるのはあきらめる」）。ボードレールの「蓋のように垂れ込めた空」（「スプリーン」第4篇）を思わせる「このいつも変わらぬ灰色の空」や、「石造りのばかでかい建物の堂々たる輝き」と相まって、この不可解さの印象は、語り手の閉塞感を掻き立てる。

第3段落における「町外れ」への、さらには田園(「伯領」)への脱出は、その閉塞感からの逃亡でもある。そこでも、「森」と「農園」、「野性のままの貴族たち」と「人間の創造した光」といった、自然と人工との取り合わせが強調され、混淆の書法は維持されている。「森」が旧大陸の手つかずの自然を喚起するのに対し、「農園」は植民地の開拓された自然を喚起する。野人でもある貴族とは、「ノルウェーのネブカドネザル王」に近い撞着表現であるが、ヨーロッパと非ヨーロッパのイメージを合わせもつ形象とヴィジョンで、混淆の書法の実践を締めくくっている。

[43]　Aube(夜明け)

「夜が明ける」という日々反復される自然現象を、あたかも夜明けの女神を抱擁するという1回きりのアヴァンチュールであるかのように感じるところから生まれた詩。この詩を貫くのは、「大洪水のあと」などにも見られる、人間と自然の諸力が容易に通じ合うアニミズムである。表題の語 aube は、「白い」を意味するラテン語形容詞女性形 alba に由来する名詞。日の出前の、稜線が白みはじめる時刻から、空がしだいに鮮やかな黄や赤に染まる暁(aurore)にいたるまでの早朝の光の移ろいが問題になる。自分が時の運行を司っていると感じる幼児的想像力は、夜明けの女神を一瞬抱擁するが、抱きしめたとたん、女神はより強い朝の光となって、幼い造物主の手を逃れ去る。

全体が、表の流れ(しだいに明確な姿をとる女神の追跡)と裏の意味(夜明けから真昼に向かう光の強まり)が併行して展開されるアレゴリーの書法に拠っている。「生き生きとして温かい息吹を覚ましながら、ぼくは歩いた」(第２段落)から、「ブロンドの滝に笑いかけると」(第４段落)、「それからヴェールを一枚、また一枚と剝ぎとった」を経て、「彼女を追いかけた」(第５段落)までは、万物が目覚める、光の強度が増す、という自動詞または代名動詞で表される事象を、一貫して、万物を目覚めさせる、夜のヴェールを剝いで光を発現させると、「ぼく」の意志に発する他動詞的行為に変換する手続きがとられる。

ところが、第６段落にいたって、それまでとは逆に、取り集めたヴェールで夜明けの女神の裸体を覆う身ぶりに変わる。この反転の一瞬こそ、「夜明け」である女神が最も充実した姿をとるときであり、それが過ぎたとたんに光は過剰となり、もはや夜明けではなくなる。女神は「ぼく」の手をすり抜ける。「彼女の**巨大な**体を**かすかに**感じた」(強調は編訳者)という撞着表現のなかに、幼児の体験の宇宙的広がりとはかなく消滅する対象とのコントラストが浮き彫りになる。それでも子供はさらなる抵抗を試みる。女神と抱き合ったまま睡眠状態に入ることで(「夜明けと子供は林のふもとに倒れた」)、光の氾濫を翳で中和しよう、「夜明け」を夜明けとして持続させようとする。事実、子供は寝入り、数時間眠りつづける。そして目覚めると、夜明けははるかに遠のいて女神の影すら見えず、空には正午の太陽が燦燦と輝いている。

［44］ Génie（精霊）

タイトルに掲げられた「精霊」への讃歌のような詩。文体を異にする3部からなる。「彼は…である」と「彼は…する」を組み合わせて「精霊」を定義し、また「精霊」と「ぼくら」の関係を定義する第1部(第1-4段落)、「所有形容詞＋名詞」の定式を軸に「精霊」の現前への感嘆を連ねる第2部(第5-11段落)、たえず「精霊」なる存在に思いを凝らし、それを探し求めよと、世界の信徒に向かって説く高位聖職者の言説を思わせる第3部(第12段落)。キリスト教の説く救済者像に似せながらそれを逐一転倒することで「精霊」像を織り上げていく書法が特徴的である。司祭の説教調(éloquence sacrée)が全篇に浸透している。

「精霊」とは何か、「ぼくら」とどのような関係にあるのか。──「精霊」に「ぼくら」の他者ではなく、もうひとりの潜在的な「ぼくら」、あるべき「ぼくら」を見るのが、今日のランボー研究の共通認識になっている。「人間の栄光の潜在可能性」(ボヌフォワ)、「純然たる躍動」「われわれのなかの、つねに鼓舞する、ただし所有不可能な部分」(ミュニエ)、「人間のなかで作動している絶えざる超越」(ステンメッツ)等。

元来「精霊」の語は、アニミズムや汎神論(パンテイズム)と親近性が強い異教的概念である。森の精、木の精、川の精など、万物に宿る超自然的存在を指すこともあれば、アテネやローマといった都市の守護神、あるいは個人の守り神または彼を籠絡する悪しき神、個人に備わる天賦の才といった意味にもなる。これら多様な意味に共通するのは、ある種の潜在的分身の観念である。ランボーはこの異教的概念を武器に、キリスト教の救済者像を破壊的に書きなおし、人間に宿る内在的超越性とでも呼ぶべきものへと読者の注意を惹く。

この超越性は「ぼくら」にとって一個の鼓舞または牽引として作動するが、「ぼくら」はこれを恒常的に体現することはできない。それを同化できるのは、きわめて特権的な一瞬にかぎられる。この詩は、まれにしか顕現しないそのような潜在的資質を、外的他者のように擬人化して見せる。この点がこの詩の最も重要な仕掛けであるが、同時に、理解にとっての最大の障壁でもある。「ぼくらは皆、彼の譲与に、またぼくらの譲与に激しい恐怖を覚えた」(第2段落)はまさに、この特権的な瞬間の経験を語る。「ぼくら」と「精霊」との遭遇とは、「ぼくら」が自分の目指すべきありように覚醒することに他ならない。それは「精霊」が「ぼくら」に向かってその一部を「譲与」することであるが、同時に「ぼくら」が古い自分を譲与(脱皮)して生まれ変わることである。この相互譲与は恐怖を伴う。これは、「おはなし」における〈君主〉と〈精霊〉の「本質的な健康」のなかへの「消滅」に近い事態、いやほぼ同じ事態とみなせる。それゆえ「彼への情熱」は、ありうべき自分への愛(「自分本位な愛情」、第2段落)と同義である。

もっとも、「おはなし」では1回きりのできごとであるのに対し、「精霊」ではそれが回帰・反復するという前提のもと、「精霊」を追い求め、あるいは迎え入れる必要が強調される。「愛」である「精霊」が、同時に「現在」でも「未来」でもあるのは、この回帰性、反復性のゆえであるし、「永遠」

と形容されるのは、それは潜在状態においてつねに「ぼくら」に内在するからである。

[45]　Solde（特売品）

露天商の口上を模しながら、『イリュミナシオン』の主要テーマを列挙するユニークな詩。solde の語は、現代のように、売れ残った商品を値下げして売る行為ではなく、その種の商品そのものを集合的に指す。詩人は、自らの詩が世間に受容されない状況を、買い手がつかずにだぶつく商品の、露天での特売という卑近な商業システムになぞらえる。

冒頭から、物売り台に並べられた商品のめずらしさ、貴重さを強調する一方で、それらにふさわしい客層を列挙する。「貴族」は稀少な品を手に入れる手段をもつ特権者、「罪人」はそれを非合法に獲得する者である。「呪われた恋」は換喩で、宗教や社会が課す性道徳を侵犯する者たち、それゆえ、それに従順な「恐るべき実直さ」をもつ者たちに対置される存在である。

喧伝される商品のうち、重要なのは〈声〉と〈肉体〉である。『イリュミナシオン』においてこれらは、その系をなす音楽、ハーモニー、拍子、あるいは変身、暴力、健康などとともに、人間の再生という詩集の主要テーマのひとつにまつわる観念として頻出する(「美しき存在」「精霊」など)。また、ここに出る「定住」「移住」「運動」「設備一式」(安楽)などの語彙は、「運動」(本書未収録)や「精霊」を喚起する。一連の音楽的語彙と肉体に関わる語彙との多様な結びつきは、『イリュミナシオン』の詩が単に知的ないし感覚的次元での散発的な発見や昂揚を定着するにとどまらず、存在をそっくり変容させること(「生成の詩」、リシャール『詩と深さ』を参照)を志向している証である。個々の商品について強調される即効性も、そうした志向に由来するものだ──「時間も科学も認める必要のないもの」「すぐさま応用に供される」「即刻あなたのもの」「一歩踏み出すたびにほとばしる豊潤さ」「途方もない飛躍」等。

売り子の叫び声が続くなか、名指される商品はしだいに実体性を失う。それはむしろ、詩人が言葉を練り上げる作業のなかで経験し、他人に分かちもたせたいと願う昂揚感そのものに近くなる(「合唱や管弦楽の全エネルギーが睦まじく目覚めては、すぐさま応用に供される」／「計算の応用とハーモニーの途方もない飛躍」)。あるいはひとつの状態(「無秩序」「むごたらしい死」)ないしひとつの感情(「抗しがたい満足」)になる。このように商品が抽象化すればするほど、自作詩の露天販売という設定は笑止の度合を増す。

読者を戸惑わせるのは、末尾の「売り子たち」「旅商人たち」の複数形である。ランボーは、商品のカテゴリー別に売り子を割り振ったバザールめいた空間を想定している。多数の売り子がてんでに客の気を惹くために掛け声を発しているのだ。

「言葉の錬金術」が1872年の詩に関してその顕揚と断罪の間で揺れていたように、「特売品」には『イリュミナシオン』をめぐる詩人の両義的感情が刻印されている。自作の内在的価値への詩人の自負は揺るがないのだが、他人にその価値を認知させること、いやそれに関心を向けさせることすら容易ではないという実感が強い。これはそのようなジレンマ自体を演出したメタポエムである。

［1875年10月14日付ドラエー宛書簡に記された詩］

［46］ Rêve（夢）

1875年10月14日付ドラエー宛の手紙に含まれる、詩のような一節。句頭は大文字書きで、兵営に沸き上がる声を再現する軽快なリズムをもつが、音節数も脚韻も不揃いの自由詩。

ヴェルレーヌはこの年の2月にシュトゥットガルト滞在中のランボーを訪ねたあと、翌3月からイギリスのスティックニーで教職に就いていたが、ドラエーを介してしきりにランボーの消息を知りたがっていた。この手紙は、自分には兵役という喫緊の大問題が立ちはだかっているので、もはやヴェルレーヌに構っている余裕などないと述べる文脈で、その兵役の強迫を、兵舎の夜の「大部屋」での兵士たちと守護精霊とのやり取りという戯曲ふう小詩に託して表現したもの。

21歳にならんとするランボーは、1歳年長の兄フレデリックが兵役に服したことで徴兵を免れていたが、早晩自らも服さなければならないと信じていた。兵役をめぐる懸念は、アデン、ハラル時代を含めて一生ランボーの頭から離れることがない。

詩人ランボーの最後の痕跡であるこの即興詩を、アンドレ・ブルトンは『黒いユーモア選集』で「ランボーの詩的精神的遺言」として称揚した。たしかに、ランボー独特の巨匠技は見てとれる。しかし即興ではあっても、これは自らの実存的不安をきわめて意識的構築的に一篇の幕間劇ふうに仕立てたものであり、自動筆記ともシュルレアリスムとも無関係である。

たえざる脱皮
——詩人ランボーの軌跡——

1　詩人志願の反骨の優等生(前期韻文詩、1870-71年)

1870年1月、シャルルヴィル高等中学校の修辞学級担任として、弱冠22歳のジョルジュ・イザンバールが着任する。若い教師はたちまち生徒アルチュール・ランボーの並外れた知性を見てとるが、この生徒が青白い秀才ではなく、反抗心を内に秘め、詩の力を信じて未知の世界に飛び立つ衝動に駆られている闊達な精神のもち主であることに強い印象を受ける。その知的好奇心を満たすために、課外でもさまざまな本を貸し与え、便宜を図る。生徒は書いた詩を師に見せる。イザンバールが息子にユゴー『レ・ミゼラブル』を貸したことを知った母親は、生徒に読ませる書物の選択には慎重になってほしいと、息子の担任に感謝と抗議の手紙を送り付けている。イザンバールから当時のパリ詩壇の表舞台を彩る高踏派(パルナス)の存在を教えられたランボーは、自ら世間に認知される詩人になりたいと切望するようになる。5月、高踏派領袖のバンヴィルに「感覚」ほか2篇を送付し、『現代高踏詩集』に掲載してほしいと頼むと返信が届く。しかし原稿は締め切られており、希望は叶わなかった。

普仏戦争の敗戦による混乱で、夏休みが終わっても高等中学校が休校状態であるのを幸いに、ランボーはこの年の8月末から翌年3月にかけて3度の家出を企てる。1度目と3度目はパリに向けて、2度目はベルギーからドゥエ(シャルルヴィルの北西約180キロ)にかけての出奔だった。いずれの回も、その根底には詩人になる願望、自作を出版する可能性を探る意図があった。1度目は途中駅までの切符しか所持せず、パリに到着したとたんに取り調べを受け、収監される。イザンバールの仲立ちで放免されるが、実家には戻らず、ドゥエのイザンバールの養家に20日ほど滞在する。その間、イザンバールの友人で、すでに詩集を出版していたポール・デメニーの知遇を得る。以後ランボーは、イザンバールよりもデメニーに熱心に自作を読んでもらおうと努めるようになる。政治的にますます過激になるランボーには、穏健共和派のイザンバールが生ぬるく感じられるようになったことに加え、すでにパリの出版社「芸術書房」から詩集を出しているデメニーのほうが自作出版の力添えを得られる可能性が高いという判断が働いたようだ。事実、2度目の家出でドゥエを再訪したランボーは、旧作と放浪中に書きためた詩の計22篇を清書して、デメニーの留守宅に預けている(本書にはこの「デメニー草稿」から[2]-[7]の6篇を収録)。ちなみに、公刊された最初の詩「孤児たちのお年玉」(同年1月)は「デメニー草稿」から除かれている。ランボーの脱皮の速さを示す一例である。

ところが、デメニーはイザンバールほど親切ではなく、ランボーが期待したような反応は示さなかった。しかし、このとき託された原稿を彼は捨てなかった。このなかには、ほかに異本が存在せず、「デメニー草稿」のおかげで今日に伝わるランボーの詩がいくつもある。

1870年のランボーの詩に特徴的なのは、風刺や戯画である。普仏戦争にからめた皇帝や帝政への揶揄、地方ブルジョワの戯画的表象、異性への関心や放浪の解放感をめぐる自己皮肉など、ナイーヴな心情吐露の対極にある冷めた詩である。

翌71年春になると、同じ定型詩でありながら詩想はがらりと変わる。イメージはときにリアリズムからかけ離れ、グロテスクや奇怪さの度を増す(椅子と交合する図書館司書たち、船尾で涎(よだれ)を垂らす心臓、等)。単純な風刺や自己皮肉は影をひそめる。パリ・コミューンが崩壊の様相を濃くしはじめた5月13日と15日にそれぞれイザンバールとドメニーに宛てて書かれた有名な2通の手紙(いわゆる「ヴォワイヤン(見者(けんじゃ))の手紙」)では、「〈詩人〉は、**五感すべて**の長く大規模な理詰めの**攪乱**によって、自分を**ヴォワイヤン**に仕立て上げる」と、詩人になるのに不可欠とされる意志的方法的な変容が定式化される。ほかにも、「私とは一個の他者」や「木片が気づくとヴァイオリンになっている」(「銅が目覚めるとラッパになっている」)など、印象的な言い回しがちりばめられている。それらが指すのは詩人に実際に生起する状態であり、到達すべき目標を語るものではない。ただし、その状態を無意識に、受動的に、自然に生きることしかできなかったロマン派(「歌というものがめったに作品には──すなわち、歌われ、かつ歌う当人が理解している思想には──ならないことを立証しているロマン派」)とは違い、意識的、意志的、人工的に、**自らの他者化**ないし**内なる他者**の顕現を促さなければならないとする。

ランボーは「詩人になりたい者が最初に行なう研究は、自分を知ること、それも完全に知ることです。自分の魂を探し、検分し、試し、知ります。それを知ったら、涵養しなければなりません。[…]問題は、魂を怪物的なものに仕立てることです」とも言う。それが「**未知なもの**」に到達する手段と考えられた。本物の詩人になるための能力の開拓は、純化や崇高化の方向ではなしに、醜悪化、獣化の方向に向かう。ここで定式化された、理性に統御されるかぎりにおける五感の攪乱は、いわば狂気への方法的接近であり、これは同じイザンバール宛の手紙に書きつけられた実生活レベルの原則、「放埒のかぎりを尽くす」と相まって、以後2年間のランボーの詩学を少なくとも理念的に導く考え方となる。2年後、『地獄の一季節』の序文に記される一文が、その決算のように反響するだろう――「そうして、狂気をさんざん弄んでやったのだ」。

「ヴォワイヤンの手紙」の翌月、デメニーに宛てた手紙でランボーは、8カ月前に清書して預けた自作22篇に関してこう懇願している――「燃やしてください、**ドゥエに滞在したときに、愚かにも**あなたにお渡しした**詩のすべて**を」。この自作否認も、ランボーの目まぐるしい脱皮を示す指標である。とはいえ、自作を出版したい、詩人になりたいという思いは、ランボーをますます強く捉えている。この年の2月末から3月上旬にかけてパリに向けて3度目の家出を敢行したのも(240キロの距離を往路は汽車で、帰路は徒歩で移動している)、プロイセンとの休戦協定が結ばれ、パリ・コミューン蜂起の前夜にあたるこの時期、王党派と手を組んででも急進勢力を抑え込もうとする穏健派と、プロレタリアート独裁を標榜する急進派とが激しく対立する首都を見たいという気もちに加えて、自作出版の可能性を探る目的があったからである。ランボーは帰郷後、デメニーに宛てて、高踏派詩人の出版社であるルメール書店と、デメニーの詩集を刊行した芸術書房を訪れたと記している。また8月には、前年に続いてバンヴィルに手紙を書き、名宛人への辛辣な揶揄を含む野心的長詩「花について詩人に語られたこと」(本書未収録)を同封して、自分の進歩ぶりを尋ねている。

同じころランボーは、ヴェルレーヌと文通を開始する。シャルルヴィル在住の税務署員で、風刺画を描いたりヴァイオリンを弾いたりもする酒豪の奇人オーギュスト・ブルターニュという人物がヴェルレーヌの知り合いで、その紹介によるものだった。ランボーは清書した自作を添えて、パリに出る希望を伝える。彼はもともとヴェルレーヌを高く買い、デメニー宛の「ヴォワイヤンの手紙」のなかでも「本物の詩人」と称えていた。ヴェルレーヌは熱烈な歓迎の意を込めた返信をよこし、ランボーはついに念願のパリ上京を果たす。

2　憧れと幻滅のパリ(後期韻文詩、1872年)

71年9月、予め、友人ドラエーの前で朗読したという「陶酔の船」を手土産に憧れのパリに出たランボーは、同月30日、詩人たちのサークル「醜い好漢たち」の夕食会で、アレクサンドラン100行、25節からなる彼の定型韻文詩の総決算とも言うべきこの大作を自ら朗読し、会食者たちを驚嘆させる。当日の出席者(レオン・バラッド)が欠席者(エミール・ブレモン)にその模様を書き綴った証言が残っている(10月5日付)。「おぞましい好漢たちのこの前の夕食会を欠席されて大いに損をしましたよ。そこでは、ヴェルレーヌと、当人にとっては左岸の洗礼者ヨハネとも言うべきこの私に守られて、まだ18にもならない、アルチュール・ランボーという名の恐るべき詩人が紹介されました。大きな手足、まったく**子供っぽい**、13の子供にふさわしい顔、深いブルーの目、小心というよりは粗暴な性格――前代未聞の力強さと頽廃に満ち満ちた想像力で、われわれの友人たちを魅了した、あるいは怖じ気づかせた若者とは、ざっとそんな様子でした。」

しかし時をおかず、現実的問題がもち上がる。ランボーをだれが世話するかである。住居その他の面倒は見るというヴェルレーヌの言葉に誘われてパリに来たものの、ヴェルレーヌは6月にパリ市役所を解雇され失職中だった。身重の妻を抱えて妻の実家モーテ家に居候をしており、義父と実母から経済的援助を受ける身だった。ランボーを歓迎した他の詩人たちも、バンヴィルら大御所を除いて多くは20代で、経済的基盤は脆弱だった。ランボーは早々にモーテ家を去って、方々をたらい回しにされる。寝るところがなくなると、3度目の家出の際に浮浪者たちとともに夜を過ごしたモベール広場に行くこともあった。ヴェルレーヌは詩人仲間に協力を請い、バンヴィルやシャルル・クロが住処を提供した。クロは科学者・発明家でもある詩人で、ランボーの到着時にはヴェルレーヌとともにパリ・ストラスブール駅(今日の東駅)まで出迎えに行った人物である。彼は、詩人仲間にカンパを呼びかけ、ランボーに1日3フランの生活費を提供できるように計らった。

ランボーは10月から11月にかけて、「ジュティストのサークル」に参加している。高踏派詩人のなかで比較的若い世代に属する、コミューン・シンパの詩人たちのサークルである。ジュティスト(zutistes)とは、罵りの間投詞Zut(くそ！)に由来する造語で、その寄せ書き帖『ジュティストのアルバム』は猥褻詩、風刺詩、パロディ、卑猥なイラストに溢れている。主要メンバーのひとりであったランボーは、22篇を寄稿している。それ自体に新しい展望を拓く創造性はないにしても、従来の高踏派の気取った審美主義を皮肉り揺さぶる意味はあった(本書にはそのなかから2篇を収録した)。

ランボーは、周囲の奔走をよそに、不良めいた素行を繰り返す。ヴェルレーヌの新婚家庭では妻のマチルドが臨月を迎えていたが、彼は家事を手伝うわけでもなく、暇さえあれば玄関前の階段に寝そべって日向ぼっこをし、靴も脱がずにベッドに転がる。ろくに口も利かず、口を開けば悪口雑言を吐く。象牙の十字架を盗んで金に換える。クロが仕事場にしていた一室に住まわせてもらうと、彼の詩が掲載された雑誌を引きちぎってトイレット・ペーパー代わりに使う。クロが磨いてくれた靴をわざわざ外で汚してくる。辻馬車につながれた馬の鼻に煙草の煙を吹きかける、等々。他愛ないものから犯罪性の高いものまで、悪童ぶりを証言する逸話は数多い。ランボーはもはやシャルルヴィル時代のように年長者に取り入ることはせず、不条理な粗暴さで挑発する態度に出る。ランボーの出現で最大の迷惑を被ったのはおそらくマチルドだった。夫はランボーより10歳も年長なのに、完全にランボーに魅了され翻弄されて家庭を顧みず、酔っぱらって帰宅しては妻子に暴力を加える。72年1月ヴェルレーヌは生後2カ月の長男をベッドに投げつけ、助けを呼ぶ妻の首を絞める。

この事件を機にマチルドは実家に避難し、ランボーがパリを去らないかぎり夫のもとには戻らないと宣言、夫婦仲は危機的様相を呈しはじめる。

この状況に追い打ちをかけるように、3月2日、「醜い好漢たち」の朗読会でひとりの詩人が自作を朗読しはじめると、ランボーが間断なく「くだらねえ！」と合の手を入れ、これを諫めた写真家エティエンヌ・カルジャ(ランボーの上京直後、今日に伝わるランボー17歳の肖像写真2枚を撮った人物。その1枚が本書カバーの写真)に、ヴェルレーヌの仕込み杖を抜いて切りかかり負傷させる事件が起きる。それまでランボーのどんな素行にも寛大だった詩人仲間も、これを境に彼を敬遠するようになる。5月、ランボーとヴェルレーヌが他の数名の詩人とともに描かれたアンリ・ファンタン＝ラトゥールの有名な絵「テーブルの片隅」(オルセー美術館所蔵、109頁を見よ)が官展に出品されるが、当初入る予定だったアルベール・メラがランボーとともに描かれることを拒んだので、花がその空白を埋めることになった。

一方ヴェルレーヌは、夫婦関係を危機にさらしながら、ますますランボーに魅了されていく。これ以後彼は、ランボーと放縦をともにしながらマチルドとの決定的破局は回避したいという矛盾した欲求に苛まれることになる。ヴェルレーヌの行動を規定しているのは同性愛的感情である。一方ランボーにとってのヴェルレーヌは、経済的に依存せざるをえない相手であるとともに、感情的に不安定で、衝動に流されやすく、自己制御のきかない「哀れな兄貴」を、「〈太陽〉の息子たる原初の姿に返してやる」という一風変わった「慈愛」の対象でもあった。一風変わったというのは、それが弱い者をひたすら慰藉する優しい慈愛ではなく、むしろいたぶることで奮起させようとする一種の荒療治、『地獄の一季節』で〈愚かな乙女〉がその〈地獄の夫〉の特性として語る「魔法がかった慈愛」に他ならないからだ。「ありとあらゆる形の愛」と、ランボーは「ヴォワイヤンの手紙」に書いていた。

とはいえ、急激に悪化した夫婦仲を繕うために、ヴェルレーヌはランボーに一時シャルルヴィルに戻るよう懇願する。ランボーは憤懣と情けなさを抱えて、3月末から5月初旬までしぶしぶ故郷で過ごす。その間も二人は、画家のルイ・フォラン宅を中継地に、ランボーのパリ復帰の時期を模索しながら文通を続けていた。

ランボーのいわゆる後期韻文詩約20篇のうち、1872年5月ないし6月の日付をもつものの多くと、日付のない「記憶」や「恥」には、田園の雰囲気が濃厚で、自らの記憶を遡行し内面を凝視するような書き方が特徴的である。俗謡めいた素朴で軽い調子のものが多いが、その形式的単純さに反して、ランボーの作品中で最も内省的で難解な詩のグループを形成している。そこには、一時帰郷を余儀なくされ、流謫の思いを噛みしめながら、生き方の是非を自身に問いつめるような鬱屈が滲んでいる。ランボーの場合しばしばそうであるように、詩に添えられた日付はパリに戻ってから行なった清書の日付であろう。

パリに戻ってからの2カ月、ランボーはホテルを転々としている。6月、ソルボンヌ大学に面したクリュニー・ホテルから友人ドラエーに宛てた美しい手紙には、夜半に仕事をして早朝に床に就く暮らしぶりがうかがえる。「先月ぼくの部屋は、ムッシュー・ル・プランス街にあってサン・ルイ高校の庭に面していた。狭い窓の下に大きな木が何本もあった。朝の3時には蠟燭の火が白んでくる。木々の鳥がいっせいに鳴きだす。終わりだ、もう仕事はしない。朝一番の何とも言えないこの時刻の木々や空を眺めなければならなかったからさ。眼下の高校の共同寝室は静まり返っていた。それでも大通りには、もう放下車が荷を落とす心地よい音が断続的に響いていた。──瓦に唾を吐きながらハンマー・パイプをくゆらせたものさ、僕の部屋は屋根裏だったから。5時になるとパンを買いに階下に降りた。ちょうどパン屋が開く時刻だ。[…]夏の早朝と12月の晩、ここでぼくをうっとりさせたのはそんな時刻だ。」

しかし行きづまりの状況は変わらない。ランボーが戻ってきたことを知ったマチルドとヴェルレーヌの間にはいさかいと弥縫的和解が絶えない。ランボーは人生の新たな局面を拓こうと焦燥する。7月7日、訣別の決意を記した手紙をヴェルレーヌ宅に届ける道すがら、具合の悪い妻のために医者を呼びに行くヴェルレーヌにばったり遭う。ランボーはヴェルレーヌに決断を迫り、二人はそのまま失踪する。2カ月のベルギー滞在中に二人は創作を続け、ヴェルレーヌは『詞(ことば)なき恋歌』第2部「ベルギー風景」を、ランボーは《あれは舞姫か…》や「飢えの祭」(本書未収録)を書いている。9月7日、二人はオステンドからドーヴァー海峡を渡り、イギリスに渡る。以後、途中何度かの一時帰国をはさんで、ロンドンで約10カ月の共同生活を送る。マチルドは母親とともにベルギーに赴き、夫を引き戻そうとするが、ヴェルレーヌは優柔不断の末にランボーとの道行を選ぶ。それでいて、マチルドからの離婚の威嚇に怯え、ロンドンでも決定的破局を回避すべく懐柔の手紙を送りつづける。それがランボーをいらだたせる。

3　放浪者たち(『地獄の一季節』、1873年)

ランボーにとって、行きづまりを打開するにはとにかく出発することが不可欠だった。ただし、ベルギーからイギリスに赴く経路の選択には、コミューンの理想を燃やしつづけている政治亡命者たちとの交流というひとつの動機があった。事実、二人はブリュッセルで、パリ・コミューンの勇敢な看護婦を称える歌となる「さくらんぼの実る頃」の作詞家ジャン＝バティスト・クレマン、死刑宣告を受けてロンドンに逃れたジュール・ヴァレスの協力者で10年の国外追放処分を受けていたジョルジュ・カヴァリエ、プルードンとともに「民衆の声」を主宰し、欠席裁判により追放処分を受けベルギーに逃れたマザリーヌ図書館長バンジャマン・ガスティノーらと交わっている。コミューンの夢を反芻するランボーの詩《おれの〈心〉よ、何なのだ…》は、このベルギー滞在中に書かれた可能性がある。ロンドンでも到着直後に、コミューンの重要人物ウジェーヌ・ヴェルメルシュやコミューン・シンパの画家フェリックス・レガメを訪ねている。ランボーはレガメのアルバムに、普仏戦争時の皇太子ルイを風刺する10行詩《砲弾を拾い上げた〈子供〉は…》を書き記している。

ランボーのロンドンでの生活ぶりについては、パリ滞在時ほど情報がない。しかしロンドンでも物質的問題は当然付きまとった。二人は当初ヴェルレーヌの母親の仕送りで生活していたが、やがてヴェルレーヌの元同僚でやはりロンドンに逃れていたジュール・アンドリューの仲介で、ラテン語とフランス文学の家庭教師をしながら糊口をしのぐ。しかしいつも生徒がいるわけではなかった。美術館や博物館や劇場に通い、講演を聴き、あちこちを観光する。そして英語の勉強に励む。その間もヴェルレーヌはたえず、妻のことを思い、詩に歌い、妻の離婚請求に苦悶し、その代訴人に陳情書を書いて請求を取り下げさせようと試みる。それでいてランボーとの生活を切り上げてパリに戻る気などさらさらない。ランボーの母親は、二人の出奔後、8月はじめに警察に捜索願を出し、11月にはパリに出てヴェルレーヌの母親と妻に会っている。そして手紙で再三ヴェルレーヌと別れるよう息子を説得する。今や孫との対面も許されなくなったヴェルレーヌの母親も、手紙で息子を諭し、早くまっとうな生活に戻るよう説得するが、送金は続け、息子が助けを求めるとブリュッセルにもロンドンにも駆けつけた。

『地獄の一季節』や『イリュミナシオン』で語られる、「法も習俗も変(える)」「人生を変える」(「愚かな乙女」)「愛の驚くべき革命」(「おはなし」)「失われた慈愛よりも思いやりの深い誇り」(「精霊」)といった、人間と世界を根底から変革する夢と、コミューン亡命者たちの理想とは、ランボーのなかでは響き合っていた。一方、ヴェルレーヌはというと、彼はより個人的なレベルで、自由と不安の両面感情を抱えてロンドンの日々を生きていた。行きづまりを感じたランボーは12月、母親の説得もあって、ヴェルレーヌを残し、クリスマスに合わせて一時帰郷する。ところが、ヴェルレーヌは孤独に耐えられず、たちまち深刻な不調に陥る。翌1月には母親のみならず妻にも電報を打ち、ランボーを呼び戻すために旅費を母親からランボーに送らせている。母親とランボーはロンドンに駆けつけ、まもなくヴェルレーヌの健康は回復する。

その後の2カ月は、単調ながら、英語学習を軸にロンドンの日々は比較的平穏に流れる。4月、ヴェルレーヌはアルデンヌ地方のベルギー側に住む叔母(父の妹)のもとに滞在、少し遅れてロンドンを離れたランボーも、シャルルヴィルの南30キロほどに位置するロッシュ村の母方の農地で農作業に従事中の家族に合流する。このときのランボーの帰還の様子は、上の妹ヴィタリーが遺した『日記』にくわしく綴られている。復活祭をはさんで約1カ月半を家族とともに過ごすが、時をおかず退屈しはじめる。この間、ヴェルレーヌとランボーは互いの逗留地が近いこともあって頻繁に落ち合っている。「1873年4月-8月」の日付をもつ『地獄の一季節』は、このロッシュ滞在中に書きはじめられた。ただし、ドラエーに宛てた5月の手紙が示すように、当初の表題は「異教徒の書」または「黒人の書」というものだった(『地獄の一季節』の解説を参照)。

5月末に二人はいっしょにロンドンに戻り、新たな住居を定め、それまでと同様にヴェルレーヌの母親の援助とフランス語、ラテン語の教授で生計を立てる。しかし状況は二人にとってしだいに居心地の悪いものに変わっていく。彼らの動向はフランス警察の監視下にあり、6月26日付のロンドンからパリ警察への報告には、「ヴェルレーヌと、実家のあるシャルルヴィルによく出没しコミューンに際してはパリの義勇軍兵士であった若い男ランボーとの、奇妙な性格の関係」への言及がある。ロンドンで交流のあったコミューン残党の亡命者の間でも、二人の関係はいかがわしいものと見られるようになっていた。しかも彼らの間にはいさかいが絶えない。7月3日、ささいなことに立腹したヴェルレーヌは、不意にオステンド行きの船に乗り込む。以後の数日間で、二人の運命は大詰めに向かって激しく揺れる。

船上でヴェルレーヌはランボー宛の手紙を書き、「君は結局、よくよく理解しなければならない、ぼくはどうしても出発する必要があったのだ、君の気まぐれ以外にわけもなく喧嘩に明け暮れたあの荒れた生活が、これ以上ぼくを辱めるなんてありえないのだ」と告げる。ブリュッセルに着くと母親と妻に宛てて、もし妻が3日以内に来なければ自殺すると脅す。母親は飛んでくるが、妻はもちろん来ない。ランボーはヴェルレーヌ出立の翌日、「戻っておくれ、戻っておくれ、愛する友よ、ただひとりの友よ、戻っておくれ。優しくすると誓うから」(7月4日付)と懇願の手紙を送っている。入れ違いに「海上にて」の手紙を受け取ったランボーは、そこに、妻と縒りを戻したい、さもなければ頭にピストルを撃ち込んで死ぬ、というお決まりの二者択一が書かれているのを読み、また自身が船賃にも事欠く無一文であったので、あくまでヴェルレーヌをロンドンに呼び戻そうと試みる。そしてこう諫める―「君が戻ろうとせず、ぼくから合流することもないなら、君は罪を犯すことになる。そうしてあらゆる自由を失ったことを長年にわたって悔いるのだ、君がこれまで味わったことのないほどひどい倦怠に苛まれるのさ。それに、ぼくと知り合う前の君がどんなだったか思い出してもみろよ」(7月7日付)。

結局、ランボーは翌8日、ヴェルレーヌの衣類や書籍を売り払った金で乗船し、ブリュッセルのホテルで母親に付き添われたヴェルレーヌに合流する。二人は今後について話し合うが、妻との離縁も自分との訣別も決心できないヴェルレーヌを前に、ランボーは単独でパリに向けて発つことを告げる。それがヴェルレーヌをいっそう追いつめる。10日朝、ヴェルレーヌはピストルを買い求め、ホテルの部屋で酒の酔いに乗じて出発間際のランボーを引き留めるべく発砲、その左手首を負傷させる。病院での応急手当ののち、出立の意志を貫くランボーを母親とともに見送る道すがら、ふたたびヴェルレーヌがポケットのピストルを触るそぶりを見せたので、ランボーは近くにいた警官に保護を求める。ヴェルレーヌは警察と司直の手に委ねられる。ランボーは約10日間入院して弾丸の摘出手術を受ける。取り調べに際してランボーは同性愛の嫌疑を断固として否定し、ヴェルレーヌの行為をもっぱら酩酊による理性の喪失に帰し、訴訟放棄を宣言する。しかし、ヴェルレーヌがパリ・コミューンに参加し、ブリュッセルとロンドンでコミューン残党の亡命者たちと付き合っていたことはすでに知られており、犯罪者に有利には働かなかった。彼は懲役2年、罰金200フランを宣告される。

この「ブリュッセル事件」により、約1年に及ぶ二人の共同生活に終止符が打たれる。『地獄の一季節』は、この事件をまたぐようにして書かれている。その末尾に「1873年4月-8月」の日付が記されているからだ。ただし、上述のように、この作品は当初、キリスト教と帝政が支配する社会の周辺に生息するアウトサイダーが、中枢にいる人間たちを告発する「異教徒の書」ないし「黒人の書」として構想されていた。それがブリュッセル事件を境に『地獄の一季節』と改題され、キリスト教的道徳に絡み取られた人間がそれを内側から告発する作品に生まれ変わる。ヴェルレーヌとのいざこざを思わせるカップルの葛藤を演劇仕立てで演出する趣向(「錯乱I　愚かな乙女」)も、自作引用を含む創作の歩みを存在と言葉の錬金術のプロセスとして虚構化する構想(「錯乱II　言葉の錬金術」)も、当初は存在しなかったものである。『地獄の一季節』は作者の経験、とくに直近の経験を濃厚に反映するだけでなく、背景をなす幼少時の人格形成に与った宗教や社会規範を捉えなおしたうえで突き放す意図に発する作品である。その意味で、それを書くことがその後の作者の人生を方向づけるパフォーマティヴな作品と言える。

『地獄の一季節』は8月末か9月はじめに、ブリュッセルの法律関係の出版社ジャック・ポート印刷にもち込まれ(または送付され)、10月に刷り上がった。ランボーの生前に、しかも作者の意志で出版された唯一の書物である。しかし自費出版費用を支払えなかったため、著者取り分の数部だけを受け取り、500部の大半は出版社の倉庫で数十年眠りつづけることになる。ランボーは著者取り分の一部を、「P・ヴェルレーヌに／A・ランボー」という簡潔な献辞を添えてヴェルレーヌに送っている。またシャルルヴィルの友人ドラエーにも贈り、残りはパリのジャン＝ルイ・フォランとロンドンのフェリックス・レガメに送付し、フォランにはパリの友人たちに配るよう依頼している。10月末ないし11月初旬には自らパリを訪れているが、ブリュッセル事件を知る友人・知人たちに歓待された形跡はない。

4　もうひとつの地平(『イリュミナシオン』、1873-75年?)

『イリュミナシオン』の散文詩が書かれた時期は正確にはわからない。20世紀半ばまで、『地獄の一季節』そしてその最終部「訣別」をランボー最後の作品とする見方が広く流布していた。しかし、ヴェルレーヌは当初から異なる見方を示していた。文学史上最初のランボー論を含む『呪われた詩人たち』(雑誌発表1883年／単行本84年)で、韻文詩人に続いて「驚くべき散文家」が登場したとして、彼はまず『地獄の一季節』に言及し、ついで『イリュミナシオン』を紹介している。1886年に刊行された『イリュミナシオン』初版に寄せた序文でも、「ここに紹介する作品は、1873年から75年にかけて、ベルギー、イギリスそしてドイツ全域への旅のなかで執筆された」と語る。

ヴェルレーヌの証言によると、1875年2月、シュトゥットガルトに滞在中のランボーを訪ねたとき(彼は服役期間を6カ月短縮され、1月に出獄している)、ジェルマン・ヌーヴォーに送るようにと『イリュミナシオン』の原稿を託された(この機会が二人の生涯最後の対面になる)。一方、アンリ＝ド・ブイヤーヌ＝ド＝ラコストは、1949年に公刊された博士論文『ランボーと『イリュミナシオン』の問題』で、『イリュミナシオン』の原稿の一部が1874年春にロンドンで清書されたことを明らかにした。別人の筆跡が交じっており、それがその時期ランボーとともに当地に滞在していたジェルマン・ヌーヴォーのものであることを突き止めたのである。ヌーヴォーが清書を手伝ったことと、翌年そのヌーヴォーに出版可能性を探らせるために原稿送付をヴェルレーヌに依頼したこととは、無関係ではないだろう。

以上から推測されるのは、『地獄の一季節』(1873年4-8月の執筆)以後も少なくとも1875年2月ごろまでは、ランボーが自作を出版する意志をもちつづけ、文学へのこだわりを捨てていなかったことである。『地獄の一季節』は文字どおりの文学放棄宣言ではなかった。筆跡鑑定に基づくブイヤーヌ=ド=ラコストの発見は、ヴェルレーヌの証言に一定の物理的根拠を与え、それまでのランボー理解を再考させる意味があった。

ただし、ブイヤーヌ=ド=ラコストの立論は、『イリュミナシオン』全篇の制作時期を『地獄の一季節』以後に位置づけようとするあまり、単純化ないし歪曲を免れなかった。第一に、ヴェルレーヌの証言する制作時期「1873-75年」は、必ずしも「『地獄の一季節』以後」すなわち「1873年8月以後」を意味しない。第二に、たとえ清書の時期が推定できても、それが必ずしも制作の時期を意味しないという事実を、ブイヤーヌは考慮していない。ジェルマン・ヌーヴォーが清書を手伝った1874年春は、詩集の構成とも関連する清書の時点であり、制作はそれよりも遡る可能性が高い。第三に、ブイヤーヌは「『イリュミナシオン』の原稿」« le manuscrit des *Illuminations* » のように「原稿」を1個の統一体として単数形で記すが、現実には、24枚の紙に連続的に清書された大きな草稿群がひとつ、別の小さな草稿群がひとつ、1篇ずつばらばらな草稿と、様態はさまざまであり、しかもひとつの詩が書かれた紙の余白に、小さな文字で短い別の詩が書き加えられた事例も見られる。

以上は『イリュミナシオン』の制作時期の下限を押し下げない論拠になりえる要素であるが、上限についてもそれを遡らせうる事実がある。ヴェルレーヌは1872年11月にロンドンから友人ルペルティエに宛てた手紙で、妻のもとに残してきた物や文書を回収してほしいと依頼しているが、そのリスト中に「韻文詩と散文詩を含む10通ばかりの[ランボーの]手紙」とある。「散文詩」とは、この段階ですでに書かれていた『イリュミナシオン』の詩篇を指す可能性がある。

これらの点を勘案すれば、『地獄の一季節』が、「ブリュッセル事件」による構想の練りなおしという迂回を経たにせよ、わずか4カ月の間に集中的に書き上げられた統一性をもつ散文物語であるのに対し、『イリュミナシオン』はその前と後に広がる比較的長い期間にわたって書き継がれた雑多な未完詩集と言える。主題的に見て、ロンドン滞在に想をえていると思われる「都会」や「労働者」(後者は未収録)などの詩は、1872年秋-冬にまで遡る可能性がある。『地獄の一季節』のなかに『イリュミナシオン』の引用はおろか明確な言及もないのは、前者が断罪するのが、作者の生きた「地獄」に関連する詩とその時空に生息する人間たちであるのに対し、『イリュミナシオン』はその種の断罪とは無縁だからではなかったか。前期韻文詩も後期韻文詩もランボーの実存にじかに結びついているのに対し、『イリュミナシオン』ははるかに非個人的な想像世界を繰り広げている。そこにも作者の実存が反映しているのは当然だとしても、それは屈折に富み、転置を経た、間接的な反映である。『地獄の一季節』の場合のように、虚構的再構築を通して近い過去を捕捉しなおし乗り越えるという、パフォーマティヴな要請は働いていない。そのような切羽詰まった要請の埒外で、自在に、多様に試みられる想像力の行使を、詩の余命としてランボーは自分に許したのではないか。その意味で『イリュミナシオン』こそ、ランボーの「究極の作品」(ブランショ)と言えるだろう。

5　そのあとは…

ヌーヴォーに届けるべく『イリュミナシオン』の原稿をヴェルレーヌに託したあと、同年10月のドラエー宛手紙に書きつけた「夢」を除けば、ランボーには詩に関与するどんな身ぶりも確認できない。その後の数年は、職探しをしながらドイツ、イタリア、オーストリアを放浪、76年にはオランダ軍傭兵としてバタヴィア(ジャカルタ)まで行ったものの、すぐに脱走している。78年から翌年にかけてはキプロス島の石切り場の現場監督をしている。80年以降は紅海沿岸で職を

アフリカのランボー
(1883年)

探し、イエメンのアデンにあったフランス系のバルデー商会に就職、アビシニア(エチオピア)のハラルの代理店との間を行き来する。以後、雇用主や仕事のパートナーを変えながら、コーヒーや象牙等現地の物産を買い付け、ヨーロッパの工業製品を現地で売る貿易商人として活動する。87年には隊商を組み、ショア王メネリク2世を相手に大量の旧式銃の売却を試みるが、大きく買い叩かれ、商売は失敗に終わる。91年右膝に激しい痛みを覚え、アデン経由で帰国、マルセイユの病院で骨肉腫と診断され、片足切断の手術を受けるが、がんは全身に転位して容体は回復せず、手術から5カ月後に、妹イザベルに看取られながら死去した。

その間、1880年代には『リュテース』誌上のヴェルレーヌの連載「呪われた詩人たち」における紹介を皮切りに、1871–72年にパリのランボーを知ることのなかった象徴派を名乗る若い詩人たちの間にランボー・ブームが起きる。86年には『ヴォーグ』誌に『イリュミナシオン』がはじめてまとまって紹介され(一部後期韻文詩が交じる)、同年初版がヴェルレーヌの序文付きで刊行される。73年の刊行時にはほとんど知られることのなかった『地獄の一季節』もあらためて同誌に掲載される。95年にはヴァニエ書店から最初の『ランボー詩集』がやはりヴェルレーヌの序文付きで刊行される。ヴェルレーヌはランボー・ブームが起こる以前の70年代から、散逸したランボーの原稿の行方を気にかけ、蒐集を試みていた。つかの間のパリ滞在中にそのきらめく才能で人々を驚嘆させると同時に派手な悪童ぶりで毛嫌いされもしたランボーは、ヴェルレーヌの尽力がなければ文学史の余白に埋もれていたかもしれない。19世紀末以後ヴァレリー、クローデルからダダ・シュルレアリスム、実存主義、ポップカルチャーにいたるまで、モラルや信条の違いを超えて多くの作家や哲学者たちがランボーに真率な関心を寄せ、その作品が日本語を含め、世界の言語に翻訳され、彼が世界中で名声を得るにいたった機縁は、彼の作品に対するヴェルレーヌの熱烈で持続的な配慮であることはまちがいない。

しかし当のランボーは、79年夏の一時帰郷の際、旧友のドラエーから文学について尋ねられると、「あんなもの、もう考えもしないさ！」と答え、死の前年、パリでいよいよ高まる名声を受けてマルセイユの雑誌『現代フランス』が寄稿を求めてきたときには、返事すらしなかった。文学放棄後のランボーが探し求めていたのは、もうひとつの「未知なもの」だったのかもしれない。危険と隣り合わせの未開の土地を飼い馴らそうとするかのように、母親を動かしてフランスから種々の書籍や測量器具、写真機を取り寄せ、探索と交易の生活を10年以上続けたランボーは、詩人ランボーのそれに劣らぬ「渇き」に囚われていたのかもしれない。しかしそれは想像世界ではなく現実に向かう乾き、言葉が織り上げる世界ではなく「ごつごつした現実」に向かう渇きであった。

ランボー(1854-91)略年譜

1854年

10.20　ジャン=ニコラ=アルチュール・ランボー、アルデンヌ県シャルルヴィルにて誕生。ジュラ県出身の父フレデリック・ランボー(1814-78)は陸軍歩兵隊第47部隊大尉。母ヴィタリー・キュイフ(1825-1907)は当地の小地主の長女。

1860年(6歳)

末の妹イザベル誕生。父はこの年を最後に家庭に戻らず(離婚なしの別居)。

1861年(7歳)

10月　兄フレデリックとともに私立ロサ学院入学(第9学級)。

1865年(11歳)

ランボー兄弟、シャルルヴィル高等中学校に転校(第6学級)。

1866年(12歳)

復活祭　ランボー兄弟の初聖体拝領。

1868年(14歳)

5月　皇太子ルイの初聖体拝領を祝うラテン語詩を贈る。

1869-70年(15-16歳)

学区主催の、課題に基づくラテン語詩作文コンクールで、繰り返し優秀賞を獲得し、そのつど答案がドゥエ学区公報に掲載される。

1870年(16歳)

1月　「孤児たちのお年玉」が『みんなの雑誌』に載る。ジョルジュ・イザンバール(1848-1931)がシャルルヴィル高等中学の修辞学級(高校2年に相当)に赴任。級友にエルネスト・ドラエー(1853-1930)。
5.24　テオドール・ド・バンヴィル宛に「感覚」「オフィーリア」「ワレイツナルモノヲ信ズ…」を送付し、『現代高踏詩集』への掲載を請うが叶わず。
7.19　フランスがプロイセンに宣戦布告。
8.29　最初の出奔。ベルギーのシャルルロワ経由でパリ行きの汽車に乗るが、サン・カンタンまでの切符しかもたず、パリ北駅で「住所不定・無職」の不審者として拘束され、マザス刑務所に留置。9.5　イザンバールに助力を求め、放免後、ドゥエのジャンドル家(イザンバールの養家)に3週間滞在。当地在住の詩人ポール・デメニーと知り合う。9.26(27)　シャルルヴィルに戻る。
9.2　ナポレオン3世がスダンで降伏。第2帝政の終焉。
9.4　第3共和政宣言。9月末か10月初旬　2度目の出奔。ベルギー回りでドゥエのジャンドル家再訪。おそらくこの折に、自作22篇の原稿をデメニーに託す(「デメニー草稿」)。11.1　シャルルヴィル。

1871年(17歳)

1月　プロイセン軍によるパリ砲撃。シャルルヴィル、メジエール占領。1.28　休戦協定。
2.25　3度目の出奔。鉄道でパリへ。3.10　パリを発ち、徒歩で帰郷。

3.18　プロイセン占領下で、政府軍と民衆の衝突、パリ・コミューンの勃発。
(4月半ば-5月半ば、または5.15以降28までに、コミューン下のパリに滞在した可能性あり)
5.13　イザンバール宛、5.15　デメニー宛の「ヴォワイヤンの手紙」。
5.21-28「血の一週間」、コミューンの崩壊。
8.15　バンヴィル宛2通目の手紙。
8.28　デメニー宛「ぼくは束縛されずに働きたいのです、ただし好きなパリで。」
8月　シャルルヴィル在住のオーギュスト・ブルターニュを介してヴェルレーヌと接触。自作同封の手紙数通を送り上京の希望を伝える。ヴェルレーヌの熱烈な招待。パリで披露する「陶酔の船」を書き上げ、友人ドラエーの前で朗読。
(9月初旬、ヴェルレーヌ、身重の妻と妻の実家に転居)
9月　パリ上京。ヴェルレーヌ宅に寄宿。
9.30　詩人サークル「醜い好漢たち」Les Villains Bonshommes の夕食会で「陶酔の船」を朗読し、強烈な印象を残す。
10月　ヴェルレーヌ宅を追い出され、シャルル・クロ宅、バンヴィル宅などを転々とする、音楽家エルネスト・カバネル、画家ジャン=ルイ・フォランと知り合う。10.30 ヴェルレーヌの長男ジョルジュ誕生。
10-11月『ジュティストのアルバム』に一連のパロディを残す。

12.2　「醜い好漢たち」の夕食会でステファヌ・マラルメ、ランボーに会う。

1872年(18歳)

1月　カンパーニュ・プルミエール街の屋根裏にフォランと住む。ヴェルレーヌの暴力により、妻子が家を出る。

3.2　写真家カルジャに仕込みづえで切りつける事件。

3月末　ランボー、シャルルヴィルに戻る。

5–7月　ふたたびパリ。カルティエ・ラタンの宿を転々とする。後期韻文詩を書く。

7.7　ヴェルレーヌを伴い、パリを離れる。ブリュッセル、次いでロンドンへ。

9月　ウジェーヌ・ヴェルメルシュら亡命中のコミューン残党と交流。

9.10　画家フェリックス・レガメを訪ね、そのアルバムに一篇とデッサンを残す。二人はヴェルレーヌの母親の送金で暮らす。

12月初旬　ランボー、シャルルヴィルに戻る。

1873年(19歳)

1月　ロンドンのヴェルレーヌが病気に。彼の母親がランボーにロンドンまでの旅費を送り、ヴェルレーヌのもとに戻ることを要請。

1月中旬　ランボー、ロンドンに戻る。

2–3月　フランス語家庭教師で生活。大英博物館図書館に通う。

4月　ヴェルレーヌはベルギーの叔母宅に、ランボーはロッシュ村(シャルルヴィルの南方約30キロ。母親が実家から受け継いだ農場があった)に赴く。

4-8月　『地獄の一季節』執筆。5月には「異教徒の書」または「黒人の書」のタイトルを考える。

5月末　二人はロンドンに戻る。ヴェルレーヌの所持金、その母親の送金、フランス語・ラテン語の家庭教師で生計を立てる。

7.10　ブリュッセル事件。ヴェルレーヌの発砲で、ランボーは左手首を負傷。病院で手当てを受けたあとパリに向かうランボーを見送る路上で、ヴェルレーヌが再度発砲のそぶりを見せたため、ランボーは警官に保護を求める。ヴェルレーヌの逮捕・服役(1年半)。ランボーの入院、弾丸摘出手術。訴訟放棄。

1874年(20歳)

3月中旬　ジェルマン・ヌーヴォーとロンドン滞在。4月中旬以降、単独で滞在。7月　母親と妹ヴィタリーがロンドンに来る。

12月　シャルルヴィルに戻る。

1875年(21歳)

2-4月　ドイツ語習得と職探しのためにシュトゥットガルトに滞在。2月末　服役を終えたヴェルレーヌの来訪。『イリュミナシオン』の原稿をブリュッセルのジェルマン・ヌーヴォーに送付してもらうために託す(これがヴェルレーヌとの生涯最後の対面)。

1875-80年(21-26歳)

ミラノ(75)、ウィーン(76)を旅行。オランダ軍傭兵としてジャワに行くが脱走(76)、ストックホルム、コペンハーゲン(77)に行く。キプロスで採石場の現場監督(78、80)。文学への関心を尋ねるドラエーに「あんなもの、もう考えもしないさ！」と返答(79)。

1880年(26歳)

8月　アデン(イエメン)のバルデー商会に雇われる。ハラル(アビシニア)の代理店を担当。

1883年(29歳)

ヴェルレーヌが『リュテース』誌の連載「呪われた詩人たち」で、作品の引用を交えてランボーを紹介。

1885年(31歳)

バルデー商会を辞め、ラバチュ商会と契約。

1886年(32歳)

5-6月　『ヴォーグ』誌に『イリュミナシオン』の大半が掲載される。9月　同誌に『地獄の一季節』が掲載。

1886-87年(32-33歳)

ラバチュの死。ショア王メネリク2世と旧式銃の取引。買い叩かれ、商売としては失敗に終わる。

1888-90年(34-36歳)

アデンの貿易商ティアンと契約を結び、ハラルに自らの取次店をもつ。

1891年(37歳)

5月　膝の腫瘍の悪化のため、アデンを発ち、マルセイユのコンセプション病院へ。5.27　右脚膝上より切断。

7月　ロッシュに戻る。

8.27　マルセイユに戻る。

11.10　マルセイユ、コンセプション病院にて死去。

書　誌

翻訳の底本としたのは、

Rimbaud, *Œuvres complètes*, édition établie par André Guyaux, avec la collaboration d'Aurélia Cervoni, Gallimard, coll. « Bibliothèque de la Pléiade », 2009. (句読等の細部について、一部独自の処理を行なった。)

他のすぐれた注解付き全集として、

Arthur Rimbaud, *Œuvres complètes. Poésie, prose et correspondence*, introduction, chronologie, édition, notes, notices et bibliographie par Pierre Brunel, Librairie générale française, coll. « La Pochothèque », 1999.

ハンディなポケット版全集として、

Rimbaud, *Œuvres complètes*, établissement du texte, présentation, notices, notes, chronologie et bibliographie par Jean-Luc Steinmetz, Flammarion, coll. « GF », 2010.

仏英対訳版全集(注解なし)として、

Rimbaud, *Complete Works, Selected Letters.* A Bilingual Edition, Translated with an Introduction and Notes by Wallace Fowlie, Updated, Revised, and with a Foreword by Seth Whidden, The University of Chicago Press (Chicago and London), 2005.

『地獄の一季節』の注解付き批評校訂版として、

Arthur Rimbaud, *Une saison en enfer*, édition critique par Pierre Brunel, José Corti, 1987.

『イリュミナシオン』の注解付き批評校訂版として、

Arthur Rimbaud, *Illuminations*, texte établi et commenté par André Guyaux, à la Baconnière (Neuchâtel), 1985.

Pierre Brunel, *Éclats de la violence. Pour une lecture comparatiste des* Illuminations *d'Arthur Rimbaud*, édition critique commentée, José Corti, 2004.

注解付きの邦訳全集として、

『ランボー全集』(平井啓之・湯浅博雄・中地義和・川那部保明　共編訳)、青土社、2006 年。

ランボー作品の邦訳は数多い。鈴木信太郎監修による二度にわたる『ランボー全集』(人文書院刊、第 1 次 1952-56 年、全 3 巻／第 2 次[佐藤朔との共同監修]1976-78 年、全 3 巻)、および金子光晴・斉藤正二・中村徳康共訳『ランボー全集』(全 1 巻、雪華社、1970 年)のほか、主なものを訳者名で挙げると、小林秀雄(岩波文庫)、中原中也(岩波文庫)、堀口大學(新潮文庫)、金子光晴(角川文庫)、粟津則雄(集英社文庫)、清岡卓行(河出書房新社『文芸読本』)、渋沢孝輔(講談社『世界文学全集』55)、宇佐美斉(ちくま文庫)、篠沢秀夫(『地獄での一季節』、大修館書店)、鈴木創士(河出文庫)、鈴村和成(みすず書房)など。

作品草稿の写真複製版として最新のものは、

Arthur Rimbaud, *Manuscrits*, Éditions des Saints Pères, 2019.

最もくわしい書簡集は、

Arthur Rimbaud, *Correspondance*, présentation par Jean-Jacques Lefrère, Fayard, 2007.

ポケット版書簡集として、

Je ne suis pas venu ici pour être heureux. Correspondance, choix de lettres, présentation, notes, annexes, chronologie et bibliographie par Jean-Luc Steinmetz, Flammarion, coll. « GF », 2015.

ランボーにゆかりの深かった人々の証言は個々に刊行されているが、それぞれの興味深い抜粋を集めた邦訳書として、

ドラエー／イザンバール／マチルド／イザベル『素顔のランボー　同時代の回想と証言』(宇佐美斉編訳)、筑摩書房、1991 年。

妹ヴィタリーの『日記』は、とくに『地獄の一季節』執筆前後の兄ランボーを詳細に語って、貴重な証言。

Vitalie Rimbaud, *Journal et autres écrits*, texte établi par Gérald Martin, préface par Jean-Luc Steinmetz, Musée-Bibliothèque Arthur Rimbaud, 2006.

図像集として、

Claude Jeancolas, *Passion Rimbaud. L'Album d'une vie*, Textuel, 1998.

Jean-Jacques Lefrère, *Rimbaud le disparu*, Buchet/Chastel, 2004.

Id., *Face à Rimbaud*, Phébus, 2006.

Id., *Les Dessins d'Arthur Rimbaud*, Flammarion, 2009.

最も新しく詳細な伝記は、

Jean-Jacques Lefrère, *Arthur Rimbaud*, Fayard, 2001.

より手ごろで邦訳も存在するのは、

Jean-Luc Steinmetz, *Arthur Rimbaud: une question de*

présence, Tallandier, 1991／ジャン＝リュック・ステンメッツ『アルチュール・ランボー伝　不在と現前のはざまで』(加藤京二郎・齋藤豊・富田正二・三上典生訳)、水声社、1999年。

Pierre Petitfils, *Rimbaud*, Julliard, 1982／ピエール・プチフィス『アルチュール・ランボー』(中安ちか子・湯浅博雄訳)、筑摩書房、1986年。

「ブリュッセル事件」に関する詳細な伝記的研究として、

Bernard Bousmanne, *Reviens, reviens, cher ami. Rimbaud-Verlaine, L'Affaire de Bruxelles*, avec la Bibliothèque royale de Bergique, Calmann-Lévy, 2006／ベルナール・ブースマン『ランボーとヴェルレーヌ ― ブリュッセル事件をめぐって』(中安ちか子訳)、青山社、2013年。

全体像に関わる研究書・評論として、

Paul Verlaine, *Les Poètes maudits*, Vanier, 1884／ポール・ヴェルレーヌ『呪われた詩人たち』(倉方健作訳)、幻戯書房、2019年。

Jean-Pierre Richard, « Rimbaud ou la poésie du devenir » dans *Poésie et profondeur*, Le Seuil, 1955; repris dans la coll. « Points Essais »／ジャン＝ピエール・リシャール『詩と深さ』(有田忠郎訳)、思潮社、1969年。

Yves Bonnefoy, *Rimbaud par lui-même*, Le Seuil, coll. « Écrivains de toujours », 1961／イヴ・ボヌフォワ『ランボー』(阿部良雄訳)、人文書院、1967年(改訂版77年); réédition sous le titre de *Rimbaud*, 1979; éd. revue en 1994.

Id., *Notre besoin de Rimbaud*, Le Seuil, coll. « La librairie du XXIᵉ siècle », 2009.

Pierre Brunel, *Arthur Rimbaud ou l'éclatant désastre*, Champ Vallon, 1983.

Id., *Rimbaud: projets et réalisations*, Honoré Champion, 1983.

André Guyaux, *Duplicités de Rimbaud*, Champion-Slatkine, 1991.

Roger Munier, *L'Ardente patience d'Arthur Rimbaud*, José Corti, 1993.

Michel Murat, *L'Art de Rimbaud*, José Corti, 2002; nouvelle éd. revue et augmentée, 2013.

特定のテクストを対象とする研究書として、

Steve Murphy, *Le Premier Rimbaud ou l'apprentissage de la subversion*, CNRS-Presses universitaires de Lyon, 1990.

Id., *Rimbaud et la ménagerie impériale*, CNRS-Presses universitaire de Lyon, 1991.

Id., *Stratégies de Rimbaud*, Honoré Champion, 2004.

Id., *Rimbaud et la Commune 1871-1872*, Classiques Garnier, 2010.

Bernard Meyer, *Sur les* Derniers vers, *Douze lectures de Rimbaud*, CRLH-Université de la Réunion/l'Harmattan, 1996.

Margaret Davies, *« Une saison en enfer » d'Arthur Rimbaud*, analyse du texte, Minard, coll. Archives des lettres modernes, 1975.

Yoshikazu Nakaji, *Combat spirituel ou immense dérision?*

*Essai d'analyse textuelle d'*Une saison en enfer, José Corti, 1987.

André Guyaux, *Poétique du fragment. Essai sur les* Illuminations *de Rimbaud*, à la Baconnière, 1985.

Sergio Sacchi, *Études sur les* Illuminations de Rimbaud, Presses de l'Université de Paris-Sorbonne, 2002.

Albert Henry, *Contributions à la lecture de Rimbaud*, Académie royale de Belgique, 1998.

Yves Reboul, *Rimbaud dans son temps*, Classiques Garnier, 2009.

19世紀から20世紀半ばまでのランボー受容を総括した書物として、

Adrien Cavallaro, *Rimbaud et le rimbaldisme. XIXe-XXe siècles*, Hermann, coll. « Savoir Lettres », 2019.

ランボー事典として、

Dictionnaire Rimbaud, sous la direction de Jean-Baptiste Baronian, Robert Laffont, coll. « Bouquins », 2014.

最も重要なランボー研究誌は、

Parade sauvage, Charleville-Mézières (N°s 1-21, 1984-2006) / Classiques Garnier (N°s 22-29, 2011-18). (継続刊行中)。「ランボー友の会」会報『生きているランボー』にも、研究論文や交流報告が掲載されている。

Rimbaud vivant, 既刊57号(1973-2018)。(継続刊行中)

インターネット上のランボー研究サイトとして、

Alain Bardel, « Arthur Rimbaud le poète » : http://abardel.free.fr/ 作品・書簡の電子テクスト、年譜、図像、

詩の注解・分析、研究集会や新刊をめぐる情報等、豊富なコンテンツを提供。

詩法や詩の朗読法に関する一般的解説書として、

Michèle Aquien, *La Versification*, PUF, coll. « Que sais-je ? », 1990.

Jean-Claude Milner, François Regnault, *Dire le vers*, Le Seuil, 1987.

あとがき

雑誌『文学』の編集長をしておられた星野紘一郎さんから、岩波文庫で対訳版ランボーを、という提案を受けたのは、世紀が改まる前だったか、改まってからだったか。記憶もかすむほど昔のことに思える。以来、いくつかの仕事が割り込み、当初予定していなかった「作品解説」を加える作業が終盤になって追加された。とはいえ、これほど長い遅延をきたしたことには、ただ恥じ入るばかりである。

その間にも、世界のランボー研究は着実に進展した。アンドレ・ギュイヨー校訂によるプレイヤード叢書の新版『ランボー全集』(2009年)をはじめ、ピエール・ブリュネルによる比較文学的視点を加味した『イリュミナシオン』の注釈付き批評版『暴力のきらめき』(2004年)、ランボーの言語と詩形式を犀利に分析し、『地獄の一季節』の読解にも新たな知見をもたらしたミシェル・ミュラの『ランボーの技法』(2002年／増補新版2013年)、韻文詩を中心に文献学的考察と社会学的考察を合体させたスティーヴ・マーフィーの『ランボーの戦略』(2004年)および『ランボーとパリ・コミューン、1871-1872』(2010年)など、いずれも大部で画期的な出版物が相次いだ。また、それまで個人所蔵で一般には見る機会のなかった「精霊」の原稿が2003年に、「記憶」の前段階の異本「エドガー・ポーふうの／呪われた家族」が2004年にそれぞれ公開されるというちょっとした事件が立てつづけに起こった。

日本では、鈴木創士訳(河出文庫、2010年)、鈴村和成訳(みすず書房、2011年)が新たに刊行された。

本書の脚注や作品解説には、近年のランボー研究の成果がかなりの程度、批判的に取り込まれている。かりに大幅な遅延に積極的な意味が見出せるとすれば、この間、編者のランボー理解がいくぶんなりとも深まった点ではないかと思う。

学生時代、ランボーの散文作品を読みはじめたころ、消化不良の感覚がなかなか抜けなかった。論理やイメージがたえず飛躍し、屈折し、反転してやまず、前後二文の関係が順接なのか逆接なのか不分明で、真率な感情なのか皮肉っているのか判定しがたかった。引っかかる箇所が多すぎて遅々として進まず、フランスで出ている注釈付き作品集にヒントを求めても、難解な箇所にかぎってどの注釈者も素通りしていることが多かった。自明すぎて注は不要なのかと暗澹たる思いに囚われたが、真に難解な箇所には注釈者は触れない傾向があることがしだいにわかってきた。

本書の読者の多くは、フランス語の基礎を習得したうえで、原文でランボーに挑戦してみようという若い人々だと思う。編者は当初から、かつてランボーを読みはじめたころの自分が望んだような、読者の疑問をはぐらかさない対訳本を作りたいと願っていた。そこで、原文と訳文を相互に照射させるのは当然として、脚注と作品解説では、ランボー独特の振幅の烈しい言葉遣いのなかに生まれる空隙や断絶を埋めることに力点を置いた。フランス語の語法的解説がいくぶん手薄になるのは覚悟のうえで、ランボー詩の難解さに切り込むことを優先した。それで必ずしも難解さが解消するわけではないが、難解さの質は見極められるはずだ。その意図をどこまで実現できたか心もとないが、この対訳版ランボーが、意欲ある読者に役立つものであることを願う。

対訳版ということで、本書の実現までには、校正段階でも紆余曲折があった。読者の目線でさまざまな疑問を投げかけ、内容・形式両面での一貫性に格別の配慮を払ってくださった編集担当の清水愛理さんには、心より感謝します。記号表記やフォントの選択にいたるまで細心の処理をしていただいた校正や製作の方々にも、御礼申し上げます。

2020年5月

中地義和

対訳 ランボー詩集 ― フランス詩人選(1)

2020年7月14日 第1刷発行
2022年5月25日 第4刷発行

編　者　中地義和

発行者　坂本政謙

発行所　株式会社 岩波書店
〒101-8002 東京都千代田区一ツ橋 2-5-5

案内 03-5210-4000　営業部 03-5210-4111
文庫編集部 03-5210-4051
https://www.iwanami.co.jp/

印刷・精興社　製本・牧製本

ISBN 978-4-00-325522-3　Printed in Japan

読書子に寄す

――岩波文庫発刊に際して――

岩波茂雄

真理は万人によって求められることを自ら欲し、芸術は万人によって愛されることを自ら望む。かつては民を愚昧ならしめるために学芸が最も狭き堂宇に閉鎖されたことがあった。今や知識と美とを特権階級の独占より奪い返すことはつねに進取的なる民衆の切実なる要求である。岩波文庫はこの要求に応じそれに励まされて生まれた。それは生命ある不朽の書を少数者の書斎と研究室とより解放して街頭にくまなく立たしめ民衆に伍せしめるであろう。近時大量生産予約出版の流行を見る。その広告宣伝の狂態はしばらくおくも、後代にのこすと誇称する全集がその編集に万全の用意をなしたるか。千古の典籍の翻訳企図に敬虔の態度を欠かざりしか。さらに分売を許さず読者を繫縛して数十冊を強うるがごとき、はたしてその揚言する学芸解放のゆえんなりや。吾人は天下の名士の声に和してこれを推挙するに躊躇するものである。このときにあたって、岩波書店は自己の責務のいよいよ重大なるを思い、従来の方針の徹底を期するため、すでに十数年以前より志して来た計画を慎重審議この際断然実行することにした。吾人は範をかのレクラム文庫にとり、古今東西にわたって文芸・哲学・社会科学・自然科学等種類のいかんを問わず、いやしくも万人の必読すべき真に古典的価値ある書をきわめて簡易なる形式において逐次刊行し、あらゆる人間に須要なる生活向上の資料、生活批判の原理を提供せんと欲する。この文庫は予約出版の方法を排したるがゆえに、読者は自己の欲する時に自己の欲する書物を各個に自由に選択することができる。携帯に便にして価格の低きを最主とするがゆえに、外観を顧みざるも内容に至っては厳選最も力を尽くし、従来の岩波出版物の特色をますます発揮せしめようとする。この計画たるや世間の一時の投機的なるものと異なり、永遠の事業として吾人は微力を傾倒し、あらゆる犠牲を忍んで今後永久に継続発展せしめ、もって文庫の使命を遺憾なく果たさしめることを期する。芸術を愛し知識を求むる士の自ら進んでこの挙に参加し、希望と忠言とを寄せられることは吾人の熱望するところである。その性質上経済的には最も困難多きこの事業にあえて当たらんとする吾人の志を諒として、その達成のため世の読書子とのうるわしき共同を期待する。

昭和二年七月